KB058913

리얼 페이스

REAL FACE

리얼 페이스

치넨 미키토 장편소설
민경욱 옮김

소미미디어
Somy Media

목차

프롤로그

덥다, ……그리고 아프다. 가벼운 현기증을 느낀 히이라기 다카유키는 머리를 흔들었다.

집도를 시작하고 여섯 시간쯤, 사우나와도 같은 열기로 가득한 이 공간에서 수술을 이어가고 있었다. 온몸의 땀구멍에서 분출한 땀은 입고 있는 셔츠만으로는 흡수가 다 되지 않아 지금은 멸균 가운까지 적시고 있었다. 턱에서 하염없이 떨어지는 땀이 수술 부위에 떨어지지 않도록, 히이라기는 얼굴 위치에 신경을 곤두세웠다.

탈수가 일어나는지 눈앞이 뿌옇게 흐려졌다. 그 순간 지침기*를 든 오른팔에 불에 덴 듯한 통증이 일어 신음을 흘렸다.

* 持針器, 봉합 중에 바늘을 잡는 도구.

조금만 더, 이제 다 되어간다고. 정신 차려. 히이라기는 자신을 고무하면서 안구만 굴려 실내를 살폈다.

끔찍한 수술실이었다. 청결도 제대로 유지되어 있지 않았고 에어컨도 고장 났다. 마취기는 낡았고 수술기구를 건네주는 간호사도 없었다. 태국 방콕 교외에 있는, 슬럼 주민을 위한 작은 병원이었다. 원장에게 돈을 건네고 이 수술실을 빌렸다.

히이라기는 이마에서 떨어지는 땀을 거즈로 닦으면서 눈앞에 누운 남자를 바라봤다. 전신마취로 깊은 수면에 빠진 남자. 히이라기는 그 얼굴을 구멍이 날 정도로 물끄러미 바라봤다.

완벽해. 딱딱하게 굳어 있던 표정이 슬며시 풀어졌다.

최악의 컨디션이었는데도 극한까지 끌어 올린 집중력으로 이전에는 없었던 완벽한 '예술'을 만들어냈다. 히이라기는 땀에 젖은 마스크 밑에서 크게 숨을 내뱉었다.

이미 눈꺼풀, 콧등, 입술, 얼굴의 윤곽 등 주요 부분의 성형을 끝마쳤다. 이제 흉터가 남지 않도록 정성껏 상처를 봉합하면 끝이다.

조금만 더, 이제 곧 완성이야.

히이라기는 위의 내용물이 역류하는 듯한 구토감을 억누르면서 묵묵히 지침기를 든 오른손을 움직였다. 지침기 끝에 꽂힌 아주 가는 실을 꿴 바늘이 수면을 가르는 돌고래처럼 유려한 움직임으로 진피를 봉합해나갔다. 머리카락처럼 가는 실을 부드럽게 양손으로 당기자 자석이 이끌리듯 상처 부위가 완벽하게 닫히면서 그 밑에 드러나 있던 누런 지방과 잘 익은 복숭아 색깔의 근섬유를 덮었다. 봉합한 피부는 눈을 비비고 봐도 상처가 어디 있는지 모를 정도였다.

피부에서 나온 실을 가위로 자른 히이라기는 새 바늘을 지침기 끝에 꽂았다.

이 수술만 끝내면, 이 '작품'만 완성하면, 나는 최고의 성형외과 의사로 계속 군림할 수 있다.

벌건 눈을 커다랗게 뜬 히이라기는 일사불란하게 양손을 계속 움직였다.

습기와 열기로 가득한 수술실 안에서는 마취기가 수소를 빨아들이는 소리만이 울리고 있었다.

제1장

예술을
만들어내는
외과의

1

"여기?"

전면 유리로 장식된 오피스 빌딩을 올려다본 아사기리 아스카는 정장 주머니에서 네 번 접힌 지도를 꺼내 확인했다. 아무래도 이 빌딩이 맞는 것 같았다.

이렇게 화려한 빌딩에 클리닉이 있다고?

아스카는 불안한 마음에 주위를 둘러봤다. 평일 오후, 롯폰기 힐스에서 상당히 가까운 이곳 오피스 거리에는 고급스러운 양복을 입은 회사원들이 활보하고 있었다. 그 30퍼센트 정도가 외국인이었다. 자신이 엉뚱한 데 있는 것 같아 마음이 편치 못했다.

아스카는 빌딩 자동문에 비치는 자신의 모습을 바라봤다. 작

년 일본 마취과 학회에서 연구를 발표하기로 결정되었을 때 큰 맘 먹고 마련한 단벌 정장을 입고 있었는데 스물여덟이라는 나이보다 어려 보이는 얼굴 탓인지 구직 활동하는 학생 같았다.

낮게 한숨을 내쉬고 시선을 손목시계로 떨어뜨렸다. 오후 1시 20분, 약속한 면접 시간까지 이제 십 분밖에 남지 않았다. 양손으로 뺨을 두드려 기합을 넣은 아스카는 빌딩으로 들어가 엘리베이터를 타고 꼭대기 층인 15층까지 갔다. 엘리베이터에서 내린 아스카는 정면에 있는 복잡한 기하학적 모양이 새겨진 불투명한 유리문을 보고 미간을 찌푸렸다. 고급 클럽의 입구 같은 분위기다. 문 옆에 '히이라기 성형클리닉'이라는 간판이 없었다면 이곳이 의료시설인지 아무도 몰랐을 것이다.

"성형외과는 이런 분위기구나……."

조심스럽게 문을 열고 안으로 들어가자 고급 미용 살롱의 입구 같은 공간이 펼쳐졌다. 바로 오른쪽에 있는 탁 트인 느낌의 접수대에는 고급스러운 분위기를 자아내는 꽃병이 놓여 있었고 붉은 장미 몇 송이가 꽂혀 있었다. 그 끝에는 대리석 바닥에 가죽 소파가 놓인 대기실이 있었다. 접수대를 들여다봤지만 아무도 없었다.

"아…… 저기……, 실례합니다!"

주저하며 목소리를 높이자 대기실 안쪽 문이 열리고 양복 차림의 남자가 뛰어나왔다.

"정말 죄송합니다. 오셨는지도 모르고."

남자가 만면에 미소를 지었다.

"아……."

건성으로 대답하며 남자를 관찰했다. 나이는 마흔 전후일까. 굳이 말하자면 반듯하지만 특징이랄 게 없는, 인상에 남을 것 같지 않은 이목구비였다. 그러나 수수한 얼굴과는 대조적으로 윤기가 자르르 흐르는 옷감의 양복과 소매 사이로 보이는 손목시계는 언뜻 봐도 고급이었다.

"아, 저, 저는……."

"알고 있습니다. 이쪽으로 오세요."

남자는 공손하게 고개를 숙이고 방금 나온 방으로 안내했다.

"아, 그럼……."

목을 움츠리면서 문에 들어선 아스카는 실내를 둘러봤다.

내 아파트보다 넓네……. 안에는 앤티크 스타일의 목제 책상이 있고 그 바로 앞에 소파가 마주 보듯 놓여 있었다. 큰 회사의 응접실 같은 분위기였다.

남자가 "어서 앉으세요"라고 권해 아스카는 소파에 자리를 잡았다. 상상했던 것보다 훨씬 부드럽고 푸근한 감촉에 그만 균형을 잃고 말았다.

"기다리게 해드려 죄송합니다. 직원이 자리를 비워서요. 저는 이 클리닉의 원장 히이라기 다카유키라고 합니다."

히이라기라고 이름을 밝힌 남자가 정중하게 고개를 숙였다.

"아, 별말씀을. 저는……."

자기소개를 하려는데 히이라기가 손을 내밀어 제지했다.

"괜찮습니다. 익명으로 상담하고 싶다는 요청을 하셨다고 들었습니다."

"예?"

아스카는 고개를 기울였다. 면접인데 익명?

히이라기는 아스카의 얼굴을 응시했다. 그 강렬한 시선에 저도 모르게 뒤로 몸을 젖혔다.

"저기, ……얼굴에 뭐가 묻어 있나요?"

"아니, 아닙니다. 아름다운 얼굴이라는 생각이 들어서."

"예…… 예?!"

"아니, 당신은 참 욕심이 많군요. 그렇게 아름다운 얼굴을 가졌으면서 더 많은 아름다움을 추구하니까."

히이라기는 혼란스러운 아스카 앞에서 계속 떠들어댔다.

"듣기로는 얼굴에 자신이 없어 아름다워지고 싶다고 하셨죠. 부디 맡겨주십시오. 원래 얼굴이 이렇게 아름답다면 간단한 수술만으로도 절세의 미녀로 다시 태어날 수 있습니다."

아스카는 드디어 상대가 착각하고 있다는 것을 알아차렸다. 이 사람, 나를 환자로 생각하는구나. 오해를 풀어야 하는데 히이라기는 말할 틈을 주지 않았다.

"우선 눈과 코 수술을 제안드리고 싶습니다. 예쁜 쌍꺼풀을 가지고 계시지만 좌우의 크기가 조금 다르네요. 왼쪽 눈두덩이를 살짝 절개하면 좌우 대칭이 됩니다. 그리고 코는 형태가 좋은데 조금 낮은 것 같습니다. 보형물 삽입으로 코를 세우면 얼굴 중심에 활력이 생기죠. 얼굴 윤곽은 아주 아름다우니까 손을 대지 않는 게 좋겠습니다. 다만……"

히이라기의 독무대에 압도당해 있는데 방문을 노크하는 소리가 났다. 드디어 말을 멈춘 히이가리는 문을 향해 "말씀하세요"라고 했다.

"지금 돌아왔어요."

열린 문으로 얼굴을 내민 백의 차림의 여성을 보고 아스카는 숨을 멈췄다. 그 여성은 마치, 유럽의 패션잡지에서 튀어나온 것만 같았다. 살짝 처진 느낌의 부드러운 쌍꺼풀, 오뚝한 콧날, 핑크빛의 촉촉한 입술, 그리고 팔등신으로 보이는 스타일. 나이는 서른 전후일까. 그 미모에 저도 모르게 넋을 놓았다.

"이쪽은 우리 병원의 간호사, 잇시키 사나에입니다. 사나에 씨, 잘 왔어요. 어서 손님에게 사 온 홍차를 타주지 않을래요?"

"어머, 손님……이세요?"

사나에라는 이름으로 불린 여성은 의아하다는 듯 커다란 눈을 깜빡였다.

"그래. 오늘 14시에 수술 상담이 있었잖아."

"선생님, ……그건 다음 주 화요일이에요."

"어?"

히이라기의 입에서 얼빠진 소리가 새어 나왔다.

"오늘은 13시 반부터 새로운 마취과 선생님의 면접이 있었어요."

사나에는 마음이 녹을 것 같은 미소를 지었다. 그 농염함에 순간 동요했으나 아스카는 벌떡 일어나 고개를 숙였다.

"준세이의대 마취과학교실의 아사기리 아스카라고 합니다. 시미즈 준교수님의 소개로 오늘 면접을 보러 오게 되었습니다. 부디 잘 부탁드립니다."

아스카가 고개를 들자 잠시 침묵이 흘렀다. 이후 히이라기는 몸을 젖히듯 소파 등받이에 체중을 싣고 넥타이를 풀기 시작했다. 그 얼굴에서는 미소가 사라지고 토라진 아이처럼 입이 튀어나와 있었다.

"뭐야? 손님이 아니었다고? 괜히 아양을 떨었네."

이 사람, 뭐지? 너무 명백한 태도 변화에 아스카가 눈살을 찌푸리고 있으니까 사나에는 "차 타올게요"라는 말을 남기고 방에서 나갔다. 부루퉁한 히이라기와 단둘이 되어 아스카는 영 불편했다.

"면접이라면 왜 처음부터 그렇게 말하지 않았지?"

"……죄송합니다."

당신이 멋대로 착각했던 거잖아! 아스카는 석연치 않았으나 사죄했다.

"저기, 그래서 면접을……."

"응. 아! 면접. 면접, 면접이라."

히이라기는 성가시다는 듯 관자놀이를 긁었다.

"그러니까 자네가 마치다 선생의 후계자 후보라는 거지?"

"예, 그렇습니다. 후임 마취과 의사를 찾으신다고 해서……."

"마치다 선생은 고향인 나가사키에서 통증 클리닉을 개업한다고 했나. 잘됐으면 좋겠네. 여기서 개업하고 삼 년이나 근무했으니까."

히이라기의 입술 끝에 미소가 떠올랐다. 아스카도 따라서 웃음을 지었다. 조금 전의 이야기로 인상이 좋진 않았는데 나쁜 사람은 아닌 것 같았다.

"아, 이거 이력서입니다. 새삼스럽지만 면접을 보려고 합니다."

아스카는 백에서 꺼낸 이력서를 히이라기에게 건넸다.

"준세이의대를 졸업하고 도쿄중앙병원 마취과 코스에서 연수를 받았습니다. 연구를 끝낸 다음에는 준세이의대 마취과학교실에 입국해 표방 의사* 자격을 땄습니다. 올해 4월부터 대학원에 입학해 현재는 기초 연구를……."

아스카가 경력을 설명하기 시작하는데 히이라기는 옆에 놓인 쓰레기통에 이력서를 던져 넣었다.

"뭐, 뭐 하시는 겁니까!"

"쓰레기는 쓰레기통에. 자네 경력 같은 건, 바퀴벌레 똥만큼

---

* 전문의의 지도에 따라 2년 이상 마취 업무에 종사한 경력이 있고 300회 이상 마취한 경험의 소유자. 일본에서는 다른 과목은 의사 면허증을 따면 해당 전공의 경험 없이도 병원을 개업하거나 진찰할 수 있으나 마취과만큼은 일정 이상의 경험 자격 취득을 국가가 강제하고 있다.

이나 의미가 없어. 자네가 그런 얼굴을 하고 사실은 남자라고 하든, 나무에서 태어났다고 하든 나는 전혀 관심이 없어."

"저는 온전한 여성이고 제대로 어머니가 낳아주셨습니다!"

"그러니까 그런 건 아무래도 상관없다고. 이력서? 자원 낭비지. 자네 같은 사람 때문에 세상의 나무들이 잘려나가 사막이 되잖아."

"그 이력서는 재생지입니다. 사막화와는 관계가 없다고요!"

"지구가 모래 혹성이 된다고 해도 내 알 바 아냐. 그보다 본론으로 들어가 볼까?"

엉뚱한 이야기를 꺼낸 사람은 당신이잖아! 아스카는 입술을 일그러뜨렸다.

"나는 경력 같은 건 필요 없어. 내가 원하는 건, 단 두 가지. 둘뿐이야."

히이라기는 고개를 흔들고 아스카의 얼굴 앞으로 손을 뻗어 손가락을 두 개 세웠다.

"하나는 내 수술 중에 완벽한 마취를 하는 것."

히이라기는 손가락 하나를 접고 얼굴을 바짝 갖다 댔다.

"내 '손님'은 대부분 지병이 없는 건강한 사람들이지. 게다가 수술 침습성*도 낮으니 전신 관리는 간단해. 내가 마취에 요구하는 것은 무엇보다 완전한 '부동(不動)'이야."

---

* 세균이나 미생물에 감염되는 것.

"부동……."

"맞아. 수술 중 환자가 미동하는 것조차 허락되지 않아. 그런 일이 벌어지면 손님의 얼굴에 평생 지워지지 않을 흉터가 남을 수도 있으니까. 아! '평생 지워지지 않을 흉터'라는 말은 비유적인 표현이야. 나 같은 천재 성형외과 의사에게 지우지 못하는 흉터는 없으니까."

천재? 지금 이 사람, 스스로 '천재'라고 한 거야?

"……알겠습니다. 주의하겠습니다."

"다만 그 점은 그리 걱정하지 않네. 시미즈 준교수에게 우수한 마취과 의사를 추천해달라고 정중하게 부탁했으니까. 시미즈 준교수가 골랐다면 자네는 분명 우수한 마취과 의사일 거야."

"과찬이십니다."

아까부터 롤러코스터처럼 하늘까지 올라갔다가 떨어뜨리기를 계속하니 어떤 태도를 취해야 할지 알 수 없었다.

"내가 시미즈 준교수에게 기술과 동시에 요청한 게 입이 무거워야 한다는 거였지."

히이라기는 테이블에 손을 놓고 다시 몸을 내밀었다.

"마이크어 잭슨의 네버랜드를 알고 있나?"

"예? 아…… 마이클 잭슨이요?"

"그래. 그 마이크어 잭슨 말이야."

뭐야? 이 잘난 척하는 발음은? 아스카는 뺨이 굳어지는 걸 느꼈다.

"마이크어 잭슨이 자기 집에 만들었던 유원지가 네버랜드야. 거기 초대된 사람들은 어떤 서류에 서명해야 했지. '이 유원지에서 본 것을 타인에게 발설할 때는 전부 꿈에서 본 것이라는 전제를 달 것'이라는 서류였지."

"……아, 예."

도무지 말을 따라잡질 못하겠다.

"그러니까 이 클리닉 안에서 일어난 일은 네버랜드와 마찬가지로 현실이 아니라고 생각하게. 만에 하나 발설하는 경우 그에 따라 발생하는 모든 손해를 배상한다는 계약서에 사인해야 해."

"……알겠습니다."

아스카가 피로를 느끼면서 고개를 끄덕이자 히이라기가 손을 내밀었다.

"이걸로 계약 성립이야. 전신마취가 필요한 수술은 기본적으로 토요일 오전 10시부터 시작이야. 9시까지는 와서 마취 준비를……"

"잠깐만요. 저는 아직 여기서 아르바이트할지 결정하지 않았어요."

아스카가 서둘러 말하자 히이라기는 씩 비웃음 같은 미소를 지었다.

"아아, 그러고 보니 시미즈 준교수에게 조건 하나를 더 제시했었지."

"그 조건이란 게 뭡니까?"

"돈이 궁한 사람을 보내달라고 했지."

목구멍에서 신음이 흘러나왔다. 올해부터 대학원에 입학했으므로 대학에서 받는 급여가 없어진 데다 거꾸로 수업료를 내야만 했다. 또 학자금 대출도 갚아야 해서 주머니 사정이 빠듯했다.

"급여는 월에 100만 엔!"

히이라기는 검지를 세웠다.

"네!?"

상상을 아득히 뛰어넘는 액수에 목소리가 뒤집혔다. 황급히 입을 막으면서 아스카는 머리를 굴렸다. 만약 한 달에 100만 엔이 들어오면 금전적인 문제는 단숨에 해결된다. 집세, 생활비, 학자금 대출 변제, 대학원 학비, 부모님 용돈, 이것들을 해결하고도 충분한 여유가 생긴다. 지금 연구 중인 과제의 연구비에도 충당할 수 있다. 목욕을 끝내고 나만의 사치로 마시는 술도 발포주에서 맥주로 바꿀 수 있을지도 모른다. 그리고 일주일에 한 번쯤은 고기를 구워 먹을 수도…….

"자네의 기술과 비밀엄수의무를 지는 데에 대한 정당한 보수지. 자, 어떻게 할 건가?"

턱을 든 히이라기는 아스카를 내려다보면서 다시 오른손을 내밀었다.

악마가 계약을 제안하는 것 같은 기분이 들어 아스카는 입술을 깨물었다.

솔직히 이렇게 괴팍한 사람 밑에서 일하고 싶지 않았다. 게다가 성형외과 자체에도 거부감이 있었다. 하지만 생활과 연구를 위해서는……. 그리고 맥주와 고기구이…….

"아, 정말!"

아스카는 반쯤 포기하면서 히이라기의 손을 잡았다.

"계약 성립이야."

의기양양한 히이라기의 말투가 신경에 거슬려, 아스카는 대학 시절 합기도부에서 단련한 악력으로 그의 손을 꽉 움켜쥐었다. 실실 웃던 히이라기의 얼굴이 굳어지더니 그 입에서 "아! 아파!"라는 소리가 흘러나왔다.

"어머, 결정됐나 보네요."

문을 열고 찻잔 세 개를 놓은 쟁반을 든 사나에가 방에 들어왔다. 아스카는 히이라기의 손을 놓았다. 히이라기가 오른손을 문지르면서 노려봤다.

"잘 부탁드려요. 간호사 겸 사무를 맡은 잇시키 사나에입니다."

사나에는 테이블 위에 찻잔을 놓았다.

"아사기리 아스카입니다. 저야말로 잘 부탁드려요."

아스카는 힘차게 고개를 숙였다.

"샴페인은 없지만 홍차로라도 건배할까요?"

찻잔을 든 사나에를 따라 아스카와 히이라기도 잔을 들었다.

"음미하며 마셔봐. 카페인이 없는 특제 홍차야. 아주 비싸지.

카페인은 교감신경을 흥분시켜 정교한 작업을 할 때 손을 떨게 해. 그래서 유럽이나 미국의 성형외과 의사에게는 터부야."

자랑스럽게 지식을 자랑하면서 히이라기가 미소를 지었다.

"그럼, 아사기리 선생님이 이 클리닉의 일원이 된 것을 축하하며 건배!"

사나에의 축하와 함께 셋은 찻잔을 얼굴 위치까지 들어 올렸다.

홍차에서 감도는 은은한 향기가 방을 가득 채웠다.

*

"일단 병원 안내를 끝냈습니다."

사나에는 원장실로 돌아와 웃으며 보고했다.

"내 클리닉은 어땠나? 멋지지?"

소파에 누워 만화를 읽던 히이라기는 도발적인 미소를 지었다.

"……뭐, 그럭저럭 괜찮네요."

히이라기의 태도가 괜히 신경에 거슬려 아스카는 적당히 대답했는데 이 클리닉의 설비가 훌륭한 건 확실했다. 수술실은 대학병원에 버금가는 넓이였고 기기도 최신이었다. 직원 대기실, 처치실도 충분한 넓이였고 게다가 수술 후 환자의 의식이 돌아오기를 기다리는 회복실까지 갖춰져 있었다.

"그럭저럭? 자네, 눈은 장식으로 달고 다니나? 여기는 성형외과 클리닉으로서 최고의 시설을 갖추고 있어. 나는 최고의 일을 하기 위해……"

"알겠어요, 알았다고요. 굉장해요. 굉장합니다."

히이라기를 보며 아스카는 급히 손을 흔들었다. 히이라기는 불만이라는 듯 입술을 일그러뜨리고는 "사나에 씨, 홍차 한 잔 더 줘요"라고 토라진 듯 말했다. 사나에는 그런 히이라기를 아이를 대하는 어머니 같은 눈빛으로 바라보고 "예, 알겠습니다" 하며 방을 나갔다.

"그래서 저는 이번 주 토요일부터 근무하면 되나요?"

"아니, 이번 주 토요일은 수술 계획이 없으니까 안 와도 돼. 다음 주 토요일에는 수술이 있을지도 모르나 그것도 아직 정해지지 않았고."

"예? 수술 예정이 없어요?"

이 정도의 설비를 갖춘 클리닉이고 아르바이트 비용도 파격적이라 당연히 수술 예정이 빼곡할 줄 알았다.

"나는 진정한 프로야."

히이라기는 만화를 옆에 놓으면서 말했다.

"예? 프로?"

"내가 주로 다루는 것은 성형외과, 그러니까 외모를 아름답게 하는 수술이지. 솔직히 말해서 일본의 성형외과 분야는 세계적으로 크게 뒤처져 있어. 누가 뭐래도 선진국이고 WHO가 의료 수준에서 세계 최고라고 평가하는 일본인데 말이야. 왠지 알아?"

"왜냐고 물으셔도······."

"간단해. 일본인의 성형외과에 대한 거부감 탓이야. 일본인 대다수의 심층 심리에는 '아름다워지기 위해 몸에 칼을 대다니 말도 안 돼'라는 생각이 새겨져 있지."

"그게 나쁘다고 생각하세요? 일반적인 감각인 것 같은데요."

"나쁘다, 나쁘지 않다는 문제가 아니야. 단순한 사실이야. 그것이 성형외과라는 의료 분야를 어둠 속으로 밀어내고 있지. 그리고 그런 가려진 분야에는 뛰어난 인재가 좀처럼 모이질 않아. 하지만 말이야, 한편으로 성형외과는 돈이 되지."

"돈이 된다고요?"

"그래. 성형외과는 자유 진료야. 즉, 자유롭게 가격 설정을 할 수 있으니까 방법에 따라서는 큰돈을 벌 수 있지. 그래서 무능한 돈의 망자들이 모여들어."

히이라기는 외국영화 속 배우가 하듯 크게 어깨를 으쓱했다.

"원래 성형외과는 외과 의사로서 아주 치밀하고 고도의 기술을 필요로 해. 미국에서는 외과 레지던시를 오 년쯤 걸려 수료하고 거기서 높은 평가를 얻은 레지던트만이 또 이삼 년이나 걸리는 성형외과 레지던시를 받을 수 있어. 그것을 수료해야 비로소 진정한 성형외과 의사로 인정받아."

'레지던시'라고 거들먹거리지 말고 그냥 '연수'라고 하면 되지 않나. 아무리 봐도 히이라기의 언동이 너무 싫었다.

"그러니까 미국에서는 최고의 엘리트만이 '성형외과 의사'라는 이름을 댈 수 있어. 하지만 일본에서는 어떤 과의 의사든 하겠다고 하면 법률적인 제한은 없어. 유일한 예외가 자네들 마취과 의사들의 '마취과 표방 의사'라는 자격이야. 마취과 의사만 아니면 이제 막 연수를 끝낸 덜떨어진 인간들이 '뇌외과의', '심장외과의'라고 자기를 소개하지."

"법률상은 그렇지만 그런 짓을 하는 의사는 없을 겁니다."

히이라기가 아스카의 코앞에 손가락을 들이밀었다.

"그야 그렇지! 자네 말대로 일반적인 전공에서는 그런 바보 같은 짓을 하는 놈은 없어. 하지만 성형외과 세계에는 있다고! 무서운 일이지. 이제 연수를 막 끝내 성형외과의 기초도 익히지 못한 놈들이 돈 욕심에 성형외과 클리닉에 취직한다고. 그리고 고용하는 쪽도 적당한 연수만 해주고 말도 안 되는 수술로 환자에게 돈을 받아내지. 물론 기술이 형편없으니 온갖 문제가 발생하지."

히이라기는 깊은 한숨을 내쉬고 고개를 절레절레 흔들었다.

"그런 의사 말고 제대로 기술이 있는 의사도 있지 않나요?"

"물론 있지. 그러니까 옥석이 뒤섞인 상태라고. 그래서 손님은 진짜 실력 있는 성형외과 의사를 찾아 방황하지. 그리고 나야말로 여기 일본에서 가장 뛰어난 성형외과 의사라고!"

"아, 그러세요."

참 긴 이야기였는데 결국 자기 자랑이야?

"그런데 왜 이 클리닉에 수술이 없어요? 선생님의 기술이 좋으면 수술 예정이 꽉 차 있어야 하지 않나요?"

"솜씨가 좋으니까 오히려 수술이 적은 거야. 내 수술비는 비싸니까."

히이라기는 검지를 세워 자기 얼굴 앞에서 좌우로 흔들었다.

"돈 문제라고요?"

"당연히 돈 문제지. 최고의 서비스를 받으려면 그에 상응하는 금액이 필요해. 당연한 일이지. 참고로 아사기리 선생, 아까 자네에게 제안한 수술 말이야, 그 정도면 보통 500만 정도를 받지."

"……리라?"

"당연히 엔이지. 다만 혹시 원하면 직원 할인으로 특별히 5퍼센트 할인을……"

"됐습니다!"

"그래? 유감이네. 내 솜씨라면 시골뜨기 같은 자네의 순진한 얼굴도 누구나 부러워할 미모로 바꿀 수 있는데."

"시골뜨기?! 누가?!"

목소리가 높아졌다.

"자네 말이야. 당연히 자네 아니겠나? 아무리 봐도 순도 100퍼센트, 막 올라온 시골뜨기지. 혹시 사실은 도시에서 태어나고 자랐나?"

"······후쿠이에서 태어나고 자랐죠."

히이라기는 '그것 보라고'라는 듯 의기양양한 미소를 지었다.

"하지만 그렇게 시골은 아니라고요! 자전거로 갈 수 있는 데 편의점도 있었고."

"24시간 영업?"

"······밤 9시에 닫아요."

"그야말로 시골이네."

더는 반론할 수 없어서 아스카는 고개를 숙이고 입술을 깨물었다.

"아까도 말했는데 자네는 얼굴 형태 자체는 나쁘지 않아. 그런데 그를 능가하는 촌스러움이 내면에서 배어 나오고 있지. 나라면 수술로 그 촌스러움을 완전히 없앨 수 있지. 이제까지 없었던 인기를 구가할 때가 찾아오는 거야. 아아, 아마 지금 애인도 없겠지?"

"······다른 이야기인데 저는 대학교 때 합기도부에 있었습니다. 참고로 동일본 의과생 체육대회 개인전에서 준우승했고요. 장기는 정권 상단 찌르기입니다."

아스카가 주먹을 쥐자 히이라기의 표정에 두려움이 스쳤다.

"아, 아니. 마음이 바뀌면 언제든 이야기하게. 부분마취로 끝나는 수술이라면 돈만 있으면 언제든 받으니까."

"부분마취라면? 그럼 전신마취일 경우는 돈이 있어도 받지 않을 때가 있나요?"

"전신마취가 필요한 수술은 얼굴이나 몸의 조형을 다듬는 정도가 아니라 대부분 '변신'이라고 할 수 있을 정도의 변화를 가져오지. 그러니까 그 손님의 '아름다움'을 근본적으로 내가 만들어내는 거야. 그러므로……"

히이라기가 자신만만하게 거기까지 이야기했을 때 노크 소리가 울리고 사나에가 돌아왔다. 사나에가 들고 있는 쟁반 위에는 홍차와 조각 케이크가 놓여 있었다.

"오후 3시라 간식도 준비했어요. 아스카 선생님, 케이크 좋아하세요?"

"아주 좋아해요!"

연설이 중단되어 입을 내밀고 있는 히이라기를 두고 아스카는 두 손을 모았다.

"그거 잘됐네요. 어서 드세요."

"잘 먹겠습니다."

사나에에게서 접시를 받아든 아스카는 포크로 케이크를 잘라 입으로 가져가기 시작했다. 히이라기는 벽시계로 시선을 보냈다.

"벌써 시간이 이렇게 됐나? 아사기리 선생, 그 케이크를 다 먹으면 오늘은 돌아가도 돼."

"앞으로 무슨 일이 있어요?"

"다음 주 토요일에 수술할지 모를 손님과 면담이 있지."

"어? 그럼 제가 왜 돌아가나요? 토요일 수술이라면 전신마취잖아요. 그럼 마취 위험 설명이나 수술 전 검사나……"

"사전 동의나 수술 전 검사는 전부 내가 해. 수술 삼 일 전까지는 마취에 필요한 데이터를 전부 메일로……"

"그건 안 됩니다!"

입안의 케이크를 삼킨 아스카는 목소리를 높였다. 히이라기는 의아한 듯 미간을 찌푸렸다.

"안 된다니?"

"저는 환자를 직접 진찰하고 마취 위험을 포함한 설명을 합니다. 그게 프로 마취과 의사로서 최소한의 일이니까요."

입술에 묻은 크림을 손으로 닦는 아스카를 보고 히이라기는 씩 입가를 들어 올렸다.

"프로 마취과 의사라. 그런 말을 하니, 프로 성형외과 의사의 철학을 늘어놓은 다음이라 거절하기 힘들군. 그럼 자네도 동석하게. 오늘 의뢰는 상당한 사연이 있으니 자네도 흥미가 갈 거야. 그렇지, 사나에 씨?"

잔뜩 신이 나 말하는 히이라기에게 사나에가 "그렇죠"라고 부드럽게 대답했다.

사연이 있다고? 왠지 마음이 소란해진 아스카가 시선을 돌리니 사나에가 벚꽃 빛깔의 입술을 열었다.

"사모님의 얼굴을 돌아가신 전처의 얼굴로 바꿔달라는 의뢰예요."

2

이 사람들, 제정신이야? 원장실 소파에 앉으면서 아스카는 넋을 놓고 있었다.

정면 소파에는 남녀가 앉아 있었다. 혈색이 좋지 않은 남자의 얼굴에는 깊은 주름이 잡혀 있었고 머리숱도 거의 없었다. 칠십은 넘지 않았을까. 방에 들어올 때의 걸음걸이도 미덥지 못했는데 그 안광만은 아주 날카로워 사냥감을 노리는 육식동물 같았다.

노인 옆에 앉은 여성은 얼핏 보기에는 그의 손녀처럼 보였다. 나이는 서른 전후라고 해야 할까. 어깨 정도에서 가지런히 자른 검은 머리, 야무지게 꼭 다문 입술, 의지가 강해 보이는 가는 눈매, 가녀린 콧날. 어딘가 단단한 아름다움으로 무장하고 있었다.

몇 분 전, 사나에의 안내로 이 방으로 안내된 노인은 품에서 명함을 꺼내 히이라기와 아스카에게 건넸다. 거기에 적힌 글자를 보고 아스카는 눈을 의심했다.

'니카이도 그룹 회장 니카이도 쇼조'

전국에 대형 쇼핑센터 '니카이도'를 거느린 대기업의 회장.

어안이 벙벙해진 아스카 앞에서 니카이도는 같이 온 여성을 "아내인 리나"라고 소개하고 "이 사람의 얼굴을 전처의 얼굴로 성형해주십시오"라고 말을 꺼냈다.

"아이고, 과연 천하의 니카이도 그룹을 당대에 일으킨 회장님이십니다. 이렇게 젊고 아름다운 사모님이 계시다니."

싹싹하게 말하는 히이라기를, 니카이도는 눈꺼풀이 늘어진 눈으로 노려봤다.

"겉치레는 됐고. 여러모로 정보를 모았는데 당신이 가장 실력이 좋고 믿을 수 있는 정형외과 의사라고 해서 왔소."

"회장님, 실례지만 저는 성형외과 의사지 정형외과 의사가 아닙니다. 정형외과는 골절 같은 부상을 치료하는 목수 같은 존재죠. 그에 반해 우리 성형외과 의사는 얼굴을 비롯한 몸의 조형을 다듬는, 이른바 '인체의 예술가'입니다. 무엇보다 일본에 '미용정형'이라는 말이 퍼져 있는 것은 성형외과 역사 초기에 정형외과 의사가……"

"선생님, 이야기가 다른 데로 빠졌어요."

아스카가 낮게 중얼거렸다.

"뭐든 상관없소. 중요한 건, 당신은 최고의 실력이 있고 돈만 내면 뭐든 해준다는 거지."

니카이도가 조바심이 나는 듯 말하자 히이라기가 입술 끝을 올렸다.

"돈만 내면 된다고요? 뭐, 틀린 말은 아닙니다. 다만 지금 사모님 얼굴을 이전 사모님 얼굴로 바꿔달라는 것은 아주 기묘한 의뢰입니다. 옆에 계신 사모님은 아주 아름다우세요. 뭐, 좀 더 아름답길 바라신다면 눈과 미간 사이를……"

"그런 건 필요 없어!"

느닷없이 니카이도가 벽이 흔들릴 정도로 큰소리를 쳤다. 아스카는 목을 움츠렸다.

"아내를 아름답게 할 성형외과 의사는 얼마든지 있어. 하지만 아내의 얼굴을 완벽하게 집사람의 얼굴로 바꿀 수 있는 사람은 당신뿐이라고 들었어. 가능한가? 아니면 불가능한가?"

아스카의 가슴에 시커먼 감정이 솟아올랐다. 니카이도는 옆에 앉은 여성을 '아내'라고 부르고 전처를 '집사람'이라고 불렀다. 니카이도는 리나를 얕잡아 보는, 그러니까 물건처럼 취급하는 것만 같았다.

"가능할지 아닐지는 전 사모님의 얼굴을 보지 않으면 뭐라 말씀드릴 수 없습니다."

"이게 집사람인, 니카이도 사치코의 사진이네."

니카이도는 양복 주머니에서 사진 다발을 꺼내 히이라기에게 건넸다. 아스카도 히이라기의 손에 있는 사진을 들여다봤다. 색이 많이 바래 암갈색으로 변해 있는 그 사진 속에서 젊은 여성이 미소 짓고 있었다. 이목구비는 어딘지 리나와 비슷했는데 리나 같은 딱딱한 아름다움이 아니라 좀 더 소박한 '아름다움'이 여성에게 감돌았다.

"그렇군요. 이 여성이 전 사모님이시군요."

히이라기가 사진을 넘기면서 중얼거렸다.

"음. 사치코가 이십 대 때 찍은 거지."

"아이고, 지금 사모님도 아름다우신데 전 사모님도 아름다우시네요."

히이라기는 사진을 넘기던 손을 멈추고 슬쩍 니카이도를 올려다봤다.

"알려주시겠습니까? 왜 사모님 얼굴을 전 사모님 얼굴로 바꾸고 싶으십니까?"

"왜 그런 걸 알고 싶어 하지? 자네는 돈만 받으면 되는 거 아닌가? 가능한가, 아닌가. 가능하다면 얼마면 되나. 그것만 대답하면 되네."

니카이도의 말투에서는 다른 사람에게 명령하는 게 익숙한 사람의 오만함이 배어 나왔다. 히이라기는 여전히 실실 웃으면서 니카이도의 옆에 앉은 아내 리나에게 시선을 보냈다.

"사모님의 얼굴 형태는 사진의 여성과 상당히 비슷합니다. 간단한 수술은 아니나 저라면 가능하죠. 그렇습니다. 받아들이면 수술비, 수술 후 입원비, 의료자재 대금 등등을 합쳐 3천만을 받아야겠죠."

"사, 3천만?!"

너무 말도 안 되는 가격에 아스카는 눈을 부릅떴다.

"내지."

조금의 망설임도 없이 니카이도가 끄덕이는 것을 보고 아스카의 눈은 더 커졌다.

"바로 결단을 내리시는군요! 역시 대단하십니다!"

히이라기는 손뼉이라도 치려는 듯 두 손을 모았다.

"그래서 수술은 언제 가능한가? 언제 아내를……"

"잠깐만요!"

저도 모르는 사이에 아스카는 일어나 있었다.

"자네 뭐야?"

낮은 목소리로 말하는 니카이도의 박력에 순간 움찔했으나 아스카는 두 손을 잡고 견뎌냈다.

"아까부터 두 분이 마음대로 이야기하시는데 사모님의 생각은 어떠세요? 자신의 얼굴에 손을 대는 겁니다. 그래도 괜찮습니까?"

"……남편이 원한다면 제가 할 수 있는 일은 하고 싶어요."

대본을 읽는 것 같은 리나의 대사를 듣고 아스카는 말문이 막혔다.

"보라고. 본인도 그렇게 말씀하시니 자리에 앉아."

히이라기에게 정장 옷깃을 붙잡힌 아스카는 어쩔 수 없이 소파에 앉았다.

"아, 죄송합니다. 우리 마취과 의사, 오늘이 아무래도 그 날 같아요."

싹싹하게 말하는 히이라기에게 아스카는 구역질이 날 것만 같았다.

그만하자! 역시 여기서는 일하지 않는 게 맞다. 아무리 급여가 높다고 해도 돈으로는 살 수 없는 소중한 것을 잃고 말 거야.

"그럼 수술 일정에 대해……"

이야기를 진행하려고 하는 니카이도 앞에 히이라기가 손을 내밀었다.

"……뭐지?"

니카이도는 미간을 찌푸렸다.

"회장님. 그렇게 서두르지 마시죠. 저는 '받아들이면 3천만이 듭니다'라고 했지 아직 받아들이겠다는 말은 한마디도 하지 않았습니다."

고개를 숙이고 있던 아스카는 눈을 크게 뜨고 히이라기를 봤다. 정신을 차리니 니카이도도 비슷한 표정을 드러내고 있었다.

"뭐야? 금액이 불만인가? 그렇다면 더……"

"아니, 아닙니다. 가격을 올리려고 이런 말을 하는 게 아닙니다. 이 수술이 '내가 집도할 만한 가치가 있는지 의문'이라고 말씀드리는 겁니다."

"웃기지 마! 돈이라면 얼마든지 내지! 그러니까 시키는 대로 수술해!"

니카이도는 소파에서 엉덩이를 들고 고함을 쳤다. 아스카가 미간을 찌푸렸다. 니카이도의 언동에는 노여움보다 초조함이 묻어 있는 것만 같았다.

"시키는 대로 하라고요? '기술자'에게 하는 의뢰라면 문제가 없죠. 하지만 아까도 말씀드렸듯 저는 '기술자'가 아니라 '예술가'입니다."

히이라기는 자랑스럽게 턱을 가볍게 들었다.

"외모를 근본적으로 바꾸는 수술을 할 때는 기술만으로는 부족합니다. 감성이 무디면 거기에 '아름다움'이 탄생할 여지가 없죠. 저는 '아름다움'을 탄생시키는 '예술가'이길 바랍니다."

유창하게 자신의 정책을 말한 히이라기는 갑자기 일어나 커튼콜을 받은 연기자처럼 마치 연기 같은 몸짓으로 깊이 고개를 숙였다.

수술이 '예술'……. 괴짜라고 생각했는데 이 정도일 줄은 몰랐다. 아스카는 너무 놀라 할 말을 잃었다.

"그러니까 '예술가'로서 이 수술은 마음에 들지 않는다는 말인가?"

고통스럽다는 듯 니카이도가 침묵을 깼다. 히이라기는 "정말 이해가 빠르시군요"라고 상냥하게 말했다.

"제가 아름답지 않아서 당신의 '예술'에 적합하지 않다는 건가요……?"

그때까지 잠자코 입을 다물고 있던 리나가 말했다. 변함없이 억양이 없는 말투로.

"아니, 아닙니다. 오해하지 말아주십시오. 당신은 아름답습니다. 그러나 당신이 이 사진의 여성과 같은 얼굴이 되어도 그녀처럼 아름다워지진 않죠."

히이라기는 사진 다발에서 한 장을 꺼내 그것을 들어 올렸다. 그 사진 속의 니카이도 사치코는 눈을 가늘게 뜨고 행복한 듯 환하게 웃고 있었다.

"사치코 씨는 얼굴 형태의 아름다움도 좋으나 표정이 아주 훌륭합니다! 이 아름다움은 내면에서 배어 나오는 겁니다. 얼굴만 그녀와 닮게 해도 사진처럼 마음에서 우러나오는 미소를 지을 수 없으면 '아름다움'은 생겨나지 않습니다."

히이라기는 사진을 리나 앞에 내밀었다.

"당신은 이곳에 와서 한 번도 웃지 않았습니다. 마치 가면을 쓰고 있는 것 같아요. 사모님, 당신은 이 수술을 진심으로 받고 싶습니까? 당신은 사치코 씨의 얼굴이 되어 진심으로 웃을 수 있습니까?"

리나는 입술을 굳게 다문 채 아무런 대답도 하지 않았다. 니카이도가 벌떡 일어났다.

"그만 됐어! 리나, 돌아가지. 이 녀석은 수술에 자신이 없어서 변명하고 있는 거야. 의사는 얼마든지 있어."

"만약 다른 성형외과 의사에게 의뢰하고 싶으시면 그만 가셔도 좋습니다. 다만, 저보다 나은 의사는 찾을 수 없을 겁니다."

"네가 수술하지 않겠다고 말했잖아. 다른 의사를 찾는 수밖에 없지 않은가!"

"저는 수술하지 않겠다고 말한 적 없습니다. 단지 내가 수술할 가치가 있는지, 그걸 확인하고 싶을 뿐입니다."

"……어떻게 해야 확인이 되나?"

니카이도는 미간을 찌푸렸다.

"아, 그게 말입니다, 일단 따로 날을 잡아 사모님과 이야기를

나누게 해주십시오. 물론 당신을 빼고. 그 이야기에 따라 수술을
받아들일지를 결정하죠. 어떻습니까?"

"……알았네."

몇 초의 침묵 후 니카이도는 어쩔 수 없다는 듯 고개를 끄덕
였다.

3

"우와! 푹신푹신하네. 이게 뭐지? 가죽인데 푹신해!"

"자네, 애야? 좀 얌전히 있게."

뒷좌석에 앉은 아스카가 흥분해 목소리를 높이자 조수석의
히이라기가 돌아봤다.

"하지만 선생님, 이거 정말 굉장해요. 보세요."

아스카는 트램펄린이라도 하듯 몸을 위아래로 움직였다.

"그만해! 스프링이 망가져. 그보다 왜 자네가 따라오나?"

"어머, 좋잖아요. 드라이브는 사람이 많을수록 즐거워요."

운전석의 사나에가 차분하게 말했다.

"우리는 드라이브하는 게 아니야. 니카이도 리나를 만나러 가
는 거지."

히이라기의 중얼거림을 듣고 아스카는 웃음을 거뒀다. 면접
을 위해 히이라기 성형클리닉을 방문한 지 나흘 후인 토요일,
아스카는 히이라기 일행과 함께 니카이도의 집으로 향하고 있

었다. 히이라기는 탐탁지 않은 표정을 지었으나 아스카는 꼭 따라가야겠다고 버텼다.

"그런데 이 차, 아주 비쌀 것 같네요."

아스카가 묻자 갑자기 히이라기는 의기양양한 표정을 지었다.

"포르쉐 카이엔 터보야. 최고의 SUV이지. 배기량은 4,806, 최고 속도 280킬로미터 가까이 나오는 슈퍼카야. 가격은 1천500만 이상!"

"1천500만!!"

"놀랐나 보군. 이 자동차는 안정성도 높아. 나 같은 천재가 교통사고로 다치면 인류에게 큰 손해지."

"그런데 왜 선생님이 운전하지 않나요?"

아스카가 소박한 의문을 입 밖에 낸 순간 히이라기의 얼굴에 동요가 드러났다.

"히이라기 선생님은 운전면허가 없어요. 그래서 자동차로 이동해야 할 때는 제가 운전사를 맡고 있어요."

사나에의 말을 듣고 아스카는 눈을 깜빡였다.

"어? 운전을 못 하는데 이런 고급 차를 사요?"

"운전은 뭐라고 할까…… 무서워. 어렸을 때 교통사고를 당했거든. 필요할 때는 사나에 씨가 운전해주고…….."

"저도 좋아요. 이렇게 좋은 차를 운전할 수 있으니까."

"사나에 씨, 너무 응석을 받아주는 게 아닌가요? 응석을 받아주면 성장할 수 없어요."

"자네가 내 엄마야? 하지만 말이야, 실은 사나에 씨 운전으로 이동할 때마다 역시 운전면허를 따야 하는 게 아닐까 생각해. 그게 더 안전하지 않을까⋯⋯."

아스카가 "무슨 말씀이세요?"라며 고개를 살짝 기울인 순간 갑자기 바로 옆에서 충격이 왔다. 몸이 세게 옆으로 흔들렸다. 안전벨트가 가슴을 파고들어 순간 숨이 막혔다.

"사나에 씨. 안전 운전 하라고, 늘 말하는데⋯⋯."

"괜찮아요. 주위에 차가 없으니까 위험하지 않아요."

"아니, 그런 게 아니라⋯⋯."

명랑하게 말하는 사나에에게 히이라기가 반론하려는데 이번에는 정면에서 충격이 왔다. 사나에가 액셀을 밟은 것 같았다. 아스카는 드디어 교통사고가 일어난 게 아니라 사나에의 운전이 거친 거라는 걸 깨달았다.

"사나에 씨, 속도, 속도를 너무 낸다고."

"어머, 정말이네. 120킬로 정도였네. 이 차의 가속이 너무 부드러워서 나도 모르게."

"⋯⋯앞으로 조심하게."

히이라기는 고개를 돌려 뒷좌석에서 몸을 굳히고 있는 아스카에게 "이제 알겠지"라며 눈으로 말했다. 아스카는 양손으로 안전벨트를 붙잡고 고개를 끄덕였다.

"아, 저기, 사나에 씨. 저도 가능하면 좀 더 느긋하게 갔으면 좋겠네요. 아, 그리고…… 제가 멀미가 있어서요."

"죄송해요. 젊었을 때 시골에서 속도를 내던 버릇이 없어지질 않아서. 조심할게요."

"정말 고맙습니다."

가슴을 쓸어내린 아스카는 히이라기의 음울한 시선을 발견했다.

"왜 그러세요? 제 얼굴에 뭐 묻었어요?"

"내 차에서 토하지 말아줘."

"안 토해요!"

아스카가 말하자 "그럼 됐어"라고 말하고 정면으로 몸을 돌렸다. 그 등을 바라보면서 아스카는 아까부터 마음에 걸렸던 말을 꺼냈다.

"그런데 히이라기 선생님. 물론 그런 수술을 받아들이실 건 아니죠? 그 니카이도라는 사람, 이상해요. 아내의 얼굴을 전처의 얼굴로 바꿔달라니."

"니카이도 리나 본인은 '남편이 원한다면 좋다'고 했어."

히이라기가 놀리듯 말했다.

"틀림없이 그렇게 말할 수밖에 없었을 겁니다. 옆에 남편이 앉아 있어서 어쩔 수 없이."

"남편의 명령에 어쩔 수 없이…… 그랬다는 건가. 하지만 그녀는 그렇게 기가 약한 여자가 아니야."

히이라기는 잡지 하나를 아스카의 무릎 위에 던졌다. 그 표지에는 양복 차림의 외국인 남성이 나른한 표정으로 포즈를 취하고 있었다.

"이게 뭔가요?"

"비즈니스잡지야. 자네 같은 가난뱅이와는 인연이 없는 잡지지. 거기 108페이지를 보라고."

가난뱅이라 정말 미안하네요. 볼을 잔뜩 부풀리면서 아스카는 잡지를 펼쳤다. 입에서 "어?"라는 소리가 흘러나왔다. 거기에 실린 것은 니카이도 리나의 사진이었다. 페이지 제목에는 '뉴웨이브 경영자, 그 초상'이라는 거창한 문구가 쓰여 있었다.

"이게 리나 씨예요?"

"그래, 맞아. 거기에는 '안도 리나'라고 되어 있지. 아무래도 비즈니스계에서는 결혼 전 성을 쓰는 모양이야."

"비즈니스……."

사진 안에서 리나는 자신만만한 웃음을 짓고 있었다. 며칠 전 남편 앞에서 거의 입을 열지 않았던 여성과 동일 인물이라고는 도무지 생각할 수 없었다.

"그녀는 상당한 인재야. 대학 재학 중에 부유층을 위한 별장을 판매하는 벤처기업을 설립해 몇 년 만에 연 매출 20억 엔의 회사로 키워냈어. 삼 년 전에 니카이도 그룹의 자회사와 업무제휴를 맺었을 때 회장인 니카이도 쇼조와 만나 반년 후에 나이 차를 극복하고 결혼. 물론 지금도 자기 회사를 계속 경영하고 있지."

"처음부터 이런 사실을 아셨어요?"

"설마! 흥미가 생겨서 조사해봤지. 이 정도 정보는 돈만 조금 쓰면 바로 모을 수 있으니까. 무엇보다 그녀는 남편의 명령에 군말 없이 따를 여자가 아니야. 그런 여자가 산전수전을 다 겪어야 하는 비즈니스계에서 성공할 수 있겠어?"

"아니, 그럼 왜 얼마 전에 '남편이 원한다면 좋다'는 말을 했을까요?"

"그걸 물어보려고 지금 니카이도의 집으로 가는 거야."

"하지만 무슨 이유가 있더라도 이건 잘못된 일입니다. 얼굴을 바꾸다니 부자연스러운……"

아스카가 중얼거리고 있는데 히이라기는 키득키득 소리를 죽여 웃기 시작했다.

"뭐가 그렇게 우스우세요?"

"니카이도 리나의 이야기를 하고 있었는데 어느새 성형외과 비판이 되었네. 자네는 그렇게 성형외과가 싫은가?"

"싫습니다. 예뻐지기 위해 얼굴에 메스를 대다니."

"부모님께 받은 소중한 얼굴에 말이지."

히이라기는 놀리듯 말했다.

"맞아요. 이상한가요?"

"아니. 이상하지 않아. 아무래도 성형은 자연스러운 행위는 아니지."

히이라기의 말투에 자학의 울림이 섞여 있었다.

"예? 그럼 왜 선생님은 성형외과 의사가 된 거죠?"

"성형외과라는 과학이 왜 발생했는지, 아나?"

"무슨 소리세요?"

"성형외과학의 발생은 전쟁과 밀접한 관계가 있어. 제1차 세계대전 전후, 전쟁이 점차 기계화됨에 따라 목숨은 간신히 구했으나 얼굴 전체에 심각한 손상을 당한 병사가 대량으로 생겨났어."

히이라기의 말투에서는 평소의 경박한 분위기가 사라지고 없었다.

"얼굴에 생긴 상처는 마음의, 그리고 인생의 상처가 되지. 그런 병사들의 상처를 조금이라도 원래 상태에 가깝게 돌려놓으려고 생긴 것이 성형외과학이야. 시대에 따라 기술도 발전해 외상만이 아니라 수술 흉터, 타고난 형태 장해 등도 치료 가능해졌어. 그 기술을 바탕으로 '아름다움'을 추구하는 게 성형외과학이지."

"상처를 수술로 고치는 건 이해해요. 하지만……"

"다치지도 않은 사람이 수술로 감염의 위험을 무릅쓰면서까지 '아름다움'을 추구하는 건 잘못된 일이다, 자네는 그렇게 말하는 거지."

"그래요. 제 생각이 틀렸나요?"

"옳다거나 틀렸다고 할 수 있는 문제가 아니야. 그건 각자의 가치관에 달린 거니까. 성형외과를 윤리적으로 잘못되었다고 보는 사람이 많아. 나는 그 생각을 부정할 마음은 없어. 가치관은 강요해선 안 되니까."

아스카는 입가에 잔뜩 힘을 주고 입을 다물었다.

"하지만 현실적인 문제로 성형외과가 필요한 사람이 있어. 다치지는 않았으나 자신의 용모를 놓고 깊이 고민하는 사람들. 그들은 크게 다친 사람과 마찬가지로, 아니 때에 따라서는 그보다 더 큰 콤플렉스를 안고 괴로워해. 물론 패션과 화장으로 그들의 콤플렉스가 사라진다면 좋지. 하지만 그런 방법으로도 고통이 사라지지 않은 사람들은 마지막 수단으로 자기 몸에 메스를 대는 거야."

히이라기는 아스카의 눈을 똑바로 들여다봤다.

"성형외과 의사가 할 수 있는 것은 자신이 가진 기술을 다해 그런 사람들의 고통을 조금이라도 줄여주는 거야. 그래서 나는 내 일에 자부심을 느껴."

"……히이라기 선생님은 그런 사람들을 구해주고 싶어서 성형외과 의사가 되신 겁니까?"

조그만 목소리로 아스카가 묻자, 히이라기는 원래의 냉소적인 표정으로 돌아왔다.

"뭐? 그럴 리가 있겠어? 돈이지, 돈! 성형외과는 다른 의료 분야보다 훨씬 많은 돈이 들어와. 내 천재적인 재능에 어울리는 보수를 얻기에 가장 적합한 분야가 성형외과였다는 거지. 그게 다야."

뺨이 굳어졌다. 애써 다시 생각해보려고 했는데 결국 돈이란 말인가. 역시…….

"역시 저는 성형외과가 이상한 것 같습니다!"

"맘대로 생각해. 나는 시골뜨기 아가씨가 어떻게 생각하든 전혀 개의치 않으니까."

"시골뜨기 아가씨라고 하지 마세요! 이 돈벌레 아저씨야!"

"뭐, 돈벌레?"

두 사람의 시선이 엉겨 붙었다.

"둘이 친해져서 정말 다행이에요."

그때까지 잠자코 있던 사나에가 즐겁다는 듯 말했다. 아스카와 히이라기는 동시에 얼굴을 찡그렸다.

"아스카 선생님."

"왜요?"

백미러 너머로 미소 짓고 있는 사나에게 아스카는 부루퉁하게 대답했다.

"그래도 우리와 일하게 되었으니까 실제 성형외과 현장을 본 다음에 판단하면 어떨까요? 이미지와 현실은 실제로 보면 다르니까요."

부드러운 분위기로 지적당한 아스카는 불만스럽긴 했으나 "그렇네요"라고 중얼거리고는 무릎 위에 놓인 잡지로 시선을 던졌다.

니카이도 리나는 왜 남편의 전처와 같은 얼굴이 되라는, 굴욕적인 제안을 받아들이려는 것일까? 아무리 생각해도 답이 나오지 않았다.

아스카는 입가에 손을 대고 고개를 들었다.

"히이라기 선생님……."

"왜 그런 무서운 목소리를 내지? 아직 성형외과에 불만이……."

"아니, 잡지를 보고 있으니까 속이…… 토할 것……."

"사나에 씨. 빨리 차를 세워요! 저 여자를 차 밖으로 끌어내!"

히이라기의 비명 같은 소리가 차 안에 울려 퍼졌다.

*

"오늘 여기까지 와주셔서 정말 고맙습니다."

정면에 앉은 니카이도 리나가 우아하게 고개를 숙였다. 아스카는 황급히 인사를 건넸다.

조후시 교외에 있는 니카이도의 집은 '집'이라기보다 '저택'이었다. 야구장도 담을 수 있을 정도의 부지는 높은 담으로 둘러싸여 있었고 대문 안에 경비실도 있었다. 경비원의 지시에 따라 차를 세운 주차장에는 고급 외제 차가 열 대 이상 세워져 있어서, 히이라기가 그토록 자랑했던 포르쉐도 그 안에 있으니 그다지 눈에 띄지 않았다.

십여 분 전, 세 사람은 경비원에 이끌려 미술관처럼 전위적인 형태의 건물로 안내되었다. 그 현관 앞에서 니카이도 리나가 세 사람을 맞아 이 방으로 안내했다.

업무용으로 보이는 책상에 응접세트가 놓인 공간은 히이라기의 원장실과 아주 비슷한 구조였다. 그러나 새하얀 벽에 인공 대리석 바닥이라는 졸부의 냄새를 풍기는 히이라기의 방과 달리 이 방은 전체적으로 차분한 색조라 고상했다.

소파에 앉은 리나의 온몸에서 자신감이 드러나, 사흘 전에 남편 옆에서 잠자코 있던 여성과 같은 사람이라는 게 믿기질 않았다.

"아, 방이 정말 훌륭하네요. 제 원장실 정도는 아니지만."

이상한 경쟁심을 불태우는 히이라기를 보며 리나가 미소 지었다.

"이곳은 제 업무실입니다."

"업무실이요? 아, 별장 판매 일을 하시죠."

"지금은 다른 사업도 하지만 중심은 별장 판매입니다. 방치된 별장을 싸게 사서 대대적으로 보수해 부가가치를 더해 팔죠."

"좋은 물건이 있으면 소개해주세요. 별장을 사볼까 생각 중이라서요."

아이고, 이 졸부야! 신나서 떠드는 히이라기에게 아스카는 한껏 한심함을 담아 쳐다봤다.

"핵 피난처가 딸린 별장이 인기가 있었는데, 어떠세요?"

"……그런 별장을 누가 삽니까?"

말도 안 되는 물건을 추천받고 히이라기는 얼굴을 찡그렸다.

"마야문명의 예언인가에 따라 2012년에 세계가 멸망한다고 믿었던 사람들이 앞다퉈 샀어요. 팔고 남은 게 야마나시와 나가노에 두 채밖에……"

"나는 마야도 노스트라다무스도 쓰치노코*도 믿지 않으니 됐습니다."

히이라기는 입술을 내밀고 실내를 둘러봤다.

"그런데 남편분도 이 저택에서 사십니까?"

"여기는 제 사저입니다. 저는 여기서 생활하는데 남편은 보통 안채에서 생활합니다."

"그래요? 함께 생활하시는 게 아니군요."

"……남편은 바쁜 사람이라. 시간이 날 때 여기로 와서 저녁을 먹거나 자고 갑니다."

"그렇군요. '통근 아내**'가 아니라 '통근 남편'이군요. 헤이안 시대 귀족처럼 상당히 정취가 있네요. 그런데 힘들지 않나요? 고령의 남편이 오가는 것 말입니다. 남편이 여기에 오지 않고 당신이 '안채'로 가는 게 합리적인 것 같은데."

히이라기가 고개를 기울이며 도발적으로 눈을 가늘게 떴다. 리나는 여전히 웃으면서 말없이 그 시선을 받았다.

---

* 일본에 산다고 일컬어지는 괴생명체.
** 동거하지 않고 필요할 때만 남편을 찾아오는 아내.

"실례지만 리나 씨. 당신, 니카이도 가문의 일원으로 인정받지 못하고 있는 게 아닙니까? 그래서 안채에 들어가지 못하고 이렇게 떨어진 별채에 격리되어 있는 것 아닌가요?"

정말 무례하기 이를 데 없는 발언이었다. 그러나 리나의 미소는 무너지지 않았다.

"맞아요. 남편의 여동생, 그리고 세 자녀가 저를 가족으로 인정하지 않아요. 유산을 노리고 니카이도 쇼조에게 접근한 약삭빠른 여자로 생각하죠. 삼 년 전 결혼할 때도 남편은 가족의 엄청난 반대를 겪었죠."

"그런데도 고난을 이겨내고 두 분은 결혼했군요?"

리나는 생글생글 웃었다.

"예. 그래요. 우리는 서로 사랑하니까요."

"서로 사랑하는데 남편분은 왜 당신에게 성형수술을 시키려는 겁니까?"

저도 모르게 끼어든 아스카를 노려보며 히이라기는 옆에서 웃고 있는 사나에를 가리켰다.

"지금은 내가 리나 씨와 이야기하고 있어. 사나에 씨를 보고 좀 배워서 입을 다물고 있으라고."

"하지만 이건 잘못됐어요!"

아스카는 입술을 깨물었다.

"'사랑'의 형태는 저마다 달라. 사랑하는 사람이 바란다면 어떤 일이라도 해주고 싶어. 그게 조금 왜곡된 형태일지라도 '사랑'이라고 할 수 있지. 특히……"

히이라기는 리나에게 의미심장한 눈빛을 슬쩍 던졌다.

"배우자의 목숨이 얼마 남지 않았다면 말이지."

처음으로 리나의 표정이 굳어졌다.

"아니, 설마 알아채지 못하리라 생각하셨습니까? 지난번 만난 니카이도 회장님은 눈의 흰자와 피부가 살짝 노랬습니다. 가벼운 황달이죠. 게다가 인터넷으로 이전 사진을 보니 그렇게 마르지 않았더군요. 아마도 암세포가 온몸에 퍼져 악액질* 상태겠죠. 그 정도는 의사라면 바로……"

"예?!"

놀라서 소리를 지른 아스카에게 히이라기가 시선을 던졌다.

"혹시 아사기리 선생, ……몰랐나?"

아스카는 "……죄송합니다"라고 말하며 고개를 움츠렸다.

"아, 이런 한심한 의사도 있으나 보통은 알기 마련입니다. 아닙니까?"

히이라기가 헛기침을 하고 따지는 듯한 시선을 리나에게 던졌다.

몇 초의 침묵이 흐른 후 리나는 떨리는 입술을 뗐다.

"선생님이 보신 대로입니다. 남편은…… 말기 담낭암으로 앞

---

* 암 등의 악성 질환에 수반되는 체중 감소, 근육 손실, 식욕 감소 등의 몸이 쇠약해진 증상.

으로 이삼 개월밖에 살지 못한다고 합니다. 본인도 알고 있는 사실입니다."

리나는 붉은 입술을 적시고 천천히 이야기를 시작했다.

"남편은 가난한 주류 판매점에서 태어나 중학교를 졸업한 후 가업을 돕기 시작했습니다. 열아홉 살 때 어릴 적 친구이자 한 살 아래인 사치코 씨와 결혼해 세 아들을 낳았답니다. 마침 고도성장기에 들어가 남편은 가업이었던 주류 판매점에서 술 말고 다른 물건도 팔기 시작했습니다. 이것이 현재 전국에 지점을 거느린 쇼핑센터 '니카이도'의 전신입니다. 시대의 흐름과 남편의 재능 덕분에 사업은 점점 커졌습니다. 그러면서 남편은 전국을 돌아다니게 되었고 집을 비웠답니다."

리나는 마음을 가라앉히려는 듯 낮게 한숨을 쉬었다.

"남편이 서른일 때입니다. 사치코 씨는…… 암에 걸렸습니다."

담담하게 말하는 리나의 이야기를 듣고 아스카는 숨을 멈췄다.

"무슨 암인지는 모르겠습니다. 남편도 모른다고 했어요. 사치코 씨는 남편에게 걱정을 끼치지 않으려고 마지막 순간까지 아무에게도 암 이야기를 하지 않았답니다. 끝내 남편은 사치코 씨의 임종을 지키지 못했습니다. 연락을 받고 서둘러 달려왔을 때는 이미 숨을 거뒀답니다."

"남편분은 그게 한으로 남았다는 거군요."

히이라기가 콧등을 긁었다.

"예. 남편에게 남은 아쉬움은 사치코 씨에게 사죄하는 것뿐입니다. 그래서 제가 제안했어요. 제가 사치코 씨가 되어주겠다고."

"먼저…… 얼굴을 바꾸겠다고 말했다고요?"

아스카의 혀가 굳어졌다. 사나에는 눈을 커다랗게 떴고 히이라기는 "아!" 하며 감탄의 목소리를 냈다.

"그렇습니다. 제가 제안했어요. 그러니까 제가 이 수술을 받아들이는가는 확인할 필요도 없어요."

리나는 눈가에 힘을 주고 히이라기를 향해 몸을 돌렸다.

"수술해주시겠습니까?"

히이라기는 가볍게 턱을 당기고 슬쩍 리나를 봤다. 입술 끝에 미소를 지으면서.

"당신은 지금, 남편에 대한 '사랑' 때문에 수술을 받고 싶다고 말씀하셨습니다."

"그게 어쨌다는 거죠?"

리나의 표정이 험악해졌다.

"아닙니다. 아름다운 이야기라고 생각합니다. 너무 아름다워서 오만한 이야기죠."

"선생님, 무슨 말씀을……"

말리려던 아스카는 히이라기의 날카로운 시선을 받고 말을 잇지 못했다.

"리나 씨, 저는 말입니다, 당신에게 좀 더 자신에게 정직하라고, 자신의 내면을 드러내라고 말하고 싶습니다."

"······무슨 소리죠?"

"얼굴을 바꾸면 당신에게 어떤 이점이 있습니까? '사랑' 같은 애매한 것 말고 저 같은 속물도 이해할 수 있는 이유를 알려주시죠."

"이유······?"

"그렇습니다. 이를테면······ 유산에 관한 이야기나."

히이라기가 '유산'이라는 말을 꺼낸 순간 리나의 눈이 허공을 맴돌았다.

"남편은 제가 수술을 받으면서까지 자신의 소원을 들어주려고 하는 데 죄책감을 느끼고 있습니다. 그래서 ······유산 분배를 바꾸겠다고 제안했어요."

"그래요? 그 자세한 내용을 듣고 싶은데 말씀해주시겠습니까?"

"현재 유언에 의하면 유산은 남편의 여동생과 세 아들, 그리고 저까지 다섯 명에게 균등하게 분배됩니다. 남편은 그것을 제가 유산의 반을 받는다는 내용으로 변경하겠다고 했어요."

"니카이도 그룹 회장의 유산의 반이라? 그거 부럽네요."

"저는 남편이 여한 없이 마지막을 맞을 수 있도록 돕고 싶을 뿐입니다. 유산 같은 건 어떻게 되어도 괜찮아요. 하지만 남편이 도무지 받아들이지 않아서······"

히이라기는 답답하다는 듯 고개를 흔들었다.

"안 됩니다. 안 돼요, 안 돼! 체면치레는 그만두죠. 당신은 그런 한심한 여자가 아닙니다. 젊어서 세운 회사를 급성장시키고 그 미모로 니카이도 쇼조를 농락해 후처로 들어왔어요. 그리고 지금 자신의 얼굴에 칼을 대면서까지 니카이도 그룹의 실권을 쥐려고 하죠. 멋진 생각입니다. 당신을 안채에 들이지 않는 것도 이해됩니다. 남편분의 여동생이나 아들들은 당신 발끝에도 못 미치니까요. 양 떼에 호랑이가 쳐들어오는 것이나 마찬가지죠."

히이라기는 양손으로 테이블을 짚고 몸을 내밀며 리나의 눈을 아주 가까운 거리에서 들여다봤다.

"그런 당신의 본성을 나는 아름답게 생각합니다. 그 생명력은 그야말로 '아름다움' 그 자체입니다. 나는 말입니다, 그 본성을 드러낸 당신을 수술하고 싶습니다. 그렇다면 당신은 사치코 씨의 얼굴이 되더라도 그녀보다 더 아름다울 겁니다."

히이라기는 양손을 펼치고 천장을 우러러보았다. 너무나도 연극 같은 행동과 비상식적인 언동에 아스카는 할 말을 잃었다.

리나의 어깨가 흔들리기 시작했다. 울고 있는 건가? 그렇게 생각한 순간 리나가 갑자기 얼굴을 들었다. 아스카는 눈을 의심했다. 리나는 웃고 있었다. 입술 끝을 들어 올려 대담한 미소를 짓고 있었다. 그녀의 입에서 "키득키득" 하고 작은 웃음소리가 새어 나왔다. 배를 잡고 계속 웃어대는 리나를 아스카는 멀거니 바라봤다.

발작적인 웃음이 잦아들자 눈가에 밴 눈물을 닦으면서 리나는 히이라기를 봤다.

"역시 히이라기 선생님이네요. 고작 두 번 만났는데 거기까지 간파하다니. 니카이도도 호적에 올리고 삼 년이 지났는데도 아직 내 본성을 알아차리지 못했는데."

리나는 소파 등받이에 몸을 기대고 긴 다리를 꼬았다.

"아니…… 정말 유산을 노리고……?"

아스카가 중얼거리자 리나는 벌레라도 쫓듯 손을 흔들었다.

"당연하지 않아요? 그게 아니면 왜 그런 노인과 결혼하지? 애당초 니카이도가 내게 끌린 것도, 죽은 아내와 닮았기 때문이야. 뭐, 그 덕분에 내가 니카이도 그룹의 정점에 서게 되니 고마운 일이지."

"그럼 돈 때문에 얼굴을 바꾸겠다는 겁니까?!"

"맞아. 뭐가 이상해요? 나는 말이야, 장사꾼이야. 나는 결혼이라는 상품을 니카이도에게 팔았지. 그리고 지금 내가 가장 고가로 팔 수 있는 상품이 이 얼굴이야."

가슴을 펴고 당당하게 말한 리나는 눈을 가늘게 떴다.

"히이라기 선생님의 말대로 입 밖에 내니 괜한 망설임이 사라졌어요. 이걸로 선생님의 수술을 받을 자격이 갖춰졌네요. 부디 수술해주세요."

히이라기는 그 얼굴에 환한 미소를 짓고 일어나 깊이 고개를 숙였다.

"고객님, 물론이죠. 지금의 당신은 정말 아름답습니다. 당신은 제 '작품'에 어울리는 분입니다. 프로로서 최고의 기술로 당신의 의뢰에 부응하겠습니다."

<h1 style="text-align:center">4</h1>

"정말 괜찮으세요?"

혈압을 재면서 아스카는 환자용 이동 침상에 누운 리나에게 말을 걸었다.

니카이도의 집을 방문하고 일주일 후인 토요일 아침, 파란 마취과 의사용 수술복 위에 의사 가운을 걸친 아스카는 수술실 옆에 있는 회복실의 커튼으로 둘러쳐진 공간에서 리나와 단둘이 있었다. 수술실에서는 사나에가 수술을 준비하고 있었다.

"여기까지 와서 물러설 수는 없죠."

"……자신의 얼굴이 바뀌는 겁니다. 무섭지 않으세요?"

리나는 아무 말도 하지 않았다. 아스카는 낮게 한숨을 내쉬고 수술실 상황을 보러 가려고 몸을 돌렸다.

"……무서워요."

등 뒤에서 들린 조그만 목소리에 아스카는 돌아봤다.

"지금 뭐라고 하셨죠?"

"당연히 무섭죠. 삼십 년간 가지고 살았던 얼굴을 바꾸는 거니까."

"그렇죠!"

리나는 부드러운 미소를 지었다.

"하지만 무서워도 해야 해요. ……나는 말이죠, 남편을 만나고 바로 결정했어요. 이 사람과 결혼하겠다고."

"유산을 원해서요? ……저는 이해할 수 없습니다."

"괜찮아요. 이해하지 못해도. 내 마음을 아무도 이해하지 못해도 괜찮아요. 시기를 놓치면 남편의 소원을 이룰 수 없어요. 그러니 오늘 수술해야만 해요."

"……남편분의 상태가 안 좋으신가요?"

"응, 지금은 안채에 몸져누워 있어요. 앞으로 한 달도 안 남았을 거예요."

"아니! 수술이나 하고 있을 때가 아니지 않나요? 이 수술을 받으면 이 주 동안은 남편분을 만날 수 없어요."

수술 후 이 주 동안, 리나는 이 클리닉과 제휴한 근처 병원에 입원해 거기서 수술 관리를 받는다. 그리고 그 이 주 동안은 외부와 접촉할 수 없을 뿐만 아니라 자신의 얼굴을 거울로 볼 수도 없다. 그게 히이라기가 내놓은 조건이었다.

"수술 후의 붓기와 붉은 기가 빠져야 비로소 내 '작품'은 완성됩니다. 그 전에 얼굴을 보는 것은 굽기 전의 도기를 보고 비평하는 것이나 마찬가지인 야만적인 행위입니다."

히이라기는 의기양양하게 그렇게 말했다.

"괜찮아요. 수술은 받을 겁니다. 그 사람은 반드시 기다려줄 테니까."

리나의 눈에 담긴 강한 의지의 빛에 아스카는 더 이상의 설득은 낭비임을 깨달았다.

"……수술실 상황을 보고 오겠습니다."

힘없이 중얼거리고 아스카는 커튼을 닫았다. 오른쪽으로 열린 문을 통해 수술실이 보였다. 안에서 수술복을 입은 사나에가 솜씨 좋게 수술 준비를 하고 있었다.

수술실에 들어간 아스카는 마취기로 다가가 산소와 흡입 마취약의 잔량, 마스크 접속, 주사기에 담긴 약제, 후두경과 삽관 튜브 등을 확인했다.

"아스카 선생님, 오늘 잘 부탁해요."

사나에는 평소보다 더 부드러운 미소를 지었다. 이제까지는 늘 그 미소에 반했는데 오늘은 살짝 짜증스러웠다.

돈과 권력을 위해 자신의 얼굴을 바꾸려는 여자. 그 수술을 받아들이는 성형외과 의사와 어떤 망설임도 없이 그를 따르는 간호사.

여기는 내가 몸담아도 될 세계가 아니야. 아무래도 그만둬야겠어. 이 수술의 결과를 지켜보고 이곳에서는 그만 근무하자. 아스카는 어금니를 악물면서 결심했다.

"준비가 거의 갖춰져서 이제 곧 입실할 수 있습니다. 아스카 선생님, 죄송하지만 히이라기 선생님을 불러와주실래요?"

아스카는 말없이 고개를 끄덕이고 수술실을 나왔다. 청결 구역에서 나와 아무도 없는 대기실로 들어간 아스카는 원장실 앞에서 걸음을 멈췄다. 오늘은 아직 히이라기의 모습을 보지 못했다. 사나에의 말로는 "수술 전, 원장님은 정신을 집중하고 계셔서요"라고 했다.

아스카는 거칠게 문을 두드렸다. 그러나 대답은 없었다. 다시 문을 두드렸는데도 역시 반응이 없었다. 낮잠이라도 자나? 아스카는 문을 열었다.

히이라기는 방 안쪽에 있는 자기 책상에 앉아 열심히 연필을 움직이고 있었다. 아스카가 방에 들어온 것도 모르는 것 같았다.

도대체 뭘 하는 거지? 그 열중한 모습을 보며 방으로 들어갔다. 발밑에서 부스럭 소리가 났다. 내려다보니 바닥에 떨어진 종이를 밟은 것이었다.

별생각 없이 종이를 주운 아스카의 눈이 커다랗게 벌어졌다. 거기에는 니카이도의 전처, 사치코의 옆얼굴이 그려져 있었다. 순간 흑백사진으로 착각할 정도로 정밀한 스케치였다.

종이에서 고개를 든 아스카는 책상과 바닥 위에 열 장 정도의 스케치가 흩어져 있는 것을 알아챘다. 거기에는 모두 사치코의 얼굴이 다양한 각도에서 그려져 있었다.

책상 앞까지 이동한 아스카가 "선생님!" 하고 말을 걸자 히이라기는 몸을 부르르 떨었다.

"뭐, 뭐야?! 무슨 일인데?!"

"수술 준비됐어요. 이제 입실하세요."

"아, 그래? 그런데 방에 들어올 때는 노크해야지."

"두 번이나 했거든요."

"아, 그래!"

입술을 내민 히이라기는 책상에 연필을 던졌다.

"이 스케치, 선생님이 그리셨어요?"

"응? 맞아. 아침 일찍 와서 이미지 트레이닝을 하고 있었지. 손을 움직여 그림을 그리면서 '작품'의 이미지를 정하고 수술하는 거야."

"그래요. ……이제 곧 입실입니다."

아스카는 억양 없는 목소리로 말했다.

"그래? 알겠어! 일할 시간이라 이거지!"

히이라기가 일어나 양손으로 자기 뺨을 짝 때렸다.

*

"심호흡을 계속해주세요."

순(純)산소가 흘러나오는 마스크를 리나의 입에 가져다 대면서 아스카가 말했다. 수술대에 누운 리나는 살짝 고개를 끄덕였다.

"아이고, 오래 기다리셨습니다."

자동문이 열리고 밝은 목소리를 내면서 들어온 히이라기가 수술대로 다가왔다.

"리나 씨, 오늘은 제가 가진 모든 기술을 써서 당신의 기대에 부응하겠습니다. 부디 편안한 마음으로 맡겨주십시오."

"잘 부탁드립니다."

리나가 경직된 목소리로 대답하는 것을 들은 히이라기가 만족스러운 듯 고개를 끄덕이고 아스카에게 눈짓했다. 아스카는 기구대에서 뿌연 액체가 든 20밀리리터 주사기를 들었다.

"그럼 리나 씨, 지금부터 마취를 시작하겠습니다. 팔이 조금 저릴 수 있습니다. 심호흡을 계속해주세요. 점점 졸릴 겁니다."

링거 라인 하나에 주사기를 꽂고 프로포폴을 주입했다. 강력한 마취약이 리나의 혈관에 흘러 들어갔다. 불과 몇 초 만에 천장을 보고 있던 리나의 눈꺼풀이 내려앉더니 동시에 오르내리던 가슴의 움직임도 정지했다. 자발 호흡이 멈췄다.

아스카는 마스크를 리나의 얼굴에 밀착시키고 앰부백*으로 산소를 보내면서 사나에에게 말을 걸려고 옆을 봤다. 이미 후두경을 든 사나에가 옆에 서 있었다.

"고맙습니다."

아스카는 받아든 후두경을 리나에 입에 끼웠다. 목구멍 안쪽에 성대가 보였다.

"튜브 부탁합니다."

성대에 시선을 둔 채 오른손을 위로 들자 사나에가 기관 내

---

* 환자의 호흡을 유지하게 하는 인공호흡기.

튜브를 건넸다. 그것을 성대 깊숙이 꽂은 아스카는 커프*를 부풀려 위치를 고정했다.

마취기에서 이어진 튜브와 기관 내 튜브를 접속하고 앰부백을 눌러본다. 리나의 가슴이 크게 오르내렸다. 청진기를 대 양쪽 폐에 공기가 들어가는 것을 확인한 아스카는 사나에와 함께 테이프로 튜브를 더 고정했다.

삽관 조작을 끝낸 후 마취기를 수동에서 자동 모드로 바꿨다. 펌프가 리나의 폐에 산소를 보내기 시작했다. 아스카는 들어가는 공기에 흡입 마취약을 섞었다.

이로써 마취 준비는 거의 끝났다. '수술 중에는 미동도 하지 않도록 해달라'는 의뢰에 응하기 위해 살짝 마취 심도를 강하게 하고 근이완제를 링거 라인에 투입했다. 모니터를 확인해보니 혈압이 살짝 떨어졌지만 전신 상태에 문제는 없었다.

"마취 도입, 끝났습니다."

"아, 정말 훌륭하군. 군더더기 없는 원활한 도입이었어."

히이라기가 손뼉을 쳤다.

"형식적인 칭찬은 그만하시고 빨리 손을 씻으세요."

리나의 몸에 멸균 시트를 덮으며 아스카가 차갑게 내뱉었다.

"아, 예."

히이라기는 쓴웃음을 짓고 마스크를 쓰면서 사나에와 수술실

---

* cuff, 기관 내 튜브 끝에 얇은 고무 주머니가 달려 공기를 부풀게 하는 것.

에서 나갔다.

삼 분 정도에 걸쳐 손을 씻은 두 사람은 수술실로 돌아와 멸균 가운을 입고 멸균 고무장갑을 꼈다. 수술 준비는 다 끝났다.

수술대 옆에 선 히이라기는 리나의 얼굴을 내려다보면서 천천히 숨을 내쉬었다. 그 표정이 전에 볼 수 없이 딱딱해졌다. 조금 전까지 히이라기가 뿌려대던 경박한 분위기는 완전히 사라졌다.

"아사기리 선생, 잘 부탁합니다."

히이라기는 낮은 목소리로 말하고 천천히 고개를 숙였다.

"아, 예. 잘 부탁드립니다."

아스카도 서둘러 인사를 건넸다.

"메스."

낮게 읊조린 히이라기의 손에 사나에가 재빨리 메스를 건넸다.

히이라기는 메스를 리나의 얼굴에 대고 눈을 감았다. 수술실에 긴장이 가득 찼다.

십여 초의 침묵이 지난 후 눈을 뜬 히이라기는 리나의 귀 옆에서 턱까지 살며시 쓰다듬듯 부드럽게 내리그었다. 쓰다듬은 부위에 붉은 선이 생겼다.

혹시 지금 이게 피부 절개? 이제까지 봐온 수술과는 전혀 다른 메스 움직임에 아스카의 눈이 동그래졌다. 외과 등에서 피부에 절개를 넣을 때는 좀 더 힘을 주고, 또 신중하게 피부를 열었다. 그러나 히이라기의 피부 절개는 한 치의 주저도 없이 매끄러워 그 손놀림은 관능적이기까지 했다.

"보스민 거즈."

히이라기가 지시를 내림과 동시에 사나에가 보스민 용액을 묻힌 거즈를 건넸다. 히이라기는 그것을 상처에 대 지혈했다. 지혈을 확인한 히이라기는 거침없이 피부를 떼어내 그 밑에 있는 표정근을 드러냈다. 잘 익은 복숭아 같은 색깔의 근섬유가 드러났다. 히이라기는 메스에서 지침기로 기구를 바꿔 들더니 복잡하게 얽힌 근육에 완곡하게 구부러진 바늘을 통과시켜 가는 실로 몇 바늘 꿰맸다.

"이걸로 표정근의 형태를 조절해 그 위에 있는 피부에 나타나는 형태를 조절하지."

히이라기는 자기 손의 움직임을 주시하면서 혼잣말도 설명도 아닌 말을 중얼거렸다.

"눈은 매몰법으로 쌍꺼풀 수술을 한 후 눈물주머니를 조그맣게 형성해. 입술처럼 볼륨이 나야 하는 부분은 히알루론산과 콜라겐을 주입하지."

계속 떠들어대며 표정근을 실로 꿰맨 히이라기는 피부 봉합에 들어갔다. 얼굴의 얇은 진피에 육안으로는 쉽게 알아볼 수 없을 정도로 가는 흡수성 봉합실을 넣어 꿰맸다. 너무나 유려한 손놀림. 불과 몇 분 만에 메스로 벌어졌던 부분이 맞춰졌다. 표피 안쪽으로 실을 넣어 꿰맸기 때문에 밖에서는 실조차 보이지 않았다. 칼을 댔던 곳에는 살짝 붉은 선만 드러나 있을 뿐, 불과 몇 분 전까지 거기가 커다랗게 벌어져 있었다는 걸 상상조차 할 수 없었다.

히이라기는 다시 사나에에게 메스를 받아 반대쪽 귀에서 턱에 걸쳐 피부를 절개했다.

"내가 사용하는 기술은 성형외과에서는 일반적인 거야. 다만 완성도가 월등하지. 게다가 미용 성형수술에는 기술만이 아니라 미적 감각도 요구돼. 어디를 어떻게 처치해야 '아름다움'이 생기는지. 그런 감각에는 경험과 재능, 둘 다 필요해. 그리고 나만큼 뛰어난 감각을 지닌 사람은 없어."

아스카는 저도 모르게 고개를 끄덕일 뻔했다. 이제까지 한심하게만 여겼던 자화자찬도 그 유려한 수술 실력을 보고 있자니 이해가 되고 말았다.

아스카는 어느새 히이라기의 손놀림에서 눈을 뗄 수 없었다.

5

리나의 수술 후 이 주가 지난 토요일 정오, 아스카는 히이라기, 사나에와 함께 아자부 10번지 주택지에 있는 어떤 병원 앞에 있었다. 이 세련된 5층짜리 병원이 바로 수술한 리나가 실려와 입원하고 있는 곳이었다.

"정말 자네는 호기심이 많아. 이런 데까지 따라오다니."

히이라기가 쓴웃음을 지으면서 아스카를 봤다.

"담당 환자니까 당연하죠."

"그런 프로 의식은 나쁘지 않지."

"선생님에게 칭찬받을 생각은 별로 없는데요."

아스카가 차갑게 내뱉자 히이라기는 "아이고, 예"라고 말하고
는 병원 안으로 들어갔다.

들어가자마자 있는 접수대에 있던 여성이 히이라기의 모습을
보고 인사했다. 히이라기는 가볍게 손을 들어 답례하고 양복 주
머니에서 열쇠를 꺼내 입구 바로 옆에 있는 '관계자 외 출입 금
지'라고 적힌 문을 열었다. 아무래도 이 병원과는 친밀한 관계인
것 같았다.

문을 통과한 세 사람은 바로 앞에 있는 엘리베이터를 타고
5층으로 갔다. 그곳은 입원 병동이었다. 오른쪽으로 복도가 뻗
어 있고 바로 앞에 너스 스테이션이 보였다.

"수술을 받은 손님은 여기에 입원해. 여기 원장과는 잘 지내
니까."

어차피 큰돈을 건네고 병원을 사용하고 있는 거겠지. 아스카
는 "그래요?"라고 대충 끄덕였다.

"아, 맞다. 아사기리 선생. 마취과 의사의 확보가 불투명해서
이번 달은 수술을 거의 잡지 않았어. 하지만 자네의 기량을 확
인했으니 앞으로는 계속 수술을 잡을 테니까 알아두게."

"아닙니다. 이걸로 끝내겠습니다. 선생님 클리닉에서 더 일할

생각은 없습니다. 오늘로 그만둘 생각입니다."

아스카가 똑 부러지게 말하자 히이라기의 입이 떡 벌어졌다.

"아니, 아니야. 그러면 곤란해. 간신히 솜씨 좋은 마취과 의사를 찾았는데 말이야. 물론 자네는 입이 험하고 건방지고, 촌스러운 분위기를 그대로 드러내서 세련된 내 클리닉에는 어울리지 않지만……"

"그만 좀 하세요! 어쨌든 선생님과 만나는 것도 오늘로 끝입니다."

"아니……. 사나에 씨. 아사기리 선생이 이런 말을 하는데……."

히이라기는 입술을 일그러뜨리고 옆에 선 사나에를 봤다.

"어머, 이거 곤란하네요. 하지만 아스카 선생님이 일하고 싶지 않다고 하면 어쩔 수 없죠. 누구나 직장을 선택할 권리가 있으니까요."

"그래도……"

반론하려던 히이라기의 입술에 사나에의 손가락이 닿았다. 그것만으로 히이라기는 입술을 내밀고 입을 다물었다.

사나에 씨는 히이라기 선생을 어떻게 다뤄야 하는지 잘 아네. 이 두 사람, 단순한 고용주와 직원 관계일까. 혹시…….

두 사람의 관계를 상상하는 아스카에게 사나에가 시선을 돌렸다.

"이 이야기는 나중에 할까요? 여기서 그런 복잡한 이야기를 할 때는 아니죠."

사나에가 정론을 들이대자 아스카는 어쩔 수 없이 고개를 끄덕였다.

너스 스테이션 앞으로 이동하자, 사나에는 "퇴원 절차 밟을 게요"라고 말하고 안에 있는 간호사와 이야기하기 시작했다. 히이라기는 "그럼 부탁해"라고 말하고 성큼성큼 복도를 걸어갔다. 아스카는 순간 망설인 후 히이라기의 뒤를 쫓았다. 리나의 병실은 복도 끝에 있었다.

"이 병원에서 가장 고급인 개인 병실이야. 뭐, 그만큼 가격이 나가지만 사생활도 보호되고 수술 후 관리도 완벽하니까 싼 거지."

히이라기는 조금 전까지 시무룩했던 게 거짓말인 것처럼 신나서 떠들며 문을 노크했다. 안에서 곧바로 "들어오세요"라는 목소리가 들려왔다. 아스카와 히이라기는 방으로 들어갔다.

그곳은 일류 호텔 방처럼 넓고 고급스러웠다. 창가에 놓인 침대에 한 여성이 누워 있었다. 그 얼굴에는 옛날 영화에 나오는 투명인간처럼 붕대가 감겨져 있었다.

"히이라기 선생님, 기다렸어요."

니카이도 리나는 붕대가 감기지 않은 입술을 열어 조용히 말했다.

"리나 씨. 기다리셨죠. 그럼 바로 수술 결과를 보죠. 아! 그리고 남편분 상태는 어떠세요?"

"……아주 나빠요. 하지만 힘을 내고 있어요."

슬픈 듯 대답하는 리나에게 다가가, 히이라기는 익숙한 손놀림으로 붕대를 풀었다.

"와……."

드러난 얼굴을 본 아스카의 입에서 저절로 소리가 나왔다.

"어떻게 됐어요? 제 얼굴이 어때요?"

불안한 듯 자기 얼굴을 만지는 리나에게, 히이라기는 양복 주머니에서 꺼낸 손거울을 건넸다. 리나는 급하게 거울을 받았다.

"리나 씨. 대성공입니다. 당신은 이제, 니카이도 사치코 씨입니다."

히이라기의 말대로 그 얼굴은 사진에서 봤던 니카이도 사치코와 흡사했다.

가늘고 긴 눈매는 쌍꺼풀이 져 있었고, 말랐던 뺨도 부드럽고 포동포동해졌다. 입술도 전보다 도톰했다. 코도 살짝 높고 넓어진 느낌이었다.

각 부분의 변화는 그다지 크지 않은데 얼굴의 전체적인 분위기는 완전히 달랐다. 니카이도 리나는 그야말로 다정한 주부, 니카이도 사치코로 다시 태어났다.

"부디 미소를 지어보세요. 조금 더 사치코 씨와 비슷한 분위기가 날 겁니다."

히이라기의 말에 따라 리나는 조금 어색한 미소를 지었다. 확실히 그 표정은 사진 속에서 니카이도 사치코가 짓고 있던 미소와 똑같았다.

"어떠십니까?"

리나는 숨을 크게 내쉬고 미소를 지었다. 조금 전보다 자연스러운 미소를.

"멋진 결과네요. 틀림없이 남편도 만족할 겁니다."

노크 소리가 나고 사나에가 들어왔다.

"퇴원 절차는 끝났습니다. 어머, 리나 씨. 이전 얼굴도 아름다웠는데 이 얼굴도 아주 매력적이네요."

"고맙습니다. 남은 수술비는 곧 지정하신 계좌로 입금할게요. 여러분께 정말 많은 신세를 졌습니다. 잇시키 씨, 죄송하지만 택시 좀 불러주세요. 빨리 남편에게 이 얼굴을 보여주고 싶어요."

"무슨 말씀이세요. 저희가 직접 모시겠습니다. 제 애마, 4리터 V형 8기통 트윈 터보 엔진 포르쉐입니다."

*

모래가 떨어진다. 모래시계의 모래가……

니카이도 쇼조는 산소마스크를 쓴 입으로 거칠게 호흡하면서 초점이 맞지 않은 눈으로 천장을 바라봤다. 지난 며칠 동안 계속 머릿속에서 모래시계의 모래가 떨어졌다. 모든 모래가 떨어졌을 때 자신의 생명이 다하리라. 초조함이 쇼조의 가슴을 애태웠다.

삼 주 전쯤부터 통증이 강해져, 주치의가 모르핀을 투여하기 시작했다. 그 후로 안개가 낀 것처럼 늘 생각이 흐렸다.

느릿느릿 방 안을 둘러봤다. 여동생, 세 아들, 주치의, 집사들. 열 명이 넘는 사람들이 불안과 동정이 담긴 시선을 던지고 있었다. 쇼조는 눈을 감았다.

사치코……. 사십 년도 전에 세상을 떠난 아내의 다정한 미소가 눈꺼풀 속에 떠올랐다. 가장 힘들었던 시기를 함께 버텨준 아내. 그녀가 있었기에 일에 매진해 니카이도 그룹을 일본 굴지의 회사로 성장시킬 수 있었다.

생각해보니 사치코를 제대로 호강 한번 시켜주지 못했다. 그녀는 나를 내조만 하다가 그에 상응하는 대우도 받지 못한 채 떠나버렸다. 행복한 사람*이라는 이름과 달리 그녀의 일생은 불행하지 않았을까? 그 의문이 내내 마음을 괴롭혔다.

가능하다면 그녀에게 사과하고 싶었다. 그리고 자신이 얼마나 감사해하는지 전하고 싶었다. 눈꺼풀 속에 비친 사치코의 얼굴이 점차 리나의 얼굴로 바뀌었다.

삼 년 전에 만나자마자 나잇값도 하지 못하고 완전히 빠졌다. 제 나이도 생각하지 않고 그녀를 식사에 초대해 몇 번 데이트한 후 결혼을 전제로 한 교제를 신청했다. 당연히 거절당하리라 생각했다. 그러나 예상과 달리 그녀는 "저라도 괜찮다면"이라며 미소를 지었다.

---

* 사치코의 '사치'는 '행복'의 행 자와 같은 幸(다행 행)이라는 한자를 씀

가족은 당연히 결혼을 격렬하게 반대했다. "그 여자는 유산을 보고 달려든 거야"라는 충고를 수없이 받았다. 물론 그건 잘 알고 있었다. 재산 말고 리나가 자신을 매력적으로 생각할 게 있다고 착각할 정도로 바보는 아니었다.

재산을 노리고 결혼을 받아들인 리나는 진실한 사람이 아닐 수도 있다. 그러나 나 역시 진실과는 거리가 멀었다. 쇼조는 입술 끝에 자학적인 미소를 떠올렸다. 나는 리나 자체에 끌린 게 아니라 리나에게서 풍기는 사치코의 분위기에 끌렸으니까.

피차 진실하지 못한 결혼 생활이다. 하지만 거기서 위안을 얻었다.

반년쯤 전, 불치병이라는 선고를 받고 남은 시간이 얼마 되지 않았다는 걸 알았을 때 리나는 내게 아주 조심스럽게 뭔가 할 수 있는 일이 없느냐고 물었다. 그래서 나는 될 대로 되라는 듯 "사치코에게 사과하고 싶다"라고 말해버렸다. 리나가 그때 지었던 경직된 표정을 떠올리니 가슴이 죄책감으로 미어졌다. 하지만 리나는 잠시 놀란 후 "그렇다면 제가 사치코 씨가 될게요"라고 말했다.

성형수술로 자신의 얼굴을 사치코로 바꾸는 것. 리나의 제안이 너무나 비윤리적이라고 생각하면서도 그 유혹에 저항할 수 없었다. 목숨이 다하기 전에 사치코에게 사과할 수 있다면 모든 것을 버려도 좋다고 생각했다.

잠에 빠질 듯한 쇼조의 의식은 어디선가 들려온 언쟁 소리에 간신히 돌아왔다. 미간에 주름이 잡혔다. 도대체 왜 이렇게 소란스럽지?

수십 초가 지난 후 소음은 사라지고 대신 누군가가 다가오는 발소리가 울렸다.

"……쇼조 씨."

누군가가 귓가에 속삭여 쇼조는 가늘게 눈을 떴다. 숨이 멎었다.

"사치……코?"

사치코가, 분명히 사십 년 전에 죽은 아내가 거기 있었다. 쇼조는 떨리는 손을 뻗어 사치코의 얼굴을 만졌다. 사치코는 기억 속의 그녀와 똑같은 미소를 지으며 고개를 크게 끄덕였다.

쇼조는 아우성 같은 소리를 내며 사치코의 손을 양손으로 꼭 잡았다.

"사치코, 사치코, 사치코……."

쇼조는 헐떡이듯 사랑하는 여자의 이름을 불러댔다.

이건 마지막 순간에 꾸는 꿈일까? 혼란에 빠진 쇼조는 사치코의 어깨너머로 보이는 인물을 발견하고 모든 걸 이해했다. 방 입구 근처에 히이라기가 마취과 의사, 간호사를 대동하고 서 있었다.

아! 이 사치코는 리나인가. 리나는 정말로 이렇게까지 해주었구나.

쇼조는 리나의 얼굴을 바라봤다. 이성적으로는 눈앞에 있는 게 리나라는 걸 알아도 그 얼굴이, 그리고 자아내는 분위기가 완전히 사치코와 똑같았다. 머릿속에서 사치코와의 추억이 튀어 올랐다. 쇼조는 리나의 몸에 떨리는 손을 감고 매달렸다.

"미안해. 고생만 시키고……. 그런데 나는……. 미안해. 용서해줘."

사죄의 말을 되풀이할 때마다 몸이 가벼워지는 것 같았다.

쇼조는 흐느껴 울었다. 수십 년 동안 마음 저 밑바닥에 가라앉아 있던 응어리를 토해내듯.

몇 분 동안, 리나의 가슴에 얼굴을 묻고 오열하던 쇼조는 산소마스크 밑에서 크게 숨을 내쉬고 리나에게서 떨어져 방 안을 둘러봤다. 여동생, 아들들, 주치의, 집사들이, 그리고 마취과 의사인 여성도 어딘가 차가운 시선으로 이쪽을 보고 있었다.

경멸하는 것도 당연한 거겠지. 쇼조는 쓴웃음을 지었다. 자신의 욕망을 위해 아내의 얼굴을 전처의 얼굴로 만든 남편, 유산 상속분을 늘리기 위해 그런 바보 같은 요구에 응한 아내. 제삼자가 보면 비정상적인 이기적 욕구와 이기적 욕구가 만났을 뿐이었다. 하지만 그래도 상관없었다.

"리나, 고마워. 내 마지막 응석을 들어줘서."

쇼조는 부드럽게 말하고 방구석에 대기하고 있던 은테 안경을 쓰고 양복을 입은 중년 남자에게 "이보게!"라고 말을 걸었다. 니카이도 그룹의 고문 변호사였다. 변호사는 잰걸음으로 다가와 한 장의 종이를 리나에게 내밀었다.

"새 유언장이야. 유산의 반을 당신에게 주기로 했네. 확인해주게."

리나는 나의 이기적 욕구에 응해주었다. 그러니 그에 상응하는 보수를 받아야 한다.

유언장을 받은 리나는 내용을 읽었다. 쇼조의 여동생과 아들들이 리나를 노려보는 시선은 살기등등했다. 유언장을 쭉 읽은 리나는 환한 미소를 지었다. 방 어디선가에서 혀 차는 소리가 들려왔다.

"만족하나? 그럼 서명을……"

쇼조가 그렇게 읊조린 순간, 리나는 유언장을 힘껏 길게 찢었다.

너무나 갑작스럽고 의미를 알 수 없는 행동에 쇼조는 그 자리에 얼어붙었다. 침대 주위에 진을 치고 리나를 노려보던 사람들도 역시 꼼짝하지 못하는 가운데 히이라기와 그 옆에 선 간호사만이 왠지 즐거운 듯 미소 짓고 있었다.

"리, 리나? 왜 그러나? 유언에 무슨 불만이라도……"

떨리는 목소리로 묻는 쇼조를 향해 리나가 살짝 고개를 기울였다.

"쇼조 씨. 리나라니, 그게 누군가요? 저는 사치코예요."

"리나……? 무슨 말을……?"

당황한 쇼조는 리나가 안는 바람에 말문이 막혔다.

"틀림없이 악몽을 꿨나 봐요. 나는 계속 당신 곁에 있었어요."

리나는 다정하게, 그리고 부드럽게 미소 지었다. 놀다 지쳐 돌아온 아이를 맞는 어머니 같은 미소. 기억 속 사치코의 미소.

"피곤하죠? 지금까지 계속 일했으니까. 당신이 노력해줘서 나는 늘 행복했어요. 고마워요."

리나의 팔이 쇼조의 머리를 부드럽게 감쌌다.

"나는 당신과 만나고 당신과 지내 정말 행복했어요."

리나는 쇼조의 얼굴을 매만지면서 속삭였다. 그 순간, 쇼조는 드디어 깨달았다. 자신이 큰 착각에 빠져 있었다는 사실을.

아아, 나는 얼마나 어리석은가. 자신이 없어 리나가 유산을 보고 자신에게 접근했다고 생각했다. 하지만 그게 아니었다. 리나는 나를 하나의 인간으로, 한 남자로 사랑해주었다.

"나는 남편 재산에는 관심이 없어요. 모든 상속을 포기하겠습니다. 그 대신 남편을 마지막까지 여기서 지키게 해주세요. 그게 상속을 포기하는 조건입니다."

리나가 쇼조의 가족들에게 분명하게 말했다. 반론은 들려오지 않았다.

리나는 쇼조의 몸을 천천히 침대에 눕히고 얼굴을 들여다봤다.

"쇼조 씨, 제가 계속 함께 있을 테니까 안심해요."

"아, 고맙네. 사랑해. 사치코. ……리나."

조금 놀란 표정을 보인 리나의 눈에 살짝 눈물이 차올랐다.

"그래요. 여보."

*

"……선생님은 처음부터 아셨어요?"

아스카는 니카이도 저택에서 클리닉으로 돌아오는 차 안에서 조수석에 앉은 히이라기에게 말을 걸었다. 히이라기는 양손을 뒷머리에 대고 깍지를 끼고는 "무슨 소리야?"라며 얼버무리려고 했다.

"그러니까 리나 씨의 목적이 유산이 아니라 남편의 마지막 소원을 들어주려는 거라는 걸 말이에요."

"아니, 아니지. 그것만이 아니지 않을까? 분명 그녀의 목적은 유산이 아니야. 하지만 머릿속에 전처만 있는 남편에게 반격하고 싶었을 수도 있고 자기를 없는 사람 취급하는 니카이도 집안 사람들의 코를 납작하게 만들고 싶었을 수도 있지."

"어째서 그렇게 뒤틀린 생각을 하세요?"

여전히 무슨 생각을 하는지 알 수 없는 사람이네. 아스카는 관자놀이를 꾹 눌렀다.

"선생님은 또 그런 소릴 하시네요. 리나 씨는 남편을 진심으로 사랑하는 게 분명한데."

운전석의 사나에가 차분하게 말했다.

"맞아요! 분명히 그렇다고요!"

아스카는 뒷좌석에서 몸을 내밀었다.

"여자들은 로맨틱해서 좋네. 그런데 정말 유산 상속까지 거부

할 줄은 몰랐어. 얌전히 받으면 좋았을 텐데. 무슨 생각인지."

"아니? 선생님은 리나 씨가 진심으로 남편을 사랑하는 걸 간파하고 그 수술을 받아들인 게 아니었어요?"

아스카가 묻자 히이라기는 얼굴 앞에서 손을 획획 흔들었다.

"그런 걸 알 리가 있나? 독심술은 할 줄 몰라."

"그럼 왜 처음에는 탐탁지 않아 하다가 수술을 맡으신 거예요?"

"그녀가 모든 걸 드러냈기 때문이지. 마음의 갑옷을 모두 벗어 던지고 자신을 그대로 드러내는 인간. 거기에는 근원적인 '아름다움'이 있지. 그대로 드러난 게 '사랑'이든 '욕망'이든 말이야."

"드러내다니, 리나 씨는 '유산 때문'이라고 거짓말했잖아요."

"진실인지 거짓인지는 상관없어. 진실이었다면 그녀는 자신의 가장 추한 부분을 드러낸 것이고, 거짓이었다면 명예를 내팽개치면서까지 수단을 가리지 않고 목적을 달성하려고 했던 거지. 어느 쪽이든 그녀는 그때, 자신의 속내를 드러낸 거야. 그랬기에 나는 그녀가 내 '작품'으로 어울린다고 판단했지."

아스카는 의기양양하게 떠드는 히이라기를 보면서 씩 웃었다. 히이라기가 말하는 '아름다움'은 도통 이해할 수 없었으나 성형외과, 그리고 히이라기에 대한 혐오감은 상당히 줄었다.

"그래서 아스카 선생님은 어떻게 하실 거예요?"

사나에는 상냥한 미소를 지은 채 조금 거칠게 핸들을 꺾었다.

"예?"

"클리닉을 그만두는 건이요. 이번 일을 다 보고 이야기하기로 했잖아요."

아, 그랬지. 아스카는 아자부 10번지의 병원에서 무섭게 몰아붙였던 일을 떠올렸다.

리나의 행동은 이해할 수 없으나 그래도 그녀는 사랑을 위해 수술을 받았다. 틀림없이 니카이도도, 리나도 그 수술을 받음으로써 행복해졌을 것이다. 그게 뒤틀린 행복이더라도.

조금 더 성형외과의 세계를 살펴보는 것도 나쁘지 않을 것 같네. 게다가 이보다 나은 대우를 찾을 수도 없겠고. 요새 정말 사정이 형편없으니⋯⋯.

"저기, 얼마간 더 일해도 좋지 않을까 싶기도 한데⋯⋯."

아스카가 조그만 목소리로 말하자 백미러로 사나에의 꽃이 핀 듯한 환한 미소가 비쳤다.

"이로써 아스카 선생님도 우리 클리닉의 일원이네요. 잘 부탁드려요!"

"저야말로 잘 부탁드립니다!"

사나에 덕분에 어색한 분위기는 피했다. 아스카는 남몰래 가슴을 쓸어내렸다.

"성격은 그래도 솜씨는 쓸 만하니까. 일하고 싶으면 일하게 해주지."

"선생님에게 성격 이야기는 듣고 싶지 않네요!"

아스카는 히이라기의 얄미운 말에 반격하면서 미소 지었다. 살짝 이상한 직장이지만 조금만 신세를 지기로 하자.

'그리하여 뉴스를 전하겠습니다. 어젯밤 조직폭력단이 소유한 지바현의 창고에서 대량의 총기와 폭발물이 발견되어 압수되었습니다. 그중에는 군에서 사용하는 살상력이 높은 무기도 포함되어 있어……'

라디오의 음악 방송이 끝나고 스피커에서 뉴스가 나왔다.

'오늘 새벽, 아다치구 거리에서 여성이 사망한 채로 발견되었습니다. 여성은 근처에 사는 간호사 가메무라 마치코 씨, 32세로 판명되었습니다. 경찰은 주위 상황에 따라 살인으로 판단하고……'

라디오 소리가 갑자기 끊겼다. 히이라기가 오디오 장치로 손을 뻗고 있었다.

"왜 그러세요?"

아스카는 히이라기의 옆얼굴이 잔뜩 굳어 있는 걸 보고 눈만 껌뻑였다.

"오랜만에 기분이 좋은데 뉴스라니 너무 재미없어."

히이라기는 가볍게 오디오 버튼을 눌러댔다. 차 안에 클래식 음악이 흐르기 시작했다. 내장까지 흔들릴 듯한 중저음에 아스카는 절로 가슴을 눌렀다.

"베토벤 교향곡 제6번 〈전원〉이야. 멋진 선율이지. 뭐, 예술을 이해하지 못하는 시골뜨기에게는 너무 고상할 수 있겠지만."

"시골뜨기라 죄송하네요."

아스카는 입을 내밀면서 몸을 뒤척였다. 조금 전 봤던 히이라기의 표정이 왠지 뇌리에서 떠나지 않았다.

막간 1

벌거벗은 채 침대에 누워 있는 여자의 뺨을 쓰다듬었다. 비단 같은 피부 질감이 좋았다.

"아름답네……."

말을 걸었지만, 여자는 눈을 감은 채 반응하지 않았다.

"너는 정말 아름다워."

남자는 다시 말을 걸면서 볼에 물과 실리콘 팩 가루를 넣고 섞었다. 물과 섞인 팩 가루는 점차 끈끈해졌다.

딱 알맞아. 남자는 그렇게 판단하고 팩을 손바닥으로 떠 올려 여자의 얼굴에 쓱쓱 바르기 시작했다. 회색 팩이 여자의 창백한 얼굴을 덮었다.

너는 아름다워. 그리고 그 '아름다움'을 만들어낸 사람은 나 야. 내가 준 '아름다움'에 충분히 만족했겠지. 그러니 그걸 돌려 받아야겠어.

마침내 입과 코도 팩으로 덮였다. 그런데도 여자는 꼼짝도 하지 않았다.

남자는 여자의 얼굴에 두껍게 팩을 바른 후 검지로 여자의 가슴을 가볍게 눌렀다. 손끝에 전달된 감촉에 남자는 눈썹을 찌푸렸다. 생명 활동이 정지된 지 겨우 한 시간쯤 지났는데 피부 탄력이 떨어지고 있었다.

빨리하지 않으면 그녀의 '아름다움'을 보존할 수 없겠어.

남자는 초조한 마음을 억누르고 팩이 마르기를 기다리면서 여자의 팔을 쓰다듬었다. 분명 이름이 '가메무라 마치코'라고 했다. 납치할 때도 나를 거의 의심하지 않았고 전기 충격기 한 발로 얌전해졌다. 이 방으로 데려와 티오펜탈, 베큐로늄과 염화칼륨을 투여했을 때도 잠자듯 숨을 거뒀다. 마치 '아름다움'을 보전하는 일에 스스로 참여하듯.

그래, '작품'들은 좀 더 적극적이어야 해. 내가 아무리 '아름다움'을 주어도 수십 년이 지나면 환상처럼 사라지지. 나는 그것을 막고 그녀들의 '아름다움'을 영원히 남기려고 하는 거야. 자신들의 '아름다움'이 영원토록 남는 것. 그건 기뻐할 일이지. 이를테면 목숨을 잃는다고 하더라도. 그런데…….

남자는 사 년 전 일을 떠올리며 어금니를 악물었다. 사 년 전, '작품'을 납치하려고 했을 때 격렬한 저항을 받았다. 그리고 모든 계획이 엉망이 되었다.

저항한 게 화가 나, 죽일 때 마취약과 근이완제를 사용하지 않았더니 전신 경련을 일으키고 거품을 물며 고통스러운 표정을 지으면서 죽었다.

실패였어. 다만……. 남자의 얼굴에 기괴한 웃음이 번졌다.

고통으로 일그러진 죽은 자의 얼굴. 그것 역시 일종의 전위적인 '아름다움'이었다. 예기치 못한 데서 태어난 '예술' 또한 아름다웠다.

남자는 눈을 감고 '작품'의 추억을 반추했다. 달콤한 기억이 온몸을 감쌌다.

남자는 몇 분쯤 감상에 젖었다가 눈을 떴다. 이제 팩이 거의 굳었을 것이다. 남자는 팩을 강화하기 위해 미리 물에 녹여둔 석고를 팩 위에 펼쳐 발랐다.

남자는 땀을 흘리면서도 웃고 있었다. 이 석고가 마르면 틀이 완성된다. 그녀의 '아름다움'을 남기기 위한 틀이. 그 틀은 틀림없이 아름다운 것을 만들어낼 것이다. 모두가 숨을 삼킬 정도로 아름다운 데스마스크.

남자의 입에서 흘러나온 숨죽인 웃음이 어두컴컴한 방에 울렸다.

제2장

의리 없는
수술

1

"안녕하세요!"

토요일 정오가 조금 지났을 무렵, 사나에가 접수대에 앉아 패션잡지를 읽고 있는데 입구 문이 열리며 풍경 소리와 함께 밝은 목소리가 울렸다.

"아스카 선생님. 어서 오세요. 어머! 짐이 많네요."

사나에는 잡지에서 고개를 들고 동료가 된 마취과 의사 아사기리 아스카에게 말을 걸었다.

"참고서를 가져왔어요. 오늘은 마취 예정이 없으니까 남는 시간에 리포트를 정리하려고요."

아스카는 빵빵한 배낭을 내려놓고 손수건으로 이마의 땀을 닦았다. 가미야초에 있는 준세이의대에서 롯폰기에 있는 히이라기 성형클리닉까지 자전거로 왔단다.

"그래요? 그럼 목이 마르겠어요. 얼른 차 가져올게요."

"고맙습니다."

아스카는 인사하면서 대기실 안쪽에 있는 '마취과 준비실'이라는 팻말이 달린 문을 열고 그 안으로 사라졌다. 사나에는 접수대 뒤편에 있는 탕비실로 가서 서랍에서 꺼낸 홍차를 타기 시작했다.

홍차를 찻잔에 따른 사나에는 뒤돌아 마취과 준비실 문을 바라봤다. 아스카가 이 클리닉에서 일하기 시작한 지 두 달 가까이 지났다.

마취과 의사를 확보했기에 지난 한 달 동안 세 번의 전신마취 수술이 이루어졌다. 그 수술들은 암으로 유방 절제를 받은 부인의 유방재건술, 교통사고로 얼굴에 큰 상처가 생긴 소녀의 흉터 성형, 입천장갈림증이 있는 유아의 수술까지, 미용 성형이라기보다 일반 성형외과의 범위에 속하는 수술이라, 아스카도 저항감이 없어 보였는데 미용 성형 자체에는 여전히 저항감이 있는 듯했다.

아스카 선생은 정말 강직해. 그게 귀엽기도 하지만. 사나에는 쓴웃음을 지으면서 찻잔과 쿠키를 쟁반에 놓고 마취과 준비실로 향했다.

"가져왔어요."

"와, 고맙습니다!"

10제곱미터 정도 되는 공간에 책상과 의자, 소파, 거실 테이블이 놓인 간소한 방이었다. 책상 위에 노트북과 몇 권의 참고서를 펼쳐 놓고 있던 아스카는 가벼운 발걸음으로 다가와 소파에 앉자 미소 지으며 쿠키를 오독오독 씹기 시작했다.

정말 귀여워. 사나에는 조금 거리를 두고 아스카의 옆에 앉았다.

"저도 같이 있어도 돼요? 아까부터 혼자 심심했거든요."

"물론이죠. 그런데 히이라기 선생님은 안 계세요?"

"두 시간쯤 전에 전화가 왔는데 '일이 생겼다'라면서 나가셨어요."

사나에는 그 일을 떠올렸다. 히이라기의 표정이 평소와 달리 딱딱하게 굳어 있어서 마음에 걸렸다.

"클리닉 영업시간인데 원장이 자리를 비워요?"

"오늘은 수술도 면담도 없으니까요."

홍차를 한 모금 마신 사나에는 아스카가 자신의 옆얼굴을 뚫어지게 보고 있는 걸 깨달았다.

"왜 그러세요?"

"아니, 사나에 씨가 정말 아름다우셔서 그만 정신없이 보고 말았네요."

"어머, 고마워요."

남자에게 "아름답다"는 칭찬을 들으면 그 말 안에 들어 있는 속내를 느껴 반응하기 힘든데 아스카의 칭찬을 받으니 솔직히 기뻤다. 아스카는 힐끔힐끔 시선을 던졌다.

"저기, 사나에 씨는 언제부터 여기서 일하셨어요?"

"그게 말이죠, 여기가 생기고 얼마 안 됐을 때부터 일했으니까 벌써 삼 년이 되네요."

내게 관심이 있구나. 그러고 보니 이제까지 둘이 이야기할 기회가 거의 없었네. 오늘은 한가하니 여자들끼리 수다 좀 떨어도 괜찮겠다.

"여기, 삼 년 전에 개업했어요?"

"전에는 다른 데서 개업했던 것 같은데 나도 자세한 건······."

"그래요? ······그런데 사나에 씨는 왜 이 클리닉에서 일하게 됐나요? 사나에 씨 정도의 기술이라면 수술이 더 많은 큰 병원에서도 잘할 것 같지 않아요? 여기는 히이라기 선생님의 수술료가 워낙 세서 수술 자체가 많지 않아, 접수나 사무적인 일만 하잖아요."

"평일에는 부분마취 수술이 꽤 있어요. 물론 저도 가끔 수술이 더 들어왔으면 하지만, ······여기는 월급도 많이 주니까."

사나에가 말을 흐리자 이상하게 생각했는지 아스카가 몸을 내밀었다.

"혹시 히이라기 선생님에게 약점이라도 잡히셨어요?"

허를 찔린 사나에는 순간 멍한 표정을 지은 다음 풋 하고 웃음을 터뜨렸다.

"아니, 아니에요. 나는 좋아서 여기서 일하는 거예요."

"아, 그래요? 죄송합니다. 괜한 상상을 해서."

사나에는 "아니, 아니에요"라고 손을 흔들면서 생각했다. 자, 어디까지 이야기해야 할까. 앞으로도 같이 일할 사람이니 어느 정도는 이야기해두는 게 나을까.

"실은 나, 이 클리닉의 첫 환자였어요."

아스카는 "예?"라고 놀란 목소리를 내고 눈만 계속 깜빡였다.

"나도 히이라기 선생님의 수술을 받았어요. 옛날에는 훨씬 평범한 얼굴이었어요."

"예? ……아니, 예?!"

"놀랐어요?"

"아, ……예. 정말 놀랐어요. ……아니, 왜 수술을?"

"사정이 좀 있어서."

삼 년 전의 일을 떠올리며, 사나에는 아련한 눈빛으로 천장을 봤다. 아스카는 서둘러 "아, 죄송해요!"라고 사과했다.

"그리 신경 쓸 일 아니에요. 별일 아니니까. 어쨌든 그러다가 어느새 이 클리닉에서 일하게 되었네요."

그럴듯한 설명이 못 된다는 걸 알면서도 사나에는 서둘러 수습했다. 아스카는 가볍게 어깨를 으쓱하고 슬쩍 할 말이 있다는 시선을 던졌다.

"왜요?"

"사나에 씨, 혹시…… 히이라기 선생님과 연인 사이인가요?"

뜻밖의 질문에 사나에는 다시 살짝 웃음을 터뜨렸다.

"아니에요. 그런 관계 아니에요."

"그래요? 죄송해요. 또 괜한 상상을 해서. 하지만 다행이네요. 사나에 씨가 히이라기 선생님처럼 이상한 남자와 사귀지 않아서."

히이라기 선생님, 정말 미움을 많이 받고 있네요. 사나에는 쓴웃음을 지었다. 나는 그래도 별 상관은 없지만. 하지만 같이 일해보면…….

"같이 일해보면 히이라기 선생님, 수술 이외의 일은 정말 엉망이에요. 어쩐지 덜떨어진 동생을 돌보는 것 같거든요. 게다가 히이라기 선생님은 여성과 제대로 사귈 마음이 없는 것 같아요."

"아니, 여자에게 관심이 없어요? 혹시 남자를……"

"아니요. 돈으로 그런 서비스를 해주는 여자가 아니면 상대하지 않는다고……"

"……저질!"

"뭐, 문제가 많긴 하지만 수술 실력 하나는 초일류인 건 틀림없죠. 분명 선생님의 수술로 행복해진 사람도 많을 거예요."

"그럴지도 모르지만……"

아스카가 불만인 듯 중얼거렸을 때 살짝 풍경 소리가 들렸다.

"선생님이 돌아오셨나 봐요."

일어나 문을 연 사나에는 "어머?"라는 소리를 흘렸다. 접수대

앞에 선 사람은 히이라기가 아니라 두 남자였다. 한 사람은 은행 강도라도 되는 듯 선글라스와 마스크로 얼굴을 가리고 있었다. 나이는 분명치 않으나 조금 숱이 없는 머리로 보건대 중년일 것이다. 그런데 그 이상한 용모의 남자보다 다른 인물이 더 주의를 끌었다.

문양이 그려진, 통 넓은 전통복 바지인 하카마를 입은 노인. 백발을 짧게 깎고 예리한 눈빛으로 이쪽을 보고 있다. 관자놀이에서 뺨까지 커다란 흉터가 이어져 있었다. 칼 종류로 그어 생긴 흉터일까. 아무리 잘 봐도 건실한 인간은 아니었다.

"히이라기 선생, 계신가? 와시오 류노스케가 의뢰하러 왔다고 전해주게."

초로의 남자는 뱃속에서 울려 나오는 목소리로 말했다.

어머나, 아스카 선생님이 싫어할 듯한 의뢰일 것 같다는 예감이 드네. 사나에는 손가락으로 콧등을 긁었다.

2

와시오 류노스케는 홍차로 입을 적시고 날카로운 눈빛으로 눈앞의 소파에 앉은 두 사람을 쏘아봤다.

아사기리라는 이름의 마취과 의사는 몸을 잔뜩 굳히고 있었는데 히이라기는 아무렇지도 않게 차에 적신 쿠키를 먹고 있다. 여전히 종잡을 수 없는 남자였다.

모델 같은 간호사가 이곳으로 안내하고 이십 분쯤 지났을 때 히이라기가 "오래 기다리셨습니다. 파친코를 하느라"라며 실실 웃으면서 마취과 의사와 함께 들어왔다.

"오랜만이군요. 히이라기 선생."

와시오는 히이라기를 향해 고개를 숙였다.

"아이고, 와시오 씨, 정말 오랜만입니다. 오늘은 무슨 일로?"

아주 살갑게 웃는 히이라기의 표정이 정말 짜증스러웠다. 와시오는 옆으로 시선을 돌렸다. 거기에는 선글라스와 마스크를 쓴 남자가 잔뜩 웅크리고 앉아 있었다.

이 녀석 때문에 또 이 오만한 성형외과 의사를 만날 수밖에 없게 되었다. 이 남자와의 접촉은 위험해. 그런데……. 초조함이 가슴에 퍼졌다.

"선생에게 수술을 의뢰하고 싶은 남자가 있습니다."

"오호, 어떤 수술을?"

히이라기는 와시오의 옆에 앉은 남자, 하마나카 다쓰야를 노골적으로 바라봤다.

"보시다시피 이 남자요. 어이!"

와시오가 말을 걸자 다쓰야는 천천히 선글라스와 마스크를 벗었다. 초췌한 얼굴이 드러났다. 낯빛이 어둡고 눈 밑에 짙은 다크서클이 자리 잡고 있었다.

"……스즈키라고 합니다."

다쓰야는 주저하며 이름을 댔다. 미리 가명을 쓰라는 지시를 받았다.

"이 남자의 얼굴을 바꿔주시오."

와시오는 엄지로 다쓰야의 얼굴을 가리켰다.

"어떻게 바꿀까요? 제 솜씨라면 어떤 얼굴이라도 마음대로 고를 수 있지요."

히이라기가 신나 지껄이면서 다쓰야의 얼굴을 응시했다.

"어떻게 바꾸든 괜찮소. 이 남자의 얼굴이 다른 사람이 되기만 하면."

"다른 사람만 되면 좋다? 알겠습니다."

팔짱을 끼고 만족스럽게 고개를 끄덕이는 히이라기의 옆에서, 마취과 의사가 잔뜩 굳은 표정을 지었다. 어둠의 세계에 완전히 익숙한 히이라기와 달리 아무래도 이 여자는 건실한 사람인가 보다.

와시오는 입술을 일그러뜨렸다. 이런 애송이 앞에서 말해도 괜찮을까? 이 이야기가 밖으로 나가면 다쓰야뿐만 아니라 내 입장도, 잘못하면 조직의 기반도 뿌리부터 흔들린다.

망설이는 와시오의 뇌리에, 소녀의 미소가 떠올랐다. 구김살 없고 천진난만하게 웃는 얼굴.

굳었던 입가가 살짝 풀어졌다.

선택지 같은 건 없어. 와시오는 히이라기의 눈을 똑바로 응시했다.

"선생. 이쪽도 사정이 많으니 수술일은 다음 주말로 해주게.

장소는 이 클리닉이 아니라 내가 지정한 병원으로 해주게."

돈을 건네고 도움을 받는 작은 병원이 야마나시에 있었다. 그 병원의 존재를 아는 사람은 조직 중에서도 아주 일부였다. 그곳 이라면 정보가 샐 가능성은 극히 낮았다.

"병원이 있는 곳은……"

그때 와시오의 말을 히이라기가 막았다.

"잠깐만요. 마음대로 일을 진행하시면 곤란하죠. 저는 아직 수술하겠다고 말하지 않았는데요."

"무슨 뜻이지?"

미간의 주름이 깊어졌다.

"말 그대로죠. 우선 그쪽이 수술을 원하는 배경을 알고 싶네 요. 그다음에 할지 말지를 판단하겠습니다."

야쿠자의 의뢰에 '배경을 알고 싶다'라고?

"……선생, 지금 농담하시오?"

와시오는 턱을 당기고 목소리의 톤을 더 낮추었다. 건실한 인 간에게 이런 태도를 보이는 일은 거의 없었다. 하지만 야쿠자를 깔본다면 이야기는 다르다.

"농담이 아닙니다. 내가 집도할 가치가 있는지 알고 싶습니 다. 그것뿐입니다."

히이라기는 미소를 지은 채 와시오의 눈을 똑바로 응시했다.

내게 싸움이라도 걸어보겠다는 건가. 배짱 좋네. 와시오는 칼 날 같은 시선을 보냈다. 방 공기가 얼어붙었다.

수십 초 동안, 시선이 격렬하게 부딪친 후 와시오는 요란하게 혀를 찼다.

조직의 젊은 놈들도 벌벌 떠는 내 시선을 아무렇지도 않게 받아내다니. 여전히 머리 나사가 빠져 있어. 그러니까 그런 사건에 휘말렸겠지.

"어이, 선생. 어떻게 된 건가? 당신 특기는 솜씨가 좋고 입이 무겁다는 거야. 그리고 돈만 내면 어떤 수술이라도 한다는 거고."

와시오는 일반인을 상대할 때 쓰는 온화한 가면을 벗어던졌다.

"사람은 변한답니다. 와시오 씨."

"아, 그야 그렇지. 당신과 만난 건 사 년 만이지. 사 년이면 사람도 변하지. 특히 '그런 일'이 있었으니까."

비꼬듯 말하자 실실 웃고 있던 히이라기의 얼굴에서 표정이 사라졌다. 완전한 무표정. 와시오는 입술 끝을 올렸다. 과연 이 녀석도 그 사건 이야기는 웃으면서 하지 못하는군. 당연하지. 그야, 나도 귀를 의심할 만한 지독한 사건이었으니까.

와시오는 사 년 전까지 히이라기의 뒤를 그림자처럼 따르던 남자를 떠올렸다. 순간 등에 차가운 떨림이 느껴졌다. 밝은 성격이었으나 반면에 그늘도 느껴지던 남자였다. 그러나 설마 그 '그림자'가 그렇게까지 깊이 일그러져 있는지는 몰랐다.

"그 사건 후 당신 근처는 피해왔지. 하지만 이제 슬슬 세간의 관심도 가라앉은 것 같아 오늘은 이렇게 보러 온 거야."

"······세간의 관심이 사라져서? 그런 말도 안 되는 소리를 제가 믿을 것 같습니까?"

히이라기의 얼굴이 다시 웃음을 띠었다. 조금 전까지의 경박한 웃음이 아니라 어둡고 탁한 웃음을.

"말도 안 되는 소리?"

"그래요, 와시오 씨. 당신은 신중한 분이죠. 사실은 사 년이 지났든 십 년이 지났든 가능한 한 내게는 접근하지 않았을 겁니다. 그런데 오늘 나를 찾아왔지요. 왜일까요? 답은 간단하죠. 그만큼 궁지에 몰렸으니까."

이번에는 와시오가 입을 다물 차례였다. 어금니를 꽉 깨물었다.

"와시오 조직의 보스가 직접, 심지어 경호도 없이 오다니. 사 년 전에도 이런 일은 한 번도 없었습니다. 당신이 그토록 돕고 싶은 저 '스즈키 씨'는 어떤 인물일까. 꼭 알고 싶네요. 특히 당신과의 관계를."

"······하고 싶은 말이 있으면 분명하게 말해."

"그럼 분명히 말하죠. 당신과 자칭 '스즈키 씨'는 분위기는 완전히 다르지만, 자세히 관찰하면 콧날과 귀 모양, 그리고 눈과 눈썹 사이의 거리까지 비슷한 점이 많아요. 그러니까 '스즈키 씨'는 당신의 혈연, 아마도 아들이겠죠."

와시오는 내심의 동요가 드러나지 않도록 얼굴에 힘을 주었다. 다쓰야는 자신보다 엄마를 더 닮았는데 완전히 꿰뚫어 봤다.

슬쩍 옆을 봤더니 다쓰야가 드러내놓고 얼굴을 찡그린 채 몸을 떨고 있었다.

"정신 차려!"

와시오는 다쓰야에게 일갈하고 다시 히이라기 쪽으로 몸을 돌렸다.

"선생, 당신 상상이 맞네. 이 녀석은 나와 다른 여자 사이에서 난 아이야."

"이름은? '스즈키'가 아닌 진짜 이름 말입니다."

"⋯⋯하마나카 다쓰야. 내 이름에서 용(竜) 자를 따서 나는 류로, 녀석은 다쓰로 읽게 했지."

"그럼 하마나카 씨, 새삼스럽지만 처음 뵙겠습니다. 드디어 출발선에 서셨네요."

연기하듯 고개를 숙인 히이라기에게 다쓰야는 조심스레 인사를 건넸다.

"선생. 이 녀석이 내 아들이란 걸 아는 사람은 거의 없어. 그런 비밀까지 알려준 거야. ⋯⋯알겠나?"

노여움을 억누르면서 와시오가 말했다.

"그렇게 신뢰해주시니 영광입니다. 역시 의사와 환자는 서로 신뢰해야 하죠. 그래서 하마나카 씨는 도대체 무슨 일을 저지르셨습니까?"

"거기까지 말할 필요가 있을까?"

"예, 물론입니다. 배경을 알아야 고객의 내면을 관찰할 수 있고 나아가 내가 수술할 가치가 있는지 판단할 수 있죠."

"……정말 당신은 괴짜야. 알았네. 말하겠네."

겉보기는 사 년 전과 같았으나 그 사건으로 히이라기는 변했다. 아무래도 아주 근본적인 부분이 변한 것 같았다.

와시오는 띄엄띄엄 말하기 시작했다.

"아까도 말했듯이 이 녀석은 내연녀가 낳은 내 자식이야. 다만 이 녀석이 태어난 뒤로도 나는 양육비만 줬지 한 번도 만나지 않았어. 이 녀석의 어머니는 제대로 된 세계에서 아이를 키우고 싶다며 나와 관계를 끊고 싶어 했으니까. 이 녀석이 스무 살이 된 날에는 이제 성인이 되었으니 양육비도 필요 없다는 연락이 왔지."

"훌륭한 여성이네요."

"그래, 좋은 여자였지. 하지만 고생이 많았던지 이 녀석의 교육까지 신경 쓸 여유가 없었던 모양이야. 이런 쓰레기로 자랐으니까."

와시오는 아들에게 날카로운 시선을 던졌다. 다쓰야는 눈을 내리깔고 몸을 움츠렸다.

"이 년 전, 이 녀석의 어머니가 암으로 세상을 떴네. 그 사람은 죽기 직전 내가 아버지란 걸 이 녀석에게 알렸지. 그랬더니 이 멍청이는 바로 나를 찾아와 우리 조직에서 일하고 싶다고 하더군. 일하던 회사가 망해 실직했다고."

"아이고 저런, 어머니가 그렇게 고생하셨는데."

히이라기가 어깨를 움츠렸다.

"내 아들이니까 위세를 부리며 편하게 살 줄 알았겠지. 물론 바로 내쫓았는데 그 뒤로도 계속 매달리더군. 너무 성가셔서 같은 계열의 조직에 소개해줬지."

"아니, 본인 조직에 받아들이지 않았어요?"

"당연하지. 이 녀석, 스스로 내 아들이라고 밝혔어. 우리 조직에 받아들이면 무슨 일이 일어나겠나?"

"후계자 싸움이 일어나겠네요. 본처의 자녀분들이 목숨까지 노리겠죠."

"그래, 맞아. 그래서 나는 일부러 고개까지 숙여가며 다른 조직에 부탁했어. 어쨌든 대학까지 나왔고 작은 회사에서 경리 일을 했던 터라 그 조직이 경영하는 가게의 경리를 맡았다지."

"어쩐지 예상이 되네요. 경리라니 '그거'였겠군요."

"그래. 이 녀석, 조직의 돈을 횡령했어. 2억 엔 가까이나."

와시오는 자신의 허벅지를 내려쳤다. 다쓰야는 자신이 맞은 듯 몸을 떨었다.

"2억 엔?! 그거 굉장하네요. 도대체 어디다 썼나요?"

"여자야. 물장사하는 여자에게 갖다 바쳤어. 그 여자는 이미 자취를 감췄고."

"하하! 2억 엔이나 꿀꺽하고 자취를 감추다니, 그 여자 정말 프로네요. 그래서? 횡령은 아직 들키지 않았습니까?"

"지금은 아직. 하지만 시간문제지. 장부가 영 맞지 않는다는 걸 느끼기 시작한 것 같더군. 이제 곧 들킬 거야. 내가 소개했으니 우리 조직이 손실을 보전해줘야지. 그리고 이 멍청이는……"

히이라기가 쓴웃음을 짓자 다쓰야의 얼굴이 단숨에 창백해졌다. 그런 각오도 없이 조직의 돈에 함부로 손을 대다니, 이런 멍청이. 두통이 더 심해졌다.

"그래서 말이야, 선생. 이름과 얼굴을 바꿔 이 녀석을 도망가게 하고 싶네. 새 호적은 내가 준비하지. 그러니까 선생은 얼굴을 바꿔줬으면 해. ……부탁해."

와시오는 앉은 채 깊이 고개를 숙였다. 다쓰야도 황급히 일어나 와시오를 따라 했다.

"마음이 동하질 않네요."

히이라기는 소파에 기대어 몸을 뒤로 젖혔다. 와시오의 얼굴이 굳었다.

"……어이, 무슨 소리야? 설마 이런 말까지 듣고 수술하지 않겠다고 할 셈인가?"

"그야 지금 이야기, 전혀 '아름답지' 않잖아요? 나이도 먹을 대로 먹은 남자가 호스티스에게 홀려 돈을 바치려고 횡령했다. 그런 남자지만 아들이니까 도망치게 하고 싶다. 와시오 씨. 임협(任俠)*으로 이름을 날린 당신답지 않아요. 아드님도 이제 성인

* 용맹하고 호방함.

입니다. 자기 앞가림은 스스로 해야죠."

이런 남자에게 임협으로 설교를 듣다니……. 속이 뒤집히나 반론할 수 없었다. 히이라기는 갑자기 테이블에 양손을 짚고 몸을 내밀었다.

"와시오 씨, 아직도 숨기고 있는 게 있죠?"

"숨기는 거라니?"

다시 머릿속에 천진난만한 소녀의 얼굴이 떠올랐다.

"그렇습니다. 당신의 이번 행동은 처음부터 끝까지 당신답지 않아요. 야쿠자로서의 '아름다움'이 전혀 보이질 않아요. 도대체 왜 그럴까요?"

히이라기는 턱을 당기고 이쪽을 노려봤다. 와시오의 손이 부들부들 떨리기 시작했다.

"……손녀야."

"예? 뭐라고요? 잘 들리질 않네요."

히이라기는 귀에 손을 대고 와시오의 입가에 가져다 댔다.

"그러니까 손녀라고!"

와시오가 침을 튀겨가며 호통쳤다.

"이 멍청한 녀석에게 딸이 있어. 아직 다섯 살이야. 애 엄마는 이 녀석에 질려 일찌감치 애를 두고 떠났지. 이 녀석은 혼자 아이를 키우고 있어."

"아하, 손녀 때문에 한심한 아들을 돕고 싶다?"

"손녀가 이놈을 많이 따라. 이런 멍청이도 아빠라고. 이 녀서

이 살해되면 그 아이는…… 시설에 맡겨질 테지."

"어라, 당신이 데려가는 게 아닙니까?"

"내가 데려가면 손녀까지 후계자 싸움에 휘말릴지도 몰라. ……그러니까 이놈이 죽으면 그 아이는 혼자 살아야 해. 다섯 살이야. 아직 다섯 살인데……"

와시오가 양손으로 얼굴을 가리고 고개를 숙였다.

"그러니까 손녀가 너무 사랑스러워 야쿠자보다는 손녀를 걱정하는 노인이기를 택했다는 말이군요."

와시오는 힘없이 끄덕였다. 히이라기의 말이 맞았다. 자신은 야쿠자로서의 길을 벗어나려 하고 있었다.

"……2천만 엔입니다."

"뭐라고?"

와시오가 천천히 고개를 들었다.

"그러니까 수술비요. 수술 난이도 자체는 높지 않지만, 당신이 지정한 병원에서 수술하려면 우리도 준비를 많이 해야 합니다. 모든 비용을 합쳐 2천만 엔. 당신이라면 못 낼 것도 없겠죠?"

"수술……해주는 건가?"

틀림없이 거절하리라 생각했다. 보아하니 히이라기의 곁에 앉아 있던 마쿠과 의사도 입을 쩍 벌리고 있었다.

"당신은 야쿠자의 자긍심보다 손녀에 대한 애정을 택했습니다. 그걸 남에게 알리는 일은 상당한 치욕이었겠죠. 그렇게까지 해서 자신의 '치욕'을 드러낸 당신은 어떤 의미에서 아름답습니다. 솔직히 아드님의 패기 없는 태도를 보고 거절할까 싶었는데 당신의 그 '아름다움'에 마음이 기울어 수술하기로 했습니다."

히이라기의 말을 듣고 와시오는 눈을 질끈 감았다. 눈꺼풀 속에 손녀의 환한 미소가 비쳤다.

이걸로……, 이걸로 그 미소를 지킬 수 있을지 모른다.

"선생, 고맙네. 정말 고마워."

와시오가 깊이 고개를 숙였다.

*

"선생님, 제정신이세요?"

와시오와 하마나카가 클리닉을 떠나자마자 아스카가 히이라기에게 달려들었다.

"왜 그래? 발정 난 고양이처럼 흥분해서."

히이라기가 흐뭇한 표정으로 말했다.

"발정?! 아, 그보다 진심으로 그런 수술을 할 생각이세요?"

"당연하지. 2천만 엔이잖아. 게다가 얼굴을 다른 사람으로 만들면 그만이야. 수지맞는 장사 아니야?"

"하지만 조폭의 의뢰잖아요?"

"아사기리 선생, 그 남자 앞에서 '조폭'이란 말은 금기야. 그 남자는 일반인에게는 손을 대지 않는 것을 자랑으로 삼고 있는 자칭 '임협'이야. '야쿠자'는 괜찮은데 '조폭'이라고 불리면 혈압이 올라 순식간에 저세상으로 보내버릴지도 몰라. 그리고 선생은 도쿄만에 잠기겠지."

히이라기는 콧노래까지 불러대며 말했다. 순간 바다 밑에서 물고기 밥이 되어 있는 자신의 모습을 상상한 아스카의 등골이 서늘해졌다.

"도쿄만이라니…… 일반인에게는 손을 대지 않는다면서요?"

"어쨌든 그 남자 앞에서 '조폭'이란 말은 안 하는 게 좋아."

"그보다 그런 사람의 의뢰를 받아도 되는 겁니까? 보세요, 그 하마나카라는 사람, 2억 엔이나 돈을 횡령했잖아요. 범죄자의 도주를 돕다니……"

"아사기리 선생, 무슨 소릴 하는 거야? 하마나카 씨는 범죄자가 아니야. 경찰에 신고되고 체포되어 재판에서 유죄를 받아야 비로소 '범죄자'가 되지. 이번에 돈을 잃은 녀석들은 절대 경찰에 신고하지 못해. 그러니까 하마나카 씨는 '범죄자'가 아냐."

히이라기는 아스카의 얼굴 앞에서 검지를 세워 좌우로 흔들었다.

"아니, 하마나카 씨는 범죄자이기는커녕 피해자지. 그를 이대로 두면 목숨이 위험해. 이 법치국가에서 재판도 없이 개인적으로 죽임을 당하는 사람이 '피해자'가 아니면 누가 피해자지? 안 그래, 아사기리 선생?"

히이라기는 허리를 굽히고 아래에서 위로 얼굴을 들여다봤다. 아스카는 그 옆얼굴에 주먹을 날리고 싶은 충동을 필사적으로 참았다.

"어쨌든 전 반대예요. 이 수술, 너무 위험해요!"

"자네는 젊은데 참 걱정이 많아. 내가 수술을 받아들이지 않으면 그의 외동딸은 시설에 맡겨진다고. 불쌍하지 않아?"

"그야……"

"그렇지! 불쌍하지? 나라면 얼굴은 다른 사람이라도 분위기까지는 달라지지 않게 할 수 있지. 아버지가 얼굴을 바꾼 걸 딸이 쉽게 받아들일 거야. 사람을 돕고 수술비도 충분히 받으니 일석이조지."

주절주절 떠들어대는 히이라기를 앞에 두고 아스카는 설득을 포기했다. 이 남자, 말을 너무 잘해.

"그러므로 아사기리 선생, 다음 주는 잠시 출장을 가게 되겠군. 아, 물론 출장비는 기존 아르바이트비에 더해주지. 참고로 계약서에 적힌 대로 거절할 수는 없네."

"예?! 무슨 소리죠? 계약서라니?!"

"아이고, 혹시 계약서를 자세히 읽지 않았나? 완벽하게 '부득이한 이유가 없는 한 을은 마취과 의사로서 의무를 거절할 수 없다. 이를 위반해 갑에게 손실이 생겼을 경우 을은 그 손실을 보상해야 한다'고 적혀 있어. 그러니까 자네가 거절할 경우 나는 수술비 2천만 엔을 청구할 수 있지."

"이, 2천만이라니……. 애시당초 야쿠자와 얽히고 싶지 않은 건 '부득이한 이유'에 해당하지 않나요?"

"수술을 받는 하마나카 씨는 야쿠자가 아니지. 이번 수술은 일반인인 그가 단순히 자신의 얼굴을 바꾸고자 하는 수술이야."

"그건 궤변이죠!"

"궤변이 아니지. 아니면 법정에서 누구의 논리가 맞는지 겨뤄볼까?"

이제 정말, 이 남자를 두들겨 패도 될까? 아스카가 주먹을 불끈 쥐었을 때 가만히 상황을 지켜보던 사나에가 둘 사이에 끼어들었다.

"히이라기 선생님, 아스카 선생님 좀 그만 괴롭히세요. 그거 꼭 좋아하는 여학생을 괴롭히는 초등학생 남자애 같아요."

"아니, 무슨 소리를! 나는 다만……"

사나에는 히이라기의 반론을 무시하고 아스카에게 몸을 돌렸다.

"아스카 선생님, 히이라기 선생님은 심술을 부리고 계시지만, 사실은 하마나카 씨의 따님이 괴롭지 않길 바랄 뿐이에요. 그저 그런 말을 하는 게 부끄러워서 그래요."

"아니, 아니야. 그건 아니지."

사나에는 한시도 쉬지 않고 지껄여대는 히이라기에게 눈길한 번 주지 않고 아스카를 향해 말을 이어갔다.

"저항감이 있을 수도 있겠으나 부디 힘을 보태주세요. 하마나카 씨의 따님이 행복해지기 위해서는 아스카 선생님의 도움이 필요해요."

아스카는 굳은 표정을 유지한 채 십여 초 동안 침묵을 지키다 가 "오늘은 그만 가볼게요"라고 말하고는 방을 나왔다. 엘리베이터를 기다리고 있는데 사나에가 쫓아왔다.

"죄송해요. 이삼일 후에 연락할 테니 오늘은 좀 놔두세요."

어두운 목소리로 말하는 아스카에게 사나에는 왠지 미안한 듯한 모습으로 참고서와 노트북 컴퓨터가 들어 빵빵해진 배낭을 내밀었다.

"저기, 두고 가셨어요."

"……고맙습니다."

아스카는 숙인 얼굴을 살짝 붉히면서 배낭을 받고 도망치듯 문이 열린 엘리베이터로 미끄러지듯 들어갔다.

빌딩에서 나온 아스카는 중얼중얼 불평을 늘어놓으면서 가드레일에 묶어놓았던 자전거로 다가갔다.

"무슨 생각이야! 범죄자를 돕다니!"

분명 다섯 살짜리 아이를 고아로 만들고 싶진 않았다. 그렇다고 야쿠자의 의뢰를 받다니…….

"죄송합니다…….'

"예?"

갑자기 누군가가 말을 걸어와 아스카는 날카롭게 대답하며 돌아봤다.

등 뒤에 안경을 낀, 전체적으로 선이 가는 젊은 남자가 서 있었다. 아스카의 위압감 탓인지 안경 속 눈이 순간 겁에 질렸다.

"아, 아니. 무슨 일이시죠?"

아스카는 자신이 남자를 무섭게 노려봤다는 걸 깨닫고 바로 상냥하게 웃었다.

"저기, 갑자기 죄송한데 시간 좀 있으세요?"

얼굴에서 상냥한 미소가 사라졌다. 아무래도 치근대는 것이 거나 판촉일 것이다.

"시간 없어요."

아스카는 그렇게 내뱉고는 고정된 체인을 풀고 시티 사이클에 올라탔다. 남자가 황급히 어깨로 손을 뻗어왔다. 아스카는 페달에서 발을 내리고 뻗어온 손을 안에서 밖으로 휙 쳤다. 그 반동에 살짝 균형이 무너진 남자의 코앞에 주먹을 뻗었다.

"이럴 때는 몸은 건드리지 않는 게 최소한의 규칙이죠. 경찰에 잡혀가고 싶어요?"

"그게 아닙니다, 제 말 좀 들어보세요. 히이라기 다카유키에 관해 이야기를 듣고 싶습니다!"

남자는 고개를 좌우로 빠르게 흔들었다.

"……히이라기 선생님?"

아스카는 미간을 찡그리며 안장에 걸터앉은 채 남자의 얼굴을 응시했다.

3

내가 지금 무슨 짓을 하는 거지? 아스카는 홍차를 마시면서 자문했다. 눈앞에서는 십여 분 전에 처음 만난 남자가 주스가 담긴 컵에 입을 대고 마시고 있었다.

아스카는 히이라기 건으로 이야기하고 싶다는 남자와 클리닉에서 도보로 몇 분 거리에 있는 세련된 이 카페에 들어와 있었다.

어쩌다 따라오긴 했으나 이런 정체불명의 남자와 이야기를 해도 괜찮을까. 아스카는 경계심으로 포화 상태인 눈빛을 눈앞의 남자에게 던졌다. 나이는 나와 비슷할까. 왠지 연약하고 성격 좋은 사람처럼 보이지만, 외모와 내면이 같으리라는 보장은 없었다.

주스를 한 모금 마신 남자는 한숨 쉬고는 아스카에게 고개를 숙였다.

"갑자기 불러 세워 죄송합니다. 저는 이런 사람입니다."

남자는 일어나 공손하게 명함을 내밀었다. 보통 명함을 주고받는 일이 거의 없는 아스카는 어색한 몸짓으로 명함을 받아들었다.

'프리랜서 저널리스트 히라사키 신고'

명함에는 그렇게 적혀 있었다.

"잡지 같은 데 기사를 씁니다. 특히 사회문제나 범죄 기사를 전문으로 쓰고 있습니다. 인터넷으로 찾아보시면 제 기사가 여럿 나올 겁니다."

"그래서 말씀하시려는 게 뭔가요? 제가 히이라기 선생님의 클리닉에서 일하는 걸 아시는 거죠? 어떻게 아셨죠?"

"히이라기 다카유키의 주변을 조사하던 중에 당신이 새로운 마취과 의사로 클리닉에 들어온 걸 알았습니다. 저널리스트로서 정보원을 보호할 의무가 있으므로 어디서 당신 정보를 입수했는지는 알려드릴 수 없습니다. 부디 양해해주시길 바랍니다."

히라사키는 이마가 테이블에 닿을 정도로 고개를 숙였다.

"고개를 드세요. 그리고 도대체 제게 무슨 용건이신가요?"

"히이라기 다카유키에 대해 이야기를 듣고 싶습니다."

고개를 든 히라사키가 심각한 표정을 지었다.

"히이라기 선생님에 대해?"

"그렇습니다. 저는 원래 조폭 관련 취재를 종종 합니다. 그러다가 한 가지 소문을 듣게 되었습니다. ……굉장한 솜씨를 지닌 성형외과 의사에 대한 소문이죠."

아스카의 표정이 굳어졌다.

"그렇습니다. 그게 바로 히이라기 다카유키입니다. 그는 암흑 세계에서 유명한 성형외과 의사죠."

그건 사실일 것이다. 아스카는 조금 전, 히이라기와 와시오의 대화를 떠올렸다.

"의사 면허가 있으니 히이라기가 수술하는 것 자체에 법적인 문제는 없습니다. 다만 그가 한 수술 중에는 법적인 죄는 물을 수 없더라도 윤리적으로는 용서할 수 없는 게 적지 않죠. 범죄자의 얼굴을 바꿔 그 도망을 돕는다거나."

아스카는 입술을 깨물었다. 하마나카의 수술이 바로 그런 거였다. 그리고 나는 마취과 의사로서 그 수술을 도우려 하고 있다.

"하지만 처음에는 히이라기에게 그렇게 관심이 있던 건 아닙니다. 조폭을 돕는 의사가 있다는 건 문제지만 그보다 더한 악질적인 인간이 이 세상에는 차고 넘칠 정도로 있으니까요. 다만 최근, 히이라기가 사 년 전에 벌어졌던 어떤 사건의 관계자라는 걸 알았습니다. 그 이후 히이라기에 대해 조사하는 게 제 한평생의 일이 되었습니다"

사 년 전……. 아까 와시오도 그 무렵에 어떤 일이 있었던 것처럼 말했다.

"사 년 전에 무슨 일이 있었나요?"

아스카는 유도당하고 있다는 걸 알면서도 묻지 않을 수 없었다.

"역시 모르고 계셨군요."

"모르니까 묻잖아요?"

"당신은 히이라기 다카유키가 하는 일이 옳다고 생각합니까?"

뜻밖의 질문에 아스카는 말문이 막혔다.

히이라기의 행위가 옳으냐 아니냐는, 그의 클리닉에서 일하

기 시작한 때부터 계속 품고 있는 의문이었다. 그리고 그 답을
아직 내지 못하고 있었다.

"……모르겠네요."

"저는 잘못되었다고 생각합니다. 솔직히 말해 성형외과 자체
에도 저는 의문을 가지고 있고 너무 큰돈을 받는 것도 윤리적으
로 문제가 있다고 생각합니다. 게다가 조폭과 유착이라니 말도
안 되죠."

아스카는 마치 자신이 질책당하는 것 같아 살짝 눈을 내리깔
았다.

"저는 히이라기가 하는 짓을 낱낱이 파헤쳐 그 일이 용서받을
수 있는 일인지 아닌지 세상에 묻고 싶습니다. 그리고 그보다
사 년 전 사건의 진상을 반드시 폭로할 생각입니다."

"그러니까 사 년 전에 무슨 일이 있었냐고요?"

아스카는 살짝 짜증을 내면서 수십 초 전과 같은 질문을 되풀
이했다.

"아사기리 선생님, 우리 저널리스트에게는 정보가 가장 가치
있는 겁니다. 그러므로 쉽게 알려드릴 수는 없죠. 특히 '사 년 전
사건'에 관한 정보는 저도 모으는 데 정말 고생이 많았거든요."

"알려주지 않을 거면 괜한 말씀은 하지 마시죠."

"알려드리지 않겠다고는 하지 않았습니다. 다만 당신에게도
정보를 얻고 싶습니다."

"……알고 싶으면 히이라기 선생님을 팔아라?"

"굳이 말하자면, 그렇습니다."

아스카는 히라사키를 노려봤다. 이런 수상쩍은 대화는 중단해야 해. 맞아. 당연히…….

"……조금 생각할 시간을 주세요."

이성과 달리 아스카는 그렇게 대답했다.

"물론 오늘 답을 달라는 건 아닙니다. 결심이 서시면 명함에 적힌 전화번호로 연락 부탁드립니다."

히라사키는 전표를 들고 일어났다.

"혹시 기회가 되면 히이라기 다카유키에게 '제자'에 관해 물어보십시오. 틀림없이 재미있는 반응이 올 테니까요."

"……제자?"

고개를 갸웃거리는 아스카를 힐끗 보고, 히라사키는 재빨리 계산대를 향해 가버렸다.

"도대체 무슨 소리야……."

컵에 남은 홍차를 입안에 털어 넣었다. 미지근한 홍차가 상당히 썼다.

4

"……사나에 씨, ……도착하려면 아직 멀었나?"

조수석에 앉은 히이라기가 창백한 얼굴로 입을 막고 있었다.

"이제 조금만 더 가면 될 것 같은데……."

핸들을 잡은 사나에가 내비게이션을 바라봤다.

와시오와 하마나카가 클리닉을 방문한 다음 주 토요일, 아스카는 히이라기, 사나에와 함께 와시오가 지정한 수술 장소인 야마나시의 산중에 있는 병원으로 향하고 있었다. 이런 수술에 관여하고 싶지는 않았으나 2천만 엔을 청구하겠다는 협박을 받고 결국은 협력하는 지경에 이르렀다.

아스카는 나무가 우거진 창밖으로 시선을 돌렸다. 고속도로를 빠져나온 지 벌써 한 시간 이상 지났다. 목적지는 사람들이 사는 동네에서 상당히 떨어진 곳 같았다.

시선을 창밖에서 양손으로 입을 막고 있는 히이라기로 옮겼다. 이 남자가 중간 휴게소에서 야키소바부터 감자버터구이까지 먹어대는 통에 시간이 촉박해졌다. 그렇게 퍼먹고 이런 구불거리는 산길을 사나에의 난폭 운전으로 달리고 있으니 멀미가 나는 것도 당연했다.

"선생님, 토하지 마세요. 이렇게 멋진 차 안이 더러워지면 너무 비참하잖아요."

평소 놀림당하던 말을 그대로 되돌려주니, 히이라기가 죽은 사람처럼 창백한 얼굴로 돌아봤다.

"앞 좌석은 특별히 좋은 가죽을 썼어. 토할 거면 뒷좌석에 토할 거야."

"그런 짓을 하시면 정말 두들겨 팰 겁니다."

"아, 보이네요! 다 왔어요!"

안도감이 섞인 사나에의 목소리가 차 안에 울렸다. 뒷좌석에서 몸을 내밀어 보니, 앞쪽에 조금 오래된 듯한 3층짜리 건물이 보였다.

사나에가 운전하는 카이엔은 병원 앞의 넓은 주차장에 스르륵 들어가 멈췄다. 시동이 다 꺼지지도 않았는데 히이라기는 굴러떨어지듯 차 밖으로 뛰어내려 주차장 구석까지 달려가 웅크리고 토하기 시작했다. 아스카는 얼굴을 찡그리며 히이라기에서 시선을 피했다.

"정말 상쾌한 곳이네요."

운전석 문을 열면서 사나에가 말했다. 차 밖으로 나와 어린 풀들의 싱그러운 냄새를 맡으면서 아스카는 "그렇네요"라고 동의했다. 나뭇잎들이 사그락거리는 소리가 기분 좋게 고막을 흔들었다.

울창한 숲을 개발한 땅에 세운 병원이었다. 병원 자체는 그리 크지 않은데 부지는 넓었다. 병상이 백 개 정도인 요양병원일 것이다.

은색 세단이 주차장에 들어왔다. 병문안을 온 손님일까. 이런 오지에 있으면 병문안도 어렵겠다.

"히이라기 성형클리닉에서 오신 분들이시죠?"

멀리서 소리가 나 보니 의사 가운 차림의 상당히 뚱뚱한 중년 남자가 다가오고 있었다. 술통 같은 배가 의사 가운을 뚫고 나왔고 걸을 때마다 턱살이 덜렁덜렁 흔들렸다.

"처음 뵙겠습니다. 오타병원의 원장인 오타 이치로입니다."

남자는 살짝 헐떡이면서 말하고 의사 가운 주머니에서 명함을 꺼냈다.

"아, 안녕하세요. ……히이라기입니다."

어느새 아스카의 뒤로 온 히이라기가 앞으로 나와 명함을 한쪽 손으로 받아 들었다.

"와시오 씨에게 이야기를 들었습니다. 오늘은 정말 잘 부탁드립니다."

오타는 히이라기의 손을 양손으로 세게 잡고 힘껏 위아래로 흔들었다.

"하마나카 씨는 입원하셨나요?"

히이라기는 아직 속이 울렁대는지 힘 빠진 목소리로 물었다.

"하마나카……. 아니, 그러니까 와시오 씨가 소개한 환자분이라면 어제부터 특실에 입원하셨습니다. 다만 저희는 '스즈키 씨'라고 부르는데……."

비굴하게 웃는 오타에게 아스카는 혐오감을 느꼈다.

"참고로 여기는 요양병원처럼 보이는데 수술 설비는 괜찮나요?"

낯빛이 조금 나아진 히이라기가 다시금 질문했다.

"아, 지금은 요양병원이지만 전에는 외과병원으로 수술도 해서 수술실도 아주 괜찮습니다. 저도 외과 의사라 때로 필요하면 수술도 합니다."

"그렇군요! 일반적인 병원에 가면 경찰에 신고될 만한 환자의 치료를 비밀리에 하는군요. 이를테면 자상이나 불법 약물 중독 치료나……."

시비를 거는 듯한 히이라기의 말에 "아니, 그게……"라고 얼버무리는 오타의 안내를 받으며 병원으로 다가가자 건물 그늘에 구급차가 세워져 있는 게 보였다. 자동차 옆면에는 '오타병원'이라고 적혀 있었다. 아무래도 이 병원이 소유한 구급차 같았다.

"아니! 병원 전용 구급차도 있나요?"

히이라기가 구급차를 가리켰다.

"그게, 상태가 갑자기 나빠진 환자분은 아랫동네에 있는 종합병원까지 옮길 필요가 있어서요. 굳이 지자체의 구급차를 이용하면 시간이 걸리니까요."

"아니, 그거 정말 훌륭하네요. 비용이 꽤 들 텐데요. 이 정도 규모인데 전용 구급차를 쓰는 병원은 거의 없을 겁니다."

"여러모로 사정이 있어서……."

오타가 잔뜩 몸을 움츠렸다.

"그렇게 위축될 필요는 없습니다. 아, 그리고…… 뚱뚱한 선생님이라고 했나요?"

"……오타*입니다."

* 오타(太田)라는 이름의 한자 太가 뚱뚱하다는 뜻을 가지고 있음.

"아, 그렇군요. 죄송합니다. 명함을 보고 그만."

히이라기는 껄껄대고 자기 뒤통수를 두드렸다.

도대체 뭐가 '그만'이란 말인가. 왜 이 사람은 군이 처음 보는 사람을 화나게 하는 걸까. 아스카는 진심으로 한심해하면서 살짝 한숨을 내쉬었다.

"다시 말씀드리는데 오타 선생님. 그렇게 위축될 필요는 없습니다. 요즘 국가의 의료비 감축에 따라 여기 같은 작은 병원의 경영은 상당히 어렵죠. 그런대로 돈을 마련할 수 있다면 야쿠자에게라도 꼬리를 흔들고 싶죠. 그 탐욕스러운 자세는 경영자로서 정말 훌륭합니다."

노골적인 야유에 오타의 얼굴이 붉어졌다.

"다, 당신은 어떤데! 당신도 야쿠자의 수술을 받아들였잖아!"

"아니, 정말 실례했습니다. 저는 그저 돈을 좇는 사람이고, 한심한 성형외과 의사일 뿐입니다. 그런 사람의 허튼소리는 한 귀로 듣고 한 귀로 흘리시면 될 것 같습니다. 유유상종이라고 사이좋게 지냅시다."

갑자기 싹싹해진 히이라기의 태도에 오타는 미간을 찌푸렸다.

"자, 오타 선생님. 그러니까 하마나카 씨……, 아니 당신에게는 '스즈키' 씨겠죠. 그를 만나볼까요?"

히이라기는 아주 오랜 친구처럼 오타의 어깨를 탁탁 두드렸다. 오타는 피로에 지친 목소리로 "안내하죠"라고 중얼거리면서 어깨를 늘어뜨렸다.

*

"실례합니다, 하마나카 씨."

히이라기는 미닫이문을 힘껏 열고 한쪽 손을 올리면서 병실로 들어갔다. 본관 건물 뒤쪽에 있는 2층짜리 별관이었다. 별관 2층에 하마나카의 병실이 있었다. 이전에는 병실과 외래에 사용했다는 별관은 현재 2층에 있는 수술실과 이 병실 이외에는 사용하지 않고 있고 1층은 창고로 이용하고 있었다. '특별'한 환자를 숨기기에 이상적인 시설이었다.

"아, 선생님. 잘 부탁드립니다."

비즈니스호텔 같은 병실이었다. 그 가운데 놓인 침대에 누워 있던 하마나카는 히이라기를 보고 고개를 숙였다. 그의 옆에는 중년의 간호사가 서 있었다. 이 별관의 사정을 아는 소수의 간호사 중 하나로 오늘 수술을 도울 모양이었다.

"아이고, 이곳은 정말 경치 좋은 곳이네요. 이런 곳에서 지내면 병이 다 낫겠어요. 아! 하마나카 씨는 따로 병이 있는 건 아니지만."

"말씀대로 병은 없지만, 이대로 가면 말기 암 환자보다 빨리 이 세상을 떠나겠죠. 정말 성가신 녀석들입니다. 이제 믿을 사람은 선생님뿐입니다."

지난주 클리닉에서는 거의 입을 떼지 않았던 게 거짓말이라도 되는 듯 하마나카는 수다스러웠다. 그때는 와시오의 앞이라 얌전했던 거고 이게 진짜 모습일까. 자신이 횡령한 탓에 이런 신세가 됐으면서 아주 의기양양했다.

"네, 맡겨주십시오. 아? 이 아이가 따님이세요?"

보아하니 작은 여자아이가 침대 옆 테이블에 몸을 숨기듯 고개만 내밀고 있었다. 그 작은 동물 같은 사랑스러운 분위기에 아스카의 얼굴이 단번에 풀어졌다.

히이라기가 이리 오라고 불렀으나 소녀는 겁먹은 표정으로 꼼짝도 하지 않았다.

"마리나, 이쪽으로 와라."

하마나카가 부르자 소녀는 흠칫거리며 다가와 아버지의 환자복 소맷자락을 잡았다.

"아니, 따님이 정말 귀여우시네요. 과연 와시오 씨가 정신을 못 차릴 만하네요."

하마나카는 딸 칭찬을 듣자 한껏 환하게 웃었다.

"마리나? 아빠가 좋니?"

히이라기는 웅크리고 앉아 부드러운 목소리로 물었다. 마리나는 주저하면서도 고개를 끄덕였다.

"마리나. 아빠는 이제 얼굴을 바꿀 거야. 어쩌면 마리나가 아빠의 얼굴을 몰라봐서 무서울지도 몰라. 하지만 그건 어쩔 수 없단다. 그러지 않으면 아빠는 나쁜 놈들에게 '몹쓸 짓'을 당하니까."

마리나는 이해할 수 없는지 고개를 갸웃거렸다. 대신 하마나카의 얼굴이 굳어졌다.

마리나는 불안한 듯 하마나카의 품에 파고들었다. 영문 모를 소리를 해대는 중년 남자가 무서웠겠지. 딸을 놓고 야유당한 하마나카는 굳은 표정으로 딸의 등을 쓸어내렸다.

"아, 죄송합니다. 따님을 놀라게 할 생각은 없습니다. 자, 시간이 아까우니 빨리 수술실로 갈까요? 여기 있는 휠체어를 타주세요. 수술실로 가는 동안 마지막 확인을 하겠습니다."

히이라기는 가슴 앞에서 손을 모았다. 이어서 '짝' 하고 경쾌한 소리가 실내에 울려 퍼졌다.

천천히 침대에서 내려와 휠체어에 앉은 하마나카에게 마리나가 다가갔다.

"마리나. 잠깐만 기다려. 아버지는 얼굴에 생긴 병을 고치고 올게."

하마나카가 얼굴을 쓰다듬자 마리나는 고개를 좌우로 절레절레 흔들었다. 이 방에 혼자 남겨지는 게 싫은 걸까, 그 눈에 눈물이 차올랐다.

"수술실 앞까지 같이 가는 건 괜찮아요. 그런 다음에 본관의 너스 스테이션으로 데려가 간호사들이 돌보게 하겠습니다."

오타가 턱의 지방을 흔들면서 싹싹하게 말하자 하마나카는 잠시 망설인 뒤 "그럼 부탁할게요"라며 고개를 숙였다.

휠체어에 앉은 하마나카를 선두로 해 일행은 병실을 나와 복도를 나아갔다. 마리나는 휠체어 옆에서 걸으며 하마나카의 손등에 자신의 조그만 손을 올려놓고 있었다.

"지난번에도 말씀드렸다시피, 당신의 얼굴을 특징짓는 튀어나온 광대뼈와 살짝 비뚤어진 코의 성형이 이번 수술의 관건입니다. 그걸 고쳐 부자연스러움 없이 다른 이가 받는 인상만 크게 바꿀 수……."

히이라기가 수술의 내용을 자세히 설명하기 시작했다. 그때 히이라기의 품에서 재즈가 흘러나왔다. 설명을 도중에 방해받은 히이라기는 입술을 일그러뜨리며 양복 안주머니에서 꺼낸 스마트폰을 아스카에게 던졌다.

"나는 지금 바빠. 자네가 용건만 대신 들어주게."

아니 어디서 "들어주게"라고 명령하지? 짜증스러워진 아스카는 액정 화면의 '통화' 아이콘을 터치했다.

"히이라기 선생!"

전화에서 남자 목소리가 들려왔다. 아무래도 상당히 나이가 있는 남자의 목소리였다.

"히이라기는 지금 전화를 받을 수 없습니다. 저는 아사기리라고 하는데 제가……"

"거기서 도망쳐!"

아스카가 말을 끝내기도 전에 고막이 아플 정도의 큰 목소리로 남자가 소리쳤다.

"도망치다니⋯⋯? 저기, 누구시죠?"

"와시오야! 오늘 수술을 의뢰한 와시오라고!"

"예? 와시오 씨?"

그 자리에 있던 사람들이 소리를 높이는 아스카를 일제히 바라봤다.

"맞아! 지금 당장 아들과 손녀를 데리고 그 병원에서 도망쳐! 위험해!"

"위험하다니 무슨 소리죠? 지금 수술실로 가는 중입니다."

"행동대장이 다쓰야를 죽이려고 그쪽으로 가고 있어. 벌써 도착했을지도 몰라."

충격적인 내용에 순간, 아스카의 머릿속이 새하얘졌다.

"아니, 왜⋯⋯. 얼마 전에는 아직 들키지 않았다고 하셨잖아요? 게다가 이 병원을 아는 사람은 거의 없다고⋯⋯."

"행동대장을 보낸 것은 다쓰야가 돈을 빼돌린 조직이 아니야. 내 장남, 우리 조직의 후계자지. 어디선가 수술 이야기를 듣고 끝장을 보려는 거지."

뇌리에 조금 전 주차장에 들어왔던 세단이 떠올랐다. 다음 순간, 아스카는 눈을 커다랗게 떴다. 복도 안쪽 계단에서 실내임에도 선글라스를 끼고 검은 양복으로 몸을 감싼 체격 좋은 남자가 모습을 드러낸 것이었다.

남자는 양복 안주머니에 손을 넣고 성큼성큼 복도를 걸어왔다.

"저, 저, 저 사람, 킬러예요!"

아스카가 필사적으로 소리를 높임과 동시에 남자는 양복 품에서 손을 빼고 복도를 달리기 시작했다. 그 손에는 형광등 불빛을 묵직하게 반사하는 철 뭉치가 쥐어져 있었다. 회전식 권총이었다.

"사나에 씨, 아이를!"

히이라기는 소리치고 느닷없이 아스카의 손을 잡고 세게 당겼다. 갑작스러운 일에 균형을 잃은 아스카는 복도에 쓰러졌다. 뒷머리가 벽에 부딪히며 순간 시야가 덜컹 흔들렸다.

머리를 흔들며 고개를 든 아스카는 숨을 삼켰다. 다가온 남자가 휠체어에 앉아 멍하니 몸을 굳히고 있는 하마나카에게 총구를 들이대고 바로 방아쇠를 당겼다.

벽이 흔들릴 정도의 폭음이 끊임없이 주위 공기를 흔들더니 휠체어 위에서 하마나카의 몸이 격렬하게 요동쳤다. 남자는 재빨리 몸을 돌려 원래 왔던 계단을 향해 달려갔다.

아스카는 꼼짝도 할 수 없었다. 눈앞에서 일어난 일이 믿어지지 않았다.

"……아빠?"

복도에 쓰러진 사나에의 품에 안겨 있던 마리나가 기어가듯 휠체어로 다가왔다. 그러나 하마나카는 움직이지 않았다. 아버지의 몸으로 손을 뻗은 마리나는 뜨거운 물이라도 닿은 듯 곧바로 손을 뺐다. 거기에는 새빨간 피가 잔뜩 묻어 있었다.

"정신 차려, 아사기리 선생! 여성스러운 척해도 자네의 거친 면이 사라지진 않아!"

누군가가 말을 걸어와 아스카는 고개를 들었다. 히이라기가 험악한 표정으로 내려다보고 있었다.

"여기 죽기 직전의 남자가 있어. 전신 관리는 마취과 의사의 일 아닌가?"

거칠어서 미안하네! 내심 마음에 두고 있는 부분을 지적당해 머리로 피가 솟구쳤다. 동시에 사라졌던 현실감이 돌아왔다. 아스카는 벌떡 일어나 휠체어로 달려갔다.

목 안쪽에서 신음이 흘러나왔다. 크게 벌어진 환자복 사이로 드러난 하마나카의 배, 거기에는 두 개의 구멍이 생겼고 피가 철철 흘러나왔다. 위치로 봤을 때 한 발은 간 부위에 명중했다. 하마나카는 등받이에 몸을 기대고 고개를 힘없이 떨군 채 움직이지 않았다.

아스카는 하마나카의 목덜미에 손가락을 댔다. 손가락 끝에 약하지만, 맥이 느껴졌다.

"압박 지혈해야 해요. 거즈 같은 게 있나요? 그리고 빨리 수혈을!"

일어선 사나에와 히이라기가 동시에 손수건을 꺼냈다. 아스카는 두 장의 손수건을 받아 가장 출혈이 심한 오른쪽 상복부의 상처에 대고 몸을 실어 압박했다. 손에 축축하고 미지근한 감촉이 느껴졌다.

"아, 아…… 구급차로……."

넋을 놓은 오타가 중얼거렸다.

"무슨 소리예요! 이렇게 출혈이 심한데. 늦을 거예요!"

"하, 하지만 총을 맞았으니 응급수술이 필요하고……"

"저기에 수술실이 있잖아요! 제가 마취할 테니까 수술해주세요!"

상처 입구를 압박하면서 소리치자 오타는 절레절레 고개를 좌우로 흔들었다.

"나, 나는 십 년 이상, 개복하는 큰 수술을 집도해보지 않았어. 애당초 외상 응급수술 같은 건, 한 번도 해보지 않았다고."

아스카는 입술을 깨물었다. 압박으로 어느 정도 막고는 있으나 출혈은 지금도 계속되고 있다. 복강 안은 피바다일 것이다. 빨리 개복해 출혈을 막지 못하면 살릴 수 없다.

멍하니 서 있는 마리나를 보자 초조함에 가슴이 타들어갔다. 이대로 가면 이 아이는 눈앞에서 아버지를, 유일한 가족을 잃게 된다.

"……내가 집도하지."

혼잣말 같은 중얼거림이 들려 아스카는 고개를 들었다.

"예? 지금 뭐라고 하셨죠?"

"내가 집도하겠다고 했어."

히이라기가 험악한 표정으로 재킷을 벗어 던졌다.

"무슨 소리세요?! 선생님은 성형외과 의사예요!"

성형외과 의사는 피부와 그 바로 밑에 있는 연부 조직 수술이 전문이다. 그 기술은 개복해 내장을 복원하는 데 필요한 것과는 완전히 별개였다.

"수술인 건 마찬가지잖아."

"마찬가지라니……."

"망설일 틈이 없어. 바로 수술하지 않으면 이 남자는 죽고, 딸은 눈앞에서 아버지를 잃어. 그리고 지금 여기서 수술할 수 있는 사람은 나뿐이야."

왠지 냉철하게 들리는 히이라기의 목소리가 잔뜩 열에 들떴던 뇌세포를 얼마간 식혀주었다.

확실히 맞는 말이었다. 아스카는 히이라기와 마주 보고 고개를 끄덕였다.

"이 남자를 바로 수술실로 옮기지. 도착하면 바로 모두 같이 루트를 여러 개 확보하고 보액을 전부 투입함과 동시에 아사기리 선생은 마취 도입을 부탁하네. 도입하면 내가 개복해 출혈 부분을 복원하겠네. 사나에 씨는 기구를 전달해줘. 오타 선생은 어시를 부탁해요."

"내, 내가 어시……. 그런 건……."

고개를 좌우로 흔드는 오타의 의사 가운을 양손으로 움켜쥐고 히이라기는 거칠게 일으켜 세웠다.

"당신, 썩을 대로 썩었어도 외과 의사잖아! 내가 지시할 테니까 어시 일 정도는 제대로 해! 이런 문제가 생길 수 있다는 것 정도는 알고 야쿠자와 얽혔을 거 아냐!"

새파랗게 질린 둥근 얼굴의 오타는 수없이 고개를 끄덕였다. 히이라기는 "그럼 협력 부탁드립니다"라고 중얼거리고 잡고 있던 의사 가운의 깃을 놓았다.

"거기 간호사 선생?"

"아, 아 ……예!"

넋을 놓고 있던 중년 간호사가 뒤집힌 목소리로 대답했다.

"당신은 그 아이를 본관 너스 스테이션으로 데려가 맡긴 뒤 수혈용 혈액제제를 최대한 모아 오세요. 돌아오면 외부 수술 간호사 역할을 맡아주세요."

"아, 예. 알겠습니다."

간호사는 벌떡 일어나 마리나의 손을 끌었다. 마리나는 초점 없는 눈을 계속 깜빡이면서 인형처럼 끌려갔다.

"우리도 가죠."

사나에가 일어나 휠체어를 밀기 시작했다. 아스카는 상처 입구를 압박하는 힘이 약해지지 않도록 세심한 주의를 기울이며 걸음을 옮겼다. 청결 구역으로 들어가 항균 타일이 깔린 짧은 복도 끝에 있는 수술실에 들어가, 완전히 힘이 빠진 하마나카의 몸을 다 같이 수술대로 옮겼다.

"아스카 선생님, 교대할게요."

사나에가 상처를 누르고 있는 아스카의 손에 자기 손을 올렸다. 아스카는 고개를 끄덕이고 손을 뗀 다음 마취기의 전원을 켰다. 전원 버튼에 벌건 피가 잔뜩 묻었다. 아스카가 재빨리 하마나카의 몸에 혈압계와 심전도의 전극을 붙이는 동안에 히이라기와 오타는 하마나카의 손등 정맥에 링거 바늘을 꽂고 링거 루트를 확보했다.

마취기의 모니터에 하마나카의 바이털 사인이 표시되기 시작했다.

"혈압 62에 30, 맥박 134, 쇼크 상태입니다!"

상당히 심각한 수치에 아스카는 얼굴을 일그러뜨리며 목소리를 높이고 마취기의 산소 밸브를 열었다. 순산소가 튜브를 통해 접속된 마스크로 힘차게 뿜어져 나왔다. 아스카는 마스크로 하마나카의 입가를 덮었다.

"아사기리 선생, 교대하지. 자네는 마취를."

링거 라인을 모두 열어 생리식염수를 넣기 시작한 히이라기가 하마나카의 입에 씌운 마스크로 손을 뻗었다. 아스카는 마스크에서 손을 떼고 카트 서랍에서 필요한 약을 찾았다. 바로 찾던 마취약을 발견했다. 정맥에 주사하는 케타민이었다.

일반적인 마취 도입에 사용하는 프로포폴은 혈압을 낮추는 부작용이 있는 데 반해 케타민은 투여 시의 혈압 저하가 적어 외상 환자 등의 마취 도입에 사용된다.

이 체격과 지금 상태라면…… 7밀리리터면 될까. 마취과 의사로서의 경험이 필요한 투여량을 계산해내기 시작했다.

앰플에서 필요량을 주사기로 빼낸 아스카는 링거 라인 옆에 달린 관에 주사기를 접속하고 내용물을 천천히 흘려 넣었다. 투명한 액체가 라인을 통과해 하마나카의 몸으로 빨려 들어갔다. 아스카는 그 모습을 응시하고 하마나카의 가슴을 주시했다. 아주 살짝 오르내리던 가슴의 움직임이 느려지더니 마침내 움직이지 않게 되었다. 자발 호흡이 정지되었다.

마취 카트에 놓인 후두경을 잡으려는 순간 바로 앞에 찾던 물건이 나타났다. 어느새 히이라기가 마스크를 쥔 손의 반대쪽 손으로 후두경을 들고 있었다. 카트 위에는 국부마취제인 자일로카인 젤을 칠한 기관 내 튜브도 준비되어 있었다.

"고맙습니다!"

아스카가 후두경을 받아들자 히이라기는 하마나카의 입에서 마스크를 벗겼다. 하마나카의 입에 후두경을 끼운 아스카는 튜브 끝을 성대 깊숙이 재빨리 꽂았다.

고정한 튜브를 마취기와 접속한 아스카는 고무로 만든 백을 눌러 산소를 넣었다. 하마나카의 폐가 크게 오르내렸다. 규칙적으로 산소를 보내면서 아스카는 모니터의 수치를 확인하고 내용물이 줄어든 링거 주머니를 교환했다.

히이라기 쪽도 수술 준비를 진행했다. 상처 입구를 누르는 역할은 어느새 사나에서 오타로 바뀌어 있었다. 멸균 장갑을 낀 사나에는 기구대에 수술기구를 늘어놓고 있었다. 히이라기는 하마나카의 배에 살균용 요오드 용액을 대량으로 들이부었다.

바로 개복하려는 것이다. 아스카는 서둘러 근이완제를 옆의 관으로 주입했다. 충분히 근이완제를 넣지 않으면 복근이 경직되어 개복이 아주 힘들어진다.

"수술기구, 준비했습니다."

히이라기는 사나에의 말에 고개를 끄덕이고 멸균 장갑을 끼고 수술대 옆에 섰다.

"손도 씻고 멸균 가운도 입어야죠?"

상처 입구를 누르면서 오타가 물었다.

"그럴 여유는 없어요. 우선 개복해 출혈을 멈춰야지."

히이라기는 눈을 감고 한 번 깊이 심호흡을 했다. 수술실의 공기가 긴장감에 휩싸였다.

아스카는 숨을 멈추고 히이라기를 바라봤다. 정말 이런 수술을 집도할 수 있을까. 총격에 따른 간 외상의 복원. 경험이 풍부한 복부외과 의사도 상당히 힘들어하는 수술일 것이다.

아스카는 곁눈질로 모니터를 바라봤다. 혈압은 88에 46. 대량의 수액 덕분에 간신히 순환 동태를 유지하고 있으나 바꿔 말하면 이 정도로 많은 수액을 투여했는데도 혈압은 여전히 낮았다. 뱃속에서 출혈이 계속되고 있을 것이다. 한시라도 빨리 완전히 지혈하지 못하면 하마나카를 구할 수 없었다.

히이라기는 천천히 눈을 뜨고 오른손을 사나에에게 내밀었다.

"……메스."

사나에는 재빨리 메스를 건넸다. 히이라기는 시선을 하마나카의 배에 쏟았다.

"오타 선생, 압박을 해제해주세요."

오타의 표정에 두려움이 스쳐 지나갔다. 그 마음은 이해할 수 있었다. 압박하는데도 이 정도로 출혈이 심한 것이다. 이 압박을 해제했을 때 어떻게 될까. 상상만으로도 두려웠다.

오타는 각오했는지 두꺼운 입술을 깨물고 그 자리에서 물러섰다. 다음 순간, 상처 입구에서 피가 넘쳐흘렀다. 상상했던 것보다 더 세게 뿜어져 나와 아스카는 얼굴을 일그러뜨렸다.

빨리 개복을! 아스카의 초조함에도 아랑곳하지 않고 히이라기는 메스를 든 채 움직이지 않았다.

피가 철철 흐르는 상처 앞에서 메스를 든 히이라기는 손을 벌벌 떨고 있었다. 그의 창백한 얼굴에는 극심한 갈등이 떠올랐다.

역시 안 되겠구나. 성형외과 의사의 손에 맡길 수술이 아니었어.

"······혈압 72에 40으로 떨어졌습니다."

아스카는 절망적인 심정으로 모니터의 숫자를 읽었다. 지난 몇십 초 사이에 혈압이 급격히 떨어지고 있었다. 압박이 해제되자 복강 안의 출혈량이 늘어난 것이다. 이대로 가면 몇 분 만에 심정지를 일으킬 것이다. 하지만 ······어쩔 도리가 없었다.

아스카가 포기하려는 순간, 히이라기가 눈을 부릅뜨고 하마나카의 명치에 메스를 댔다. 피부를 깊이 파고든 메스는 정중선을 아래로 나아가더니 배꼽을 피해 하복부에 도달했다. 히이라기가 평소 하는 쓰다듬듯 피부만 찢는 섬세한 절개가 아니라 피부 아래의 지방과 결합조직까지 가르는 대담한 손놀림이었다.

"쿠퍼"

히이라기는 메스를 기구대 위에 놓고 사나에에게 손을 내밀었다. 사나에는 웬일로 순간 망설이는 듯한 모습을 보이더니 황급히 히이라기에게 쿠퍼를 건넸다.

칼날 부분의 각도를 살짝 꺾은 수술용 가위인 쿠퍼를 든 히이라기는 그 둥근 끝부분을 메스로 연 피부 사이에 끼워 넣었다.

"오타 선생, 석션 준비를."

히이라기는 이제야 장갑을 끼고 수술대 반대편에 선 오타에게 말하고 손을 과감하게 움직였다. 쿠퍼의 날이 매끄럽게 복막을 찢었다. 그 너무나도 날렵한 솜씨에 아스카는 시선을 빼앗겼다. 불과 몇십 초 만에 개복이 완료되었다. 대학병원에서 수많은 응급수술을 봤지만 이런 속도는 처음 봤다.

복강 안에 차 있던 혈액이 흘러넘쳤다. 반숙한 오믈렛을 나이프로 자른 것 같은 광경이었다. 아스카는 어금니를 악물었다. 혈압이 더 떨어질 것이다. 적어도 2리터에 가까운 출혈이었다. 복막이 열리자 복강 안의 압력이 낮아져 출혈량은 더 늘었을 것이다. 조금이라도 혈압을 유지하기 위해 아스카는 생리식염수를 최대한 링거에 투입하기 시작했다.

"석션을!"

"아, 예!"

오타가 갈라진 목소리를 내며 플라스틱 흡입관을 복강 안에 넣었다. 코를 훌쩍이는 듯한 소리가 나며 대량의 피가 빨려 들어왔다.

히이라기는 무영등*을 움직여 빛이 닿는 각도를 조절하더니 메스와 쿠퍼로 열어놓은 상처에 양손을 집어넣었다. 피바다가 된 복강 안에 떠오른 거대한 장기, 간이었다. 그 분홍색으로 번들거리는 장기에서 혈액이 뿜어져 나오고 있었다.

"오타 선생, 석션은 사나에 씨와 교대하고 나 대신 시야를 확보해줘요!"

히이라기의 지시를 받은 오타는 서둘러 사나에에게 흡입관을 건네고 히이라기 대신 양손으로 상처 부위를 열었다. 히이라기의 옆에서 필사적으로 손을 뻗은 사나에는 받아든 흡입관으로 혈액을 계속 빨아들였다.

피 연못의 수위는 점차 낮아졌다. 히이라기는 왼손으로 간을 들어 올려 그 안쪽을 들여다보더니 거기에 쿠퍼를 든 오른손을 넣었다.

왜 반대쪽을? 아스카는 히이라기의 행동을 이해할 수 없었다.

"혈압 58에 28입니다! 더 떨어지고 있습니다!"

아스카가 떨리는 목소리로 소리쳤다.

"코헬!"

---

* 그림자가 생기지 않는 조명기구로 외과수술이나 치과 치료에 사용함.

간의 뒤쪽을 들여다보며 히이라기가 쿠퍼를 내던졌다. 사나에는 몸을 내밀어 석션하는 힘든 자세를 유지하면서 필사적으로 코헬 겸자를 히이라기에게 건넸다. 히이라기는 코헬을 든 손을 다시 간 왼쪽에 넣었다.

모니터에 표시된 맥박수가 순간 떨어졌다. 심전도도 요동치기 시작했다.

심정지가 일어나고 있었다. 더는…… 손쓸 도리가 없어. 아스카가 포기하려는 순간 갑자기 간에서 뿜어져 나오던 피가 멈췄다.

아스카는 서둘러 모니터를 확인했다. 심정지로 혈압이 멈춘 게 아닐까 싶었다. 그러나 심전도는 정확하게 심장의 고동을 그려내고 있었다. 혈압도 낮지만 유지되고 있었다. 오히려 조금씩 상승하고 있었다.

피가 멈췄어? 아스카는 상황을 이해할 수 없어 멍하니 서 있었다.

"지혈……하신 거예요?"

아스카가 묻자 히이라기는 크게 한숨을 내쉬고 천장을 올려다봤다.

"완전한 지혈은 아니야. 간 십이지장 인대에 코헬을 끼워 일시적으로 간동맥과 문맥의 혈류를 차단했어. 일시적인 처치이지만, 출혈은 막을 수 있지. 차단할 수 있는 건 이십 분 정도야. 그동안 상처를 처치한다. 아사기리 선생, 순환 동태의 안정을 부탁해."

"아, 예!"

아스카가 대답하자 히이라기는 복강에 손을 넣어 상처의 상태를 확인했다.

"두 군데의 총상, 한 발은 복강에 들어가지 못하고 피부조직만 손상했으나 다른 한 발은 간을 직격. Ⅲa의 간 손상을 일으키고 있다. 출혈 정도로 보아 출혈 근원 부위는 간동맥일 거야. 우선 총알을 빼고 손상된 혈관과 담관을 봉합한 뒤 상처 부위를 그물막으로 덮는 그물막 이식술을 실시한다."

히이라기는 거침없이 수술 방법을 정해 말했다. 성형외과 의사가 이런 고도의 외과수술을 할 수 있다니……. 망연자실한 아스카의 앞에서 히이라기는 힘차게 선언했다.

"반드시 수술을 성공시켜 이 남자를 딸에게 돌려주자고!"

5

"이번 일로 상심이 크셨겠습니다."

눈앞에 선 와시오를 향해 히이라기가 깊이 고개를 숙였다.

"……아니, 내가 폐를 끼쳤지."

와시오는 어쩐지 불편한 듯한 태도를 보이며 고개를 같이 숙였다. 히이라기의 뒤에 선 아스카는 그런 와시오를 냉정하게 바라봤다.

하마나카의 수술이 있던 다음 날 이른 아침, 와시오는 혼자 오타병원에 모습을 드러냈다. 어제 수술 후 밤을 새우고 아침을 맞은 아스카 일행은 별관의 병실 앞에서 와시오를 맞았다.

"참고로 어제 하마나카 씨에게 총격을 가한 남성이 누군지는 아셨습니까?"

히이라기는 다크서클이 짙게 내려앉은 눈을 비볐다. 히이라기만이 아니라 아스카, 사나에, 그리고 오타도 수면 부족과 과로로 피곤한 표정을 짓고 있었다.

"……내 장남이 보살펴주고 있는 젊은 놈이야."

"그렇군요. 장남분에게 전해주십시오. 할 거면 좀 더 솜씨가 좋은 사람을 보내라고요. 정말 한심했습니다. 두 발을 쐈는데 한 발만 명중했죠. 그리고 잘못했으면 우리 직원이 맞았을지도 모릅니다. 어쩌면…… 당신 손녀였을 수도 있었죠."

손녀가 언급된 순간 기어이 와시오의 얼굴이 일그러졌다.

"그래, 그렇게 전하지. 정말 미안했네."

다시 고개를 숙이는 와시오를 바라보면서 히이라기는 입술 양 끝을 올렸다.

"말로 사과해봤자 곤란합니다. 사죄에는 여러 형태가 있죠. 당신 업계에서 자주 이야기하죠. '성의를 보여라'라고."

"물론 약속한 수술비를 올려주지. 3천만은 어떤가?"

"감사합니다. 그거면 되겠네요. 과연 보스답군요. 자, 그럼 이제 할 일을 빨리 해치우죠."

히이라기는 사이즈가 맞지 않는 양복 주머니에서 봉투를 꺼내 와시오에게 건넸다.

"이건?"

와시오는 의아한 표정을 지으며 봉투로 시선을 떨어뜨렸다.

"하마나카 씨의 사망진단서입니다. 사인은 간부전으로 했습니다."

봉투의 내용물을 확인한 와시오는 "신세 졌네"라며 다시 고개를 숙였다. 아스카는 그 광경을 보면서 미간을 세게 찡그렸다. 수면 부족으로 무거운 머리에 묵직한 통증이 찾아왔다.

아니, 왜 이렇게 된 거지? 어제 총에 맞은 간을 복원한 것까지는 좋았는데. 모든 게 잘되는 것만 같았다. 그런데…… 두통이 심해졌다.

"그럼 와시오 씨, 아드님의 '시신'을 보시겠습니까?"

수술비를 올려서 기분이 좋아졌는지, 평소와 마찬가지로 잔뜩 신이 난 히이라기가 문을 열었다. 병실로 들어간 와시오는 그 자리에서 걸음을 멈췄다. 병실 가운데 있는 병상에는 하마나카가 누워 있었고 그 옆의 간이침대에는 마리나가 새근새근 자고 있었다.

와시오는 걸음을 옮겨 간이침대 옆에 서서 살짝 눈물 자국이 남아 있는 마리나의 뺨을 조심스럽게 만졌다. 소녀의 눈꺼풀이 서서히 열렸다.

"……누구?"

마리나는 아버지의 환자복 소맷자락을 움켜쥐면서 겁먹은 목소리를 냈다.

와시오가 입을 열었다. 그러나 그 입에서는 아무 말도 나오지 않았다.

"아빠의 친구분이셔. 얼굴은 무섭게 생겼지만, 아빠랑 사이가 정말 좋단다."

와시오의 등 뒤에서 고개를 내민 히이라기가 말했다.

"아빠…… 친구?"

의아하다는 듯 와시오를 바라보는 마리나의 태도를 보고 아스카는 와시오가 이제까지 손녀를 직접 본 적이 없다는 사실을 깨달았다.

"그래. 아빠를 보러 오셨어. '안녕하세요!'라고 인사해야지?"

"……안녕하세요."

히이라기가 인사시키자 마리나는 눈을 슬쩍 올려 와시오를 보면서 조그맣게 말했다.

"……안녕."

와시오는 떨리는 목소리를 쥐어짜냈다.

"아가씨, ……이름은?"

"……마리나."

"이름이 마리나구나. 나이는?"

와시오는 금방이라도 눈물을 터뜨릴 것처럼 얼굴을 일그러뜨린 채 마리나를 바라봤다.

"아…… 다섯 살이요."

마리나는 손가락을 쫙 펴서 들어 보였다.

"다섯 살이구나. ……마리나, 아빠가 좋니?"

"응! 아주 좋아요!"

그때까지 불안한 표정을 짓고 있던 마리나의 얼굴에 웃음이 퍼졌다. 그 웃음에 따라 와시오의 표정에도 미소가 떠올랐다.

"그래, 좋아하는구나……."

와시오는 손을 뻗어, 금방이라도 부서질 것 같은 유리 세공품을 만지는 듯한 손길로 마리나의 머리를 쓰다듬었다. 이어진 대화로 경계심이 풀렸는지 마리나는 강아지처럼 생글생글 웃었다.

"마리나, 앞으로도 아빠와 사이좋게, 행복하게 사는 거야."

와시오가 다정하면서도 슬프게 말한 순간 하마나카가 신음을 내며 몸을 비틀었다.

"아이고, 아픈가 보네요. 진통제 효과가 떨어졌을 수 있습니다. 아사기리 선생. 펜타닐을 추가하는 게 좋지 않을까요?"

히이라기의 재촉에 아스카는 말없이 하마나카의 병상으로 다가가 그 목덜미로 이어진 중심 정맥의 링거 라인에 강력한 진통 작용을 지닌 마약인 펜타닐을 투여했다. 곧 험악했던 하마나카의 표정이 풀리더니 편안한 숨소리를 내며 잠들었다.

어젯밤 지혈에 성공한 후 히이라기는 불과 삼십 분 만에 간의 복원을 끝내고 이어서 순식간에 하마나카의 얼굴을 성형하면서 말도 안 되는 소리를 했다.

"하마나카 씨는 병으로 죽은 거로 하지. 내가 사망진단서를 쓸 테니까."

"예? 무슨 말씀이세요?"

너무 비상식적인 제안에 아스카는 귀를 의심했다.

"총에 맞았어요. 마리나를 데려간 간호사가 신고해 지금쯤 경찰관이 왔을 겁니다."

"자네는 아직 어리군."

"무슨 소리죠?"

동안이 살짝 콤플렉스였던 아스카는 딱딱한 목소리로 말했다.

"오타 선생이 신고하라고 했을 것 같나? 내기해도 좋아. 그는 경찰에 신고하지 말라고 지시했을 거야. 오히려 지금쯤이면 그 간호사가 피를 닦고 총알을 회수해 증거 인멸을 시도하고 있겠지."

"뭐라고요?!"

아스카는 깜짝 놀라 수술실 구석에 있던 오타를 봤다. 노골적으로 시선을 피하는 오타의 태도는 히이라기의 예상이 옳았다는 것을 여실히 증명하고 있었다.

"왜?! 사람이 총에 맞았다고요!!"

"이 평화로운 일본에서 환자가 총에 맞았다는 건 큰 사건이야. 신고하면 이 자연에 둘러싸인 조용한 병원이 경찰과 기자들로 가득 찰 거야. 그럼 이 병원과 야쿠자의 관계도 드러나겠지."

지침기 끝에 달린 바늘을 하마나카의 눈꺼풀 안쪽으로 통과시키면서 히이라기는 희희낙락 말했다.

"그런 문제가 아니잖아요. 범인을 잡아야지."

"왜? 무엇 때문에?"

히이라기는 봉합한 실을 안과 가위로 자르면서 진심으로 의아하다는 듯 고개를 갸웃했다.

"왜라니, 무슨 말씀을 그렇게 하세요! 범인을 잡지 않으면 하마나카 씨가 또 당할 수도……"

"범인을 잡으면 살해당하지 않는다고 생각하나?"

"아?"

아스카는 허를 찔려 바보 같은 소리를 내고 말았다.

"이번 범인은 야쿠자가 결판을 내려고 보낸 킬러야. 실행범이 체포되어도 이 남자는 계속 습격을 받겠지. 죽을 때까지 말이야."

"아니……. 그럼 어떻게 해야 하죠?"

"그러니까 해결법은 내가 아까 말한 것 외에는 없어. 죽을 때까지 습격을 당할 바에는 '죽으면' 되는 거지."

"……허위 사망진단서를 쓰실 셈이에요?"

아스카의 표정이 굳어졌다.

"바로 그렇지! 자네도 이제 좀 이 세계를 알아가는 것 같군."

"허위 사망진단서라니, 그건 범죄예요!"

"아, 분명 범죄지. 하지만 그렇게 하지 않으면 하마나카 씨는 살해당하고 마리나는 하나뿐인 가족을 잃어. 무슨 일이 있어도 법을 지키는 것과 법을 무시해서라도 다섯 살짜리 아이를 불행하게 만들지 않는 것. 어느 쪽이 옳은 걸까."

아스카는 입술을 깨물었다. 나 역시 마리나가 불행해지길 원하는 것은 아니었다. 하지만…….

"세상의 '정의'에는 아무런 의미가 없어. 방관자의 다수결로 정해진 '정의' 같은 건, 개똥만큼의 가치도 없어."

히이라기는 손을 움직이면서 계속 떠들었다.

어제의 아픈 기억을 돌이키던 아스카가 정신을 차렸을 때는, 마리나가 하마나카의 병상 너머에서 불안한 눈빛을 던지고 있었다.

"언니, 우리 아빠, 괜찮아요?"

"괜찮아. 조금 다쳐서 지금은 잠들어 있지만, 곧 일어날 거야. 마리나는 기다릴 수 있을까?"

마리나는 웃으면서 "응!" 하고 끄덕였다. 그 사랑스러운 모습을 보고 머리가 혼란스러워졌다.

확실히 히이라기의 행동으로 이 아이의 미소를 지킬 수 있을 것이다. 그렇다고 사회의 규칙을 깨는 걸 받아들여야 할까? 아스카는 와시오와 이야기하는 히이라기에게 시선을 돌렸다.

"아마도 이 주 정도면 퇴원할 수 있을 정도로 회복될 겁니다. 전신 상태가 좋지 않았기 때문에 얼굴 쪽은 침습이 적은, 최소한의 처치만 할 수밖에 없었습니다. 그래도 하마나카 씨라고 알아차리지 못할 정도로 손을 봤습니다. 새로운 얼굴, 그 사망진단서, 그리고 당신이 준비한 새 호적이 있으면 아드님은 완전히 다른 사람이 됩니다."

"정말 큰 도움이 됐네."

"괜찮을 것 같지만, 아드님이 살아 있다는 정보가 새어 나가지 않도록 세심한 주의를 부탁드립니다. 이 병원에 있는 동안 다시 킬러가 오면 속수무책이니까요."

"아, 그건 내게 맡기게."

"그리고 와시오 씨. 아드님과 손녀분과는 이제 다시는 만나시지 않기를 권합니다. 이렇게 애써서 다른 사람이 됐는데 당신이 만나면 죽지 않았다는 게 바로 밝혀질 테니까요."

와시오는 고통을 참는 얼굴로 침상에 앉은 손녀를 바라봤다. 그 입에서 갈라진 목소리가 흘러나왔다.

"……물론 그래야지."

"그럼 이번 제 일은 여기까지입니다. 사고가 있어서 개인적으로는 만족스럽지는 못했으나 결과가 좋으니 그냥 넘어가죠. 그럼 오타 선생, 하마나카 씨의 앞으로의 치료를 맡기겠습니다. 그리고 와시오 씨."

이름이 불린 와시오가 천천히 고개를 들었다.

"손녀분과의 마지막 시간, 편안히 보내십시오."

히이라기는 정중히 고개를 숙이고 복도로 나왔다. 아스카와 사나에도 뒤를 따랐다.

병실을 나오기 직전, 아스카는 돌아봤다. 마리나에게 조그만 목소리로 말을 거는 와시오의 옆모습, 그건 너무나 애달프면서도 행복해 보였다.

*

눈을 뜨자 그리 높지 않은 위치에 천장이 보였다.

여기는……? 아스카는 안개가 낀 것 같은 머리를 흔들었다.

"깼어요?"

익숙한 목소리가 울렸다. 상반신을 일으키자 핸들을 잡은 사나에의 뒷모습이 보였다.

"잘 주무시더라고요."

사나에가 백미러 너머로 미소를 지었다.

아아, 오타병원에서 돌아오는 차 안에서 어느새 뒷좌석에 누워 잠들었나. 상황을 파악한 아스카는 풀어진 눈을 비볐다. 조수석에서는 의자를 최대한 뒤로 젖히고 누운 히이라기가 입을 커다랗게 벌리고 자고 있었다.

"죄송해요. 사나에 씨가 운전하는데. 얼마나 잤나요?"

"세 시간 정도요. 이미 도쿄에 들어왔어요. 곧 도착할 겁니다."

"사나에 씨는 졸리지 않으세요? 사나에 씨도 어제 거의 못 잤잖아요."

"예, 졸려요. 그래서 고속도로에서 몇 번 깜빡 졸음운전했네요."

"예?!"

"농담이에요. 졸음 방지 껌을 씹고 있으니까 걱정하지 마세요."

"심장에 안 좋은 농담은 하지 말아주세요."

가슴을 누르며 항의하는 아스카에게 사나에는 미소를 지은 채 "죄송해요"라고 사과했다. 이 사람도 히이라기 정도는 아니지만, 괴짜네.

"사나에 씨는…… 이번 건을 어떻게 생각하세요?"

그런 의문이 자연스럽게 아스카의 입에서 나왔다.

"뭐가요?"

사나에는 요염하게 고개를 갸웃했다.

"야쿠자의 의뢰를 받고, 바로 옆에서 사람이 총에 맞는 사건에 휘말리고, 게다가 사망진단서를 위조하고……."

"개인적으로는 그렇게 위험한 의뢰는 받지 않았으면 해요. 아스카 선생님은 어떠세요?"

사나에는 쓴웃음을 지으면서 되물었다.

"저는, 야쿠자의 의뢰를 받는 것도, 사망진단서를 위조하는 것도 잘못되었다고 생각해요. 다만, 그럼 어떻게 했으면 좋을지를 도통 모르겠어요."

"아스카 선생님이 히이라기 선생님의 방식을 인정하지 못하는 건 당연해요. 아무래도 세상의 규칙에서는 벗어난 분이니까요."

"사나에 씨는 히이라기 선생님에게 반대하지 않나요?"

"나는…… 히이라기 선생님을 따라가기로 정했어요."

아스카는 조용한 그 말투에서 강한 의지를 느꼈다.

"……그래요?"

히이라기가 사는 세계는 내게는 너무 이질적이었다. 도대체 히이라기는 지금까지 어떤 인생을 살았을까? 거기까지 생각했을 때 문득 의문이 들었다.

"사나에 씨는 히이라기 선생님이 그런 응급수술을 할 수 있다는 걸 아셨어요?"

"아뇨, 몰랐어요. 그래서 개복수술을 하겠다고 했을 때 놀랐어요."

"그거 말이죠, 분명히 외상외과 훈련을 철저하게 받은 사람의 솜씨였어요. 일반외과 의사도 총상을 그렇게 매끄럽게 치료하진 못해요."

아스카는 코까지 골기 시작한 히이라기에게 시선을 던졌다. 이 남자의 정체를 알 수 없었다.

"히이라기 선생님은 자신의 과거를 거의 말하지 않으니까요. 저도 처음 만난 삼 년 전 이전의 일은 전혀 몰라요."

삼 년 전. 아스카의 머리에 프리랜서 저널리스트라고 자신을 소개한 남자의 얼굴이 떠올랐다. 그 남자는 히이라기의 과거에 관해 뭔가 알고 있는 것 같았다. 아, 그러고 보니, 헤어질 때 그 남자가 뭐라고 조언했었는데. 아스카는 팔짱을 끼고 생각에 잠겼다.

"곧 신바시역에 도착해요. 아스카 선생님은 거기서 내리시면 되죠?"

"아, 예. 부탁드릴게요."

신바시역에서 긴자선을 타고 우에노히로코지역까지 가서 거기서 걸어서 십오 분쯤 되는 곳의 내가 사는 아파트까지 돌아갈 예정이었다. 사나에는 "알겠습니다"라고 말하고 카이엔을 길가에 잠깐 세웠다.

"히이라기 선생님, 일어나세요."

사나에가 흔들어 깨우자 히이라기는 괴로운 듯 신음하면서 눈을 뜨고 "여기 어디야?"라며 좌우를 둘러봤다.

"신바시역이에요. 아스카 선생님이 여기서 내려요."

"아, 그래? 아사기리 선생, 수고 많았어. 이번에는 예정 외의 문제가 있었고 일요일까지 일해줬으니까 아르바이트 비용은 특근 수당으로……"

"그보다 히이라기 선생님, 묻고 싶은 게 있습니다."

아스카의 경직된 목소리가 히이라기의 말을 막았다.

"묻고 싶은 거?"

"히이라기 선생님에게 '제자' 같은 사람은 없었나요?"

아스카는 질문을 던졌다. 히라사키라는 남자가 물어보라고 지시했던 질문을.

갑자기 히이라기의 눈매가 날카로워지더니 뺨이 가늘게 경련했다.

"제자……라고?"

악다문 이 사이로 히이라기는 낮고 탁한 소리를 쥐어짜냈다. 조금 전과 너무나 다른 변모에 아스카는 절로 몸을 뒤로 뺐다. 사나에의 눈도 커져 있었다.

"아니, 다만…… 이 정도 기술을 가지고 있으니까 가르쳐주길 바라고 찾아오는 사람이 있지 않을까 생각해서……."

아스카는 안절부절못하면서 필사적으로 변명했다. 다음 순간, 정신을 차렸는지, 히이라기는 "아……"라며 입을 반쯤 벌렸다.

"아, 아아……. 그야 배움을 청하며 오는 의사는 있어. 하지만 내 기술은 천부적인 재능이 있어야만 익힐 수 있는 거라. 제자는 받지 않아."

히이라기는 빠르게 말했다.

"……그런가요? 죄송합니다. 이상한 질문을 해서."

아스카는 문을 열고 밖으로 나왔다.

"아니, 그냥 신경 쓰지 말게. 아, 그리고…… 그럼 다음 주에 보지."

어색한 미소를 지으면서 옆 창문을 내린 히이라기가 가볍게 손을 들었다.

"예. 그럼 다음 주에……."

"그럼 아스카 선생님, 먼저 갈게요."

사나에는 아스카에게 손을 흔들고 카이엔을 출발시켰다.

아스카는 차가 보이지 않을 때까지 그 자리에 멍하니 서 있었다.

막간 2

"피해자의 얼굴에 묻어 있던 물질은, 과학수사연구소 보고에 따르면 미용 목적으로 사용하는 실리콘 팩 물질이었습니다. 전국적으로 발매된 것이라 그쪽에서 범인을 찾는 건 어려울 것 같습니다."

한 형사가 보고하자 정면에 앉은 관리관이 무겁게 고개를 끄덕였다.

"다음, 검시 보고는 어떻게 됐나?"

"검시에서 목덜미에 전기 충격에 의한 것으로 보이는 화상 흔적이 발견되었습니다. 전기 충격기를 대고 쏜 것 같습니다. 또 왼쪽 손등에서 내출혈과 주사 흔적이 발견되었습니다. 사인에 관해서는 체내에서 미량의 마취약이 검출되었습니다. 시간 경과로 분해가 진행되어 단정할 순 없지만, 마취약의 대량 투여로 사망했을 가능성이 큽니다. 그리고 피해자에게는 과거에 성형 수술을 받은 흔적이 있었습니다."

회의실이 술렁였다. 사 년 전과 같았다. 경시청 수사1과 살인 팀 형사인 구로카와 가쓰노리는 보고를 들으면서 두 주먹을 불끈 쥐었다. 지난주 아다치구의 뒷골목에서 전라의 여성 시체가 발견되었다. 조사 결과 여성은 이 주 전부터 행방불명이었던 가메무라 마치코라는 간호사로, 상황상 살인사건으로 보고 수사를 시작했다. 시신 발견 다음 날에는 센주 경찰서에 수사본부가 설치되었고 경시청 수사1과에서 구로카와를 포함한 여러 수사원이 투입되었다.

시신이 전라로 방치되어 있었다는 점에서 처음에는 성범죄나 강간치사사건으로 예상했다. 그러나 여성의 몸에는 또렷한 외상 흔적이 없었고, 손에 주사 흔적이 있었으며 얼굴과 머리카락에 회색 물질이 묻어 있었던 점, 그리고 무엇보다 피해자가 과거에 성형수술을 받은 흔적이 있었음이 판명되자 수사본부는 술렁이기 시작했다. 그런 특징이 사 년 전에 일어났던 연쇄 엽기살인사건과 너무나 흡사했기 때문이었다.

이 수사본부를 지휘하는 수사관이 손뼉을 쳐 회의실에 있던 수사원들의 주의를 모았다.

"아, 당연히 제군의 머릿속에 사 년 전 일이 떠올랐을 것이다. 그러나 그 사건은 주간지 등에 범행 과정이 자세히 실렸다. 게다가 사건이 삼 년 이상 일어나지 않았던 점으로 보건대 바로 동일범으로 단정하는 건 위험하다. 또 사 년 전 사건은 이미 범인을 판명해 다른 부서가 쫓고 있다. 이번 사건은 모방범일 가능성이 크다. 피해자는 남자관계가 상당히 복잡했다. 의료 관계자 중에서 피해자와 관계가 있는 남자도 많을 것이다. 우선은 규정대로 피해자의 교우 관계를 정확히 알아냄과 동시에 납치되었을 장소, 그리고 시신 유기 현장의 목격 정보를 모으는 것부터 시작한다."

관리관의 말에 대다수 수사관이 고개를 끄덕이는 걸 보고, 구로카와는 살짝 혀를 찼다.

모방범이라니 무슨 소리야! 너희들 눈은 장식인 거야. 아무리 봐도 사 년 전과 같잖아. 그 녀석이 한 게 틀림없어. 그 이상한 자식이. 구로카와는 사 년 전의 기억을 더듬었다.

어두컴컴하고 이상한 냄새가 떠도는 방 벽에 나란히 걸려 있던 네 개의 데스마스크. 그것들의 한스러운 시선을 받은 순간, 격렬한 구역질에 시달려 위에서 식도로 넘어오는 것을 필사적으로 삼켜야 했다. 경관이 된 지 약 이십 년, 아니, 이 세상에 태어난 지 사십여 년 동안 그만한 공포와 혐오를 느낀 적은 없었다.

그 방에서 맹세했다. 반드시 범인이 대가를 치르게 하겠다. 체포해 목을 매달아주겠다고.

의자를 끄는 소리가 방에 울렸다. 어느새 회의가 끝난 모양이었다. 수사원들이 차례로 방을 나가도 구로카와는 앉은 채 꼼짝하지 못했다.

"저기, 구로카와 씨?"

이 수사에서 한 팀이 된 담당 경찰서 형사인 사카시타가 이상하다는 듯 말을 걸어왔으나 무시했다. 구로카와의 머릿속에는 한 남자의 얼굴이 떠올라 있었다. 그 남자를 떠올릴 때마다 시커먼 감정이 온몸의 세포를 침범했다.

"드디어 돌아왔구나. ……가구라 세이이치로."

구로카와의 얼굴에 육식동물의 미소가 떠올랐다.

제3장

허상의
파고

1

"아이고! 아사기리 선생!"

히이라기 성형클리닉에 들어서자 밝은 목소리가 들려왔다. 소리가 나는 쪽을 보니 평소 사나에가 앉아 있던 접수대에 히이라기가 있었다. 지난주, 오타병원에서 돌아오는 길에 '제자'에 대해 언급했을 때 갑자기 바뀌었던 히이라기의 모습이 떠올라, 아스카는 반사적으로 고개를 숙이고 말았다.

"응, 왜 그래?"

"아니. 살짝 감기 기운이 있어서."

아스카가 헛기침으로 얼버무렸다.

"건강한 거 하나 볼만한 자네가 감기에 걸리다니. 올해 감기는 정말 심한가 보군."

"건강 하나만 볼만해서 죄송하네요. 선생님은 뭘 하고 계세요?"

"그러니까 올해 감기가 심하다고. 사나에 씨가 어제부터 감기로 몸져누워 오늘 쉰대."

"아니, 사나에 씨, 괜찮아요?"

"아까 전화에서 열이 내려 오늘 출근하겠다는 걸, 오늘은 손님 면담만 있으니까 푹 쉬라고 했지. 그래도 출근하겠다고 우기더군. 사나에 씨, 조금 일 중독인 것 같아."

아스카는 곁눈질로 벽에 걸린 시계를 봤다. 시각은 오후 1시. 사흘 전에 사나에가 보낸 업무 메일에서는 2시 넘어 다음 주 전신마취 수술이 예정된 환자가 면담차 올 것이다.

"본인이 없을 때 선생님 혼자 환자를 응대하는 게 불안했던 게 아닐까요?"

아스카는 어깨를 으쓱해 보이고 마취과 대기실로 향했다.

"아, 맞다! 아사기리 선생, 홍차 잎이 어디 있는지 아나?"

"홍차요? 몰라요. 밖의 자판기에서 사 오면 어떨까요?"

"아니야. 내가 마시고 싶은 게 아니고 손님에게 내놓을 건데 찾질 못하겠네……."

히이라기는 접수대 안쪽에 있는 탕비실로 갔다. 어쩔 수 없이 아스카도 탕비실로 들어갔는데 히이라기가 냉장고 속에 상반신을 넣고 안을 들여다보고 있었다.

"역시 없네."

"홍차 잎을 찾는데 왜 냉장고를 열어보세요?"

"아니, 왜라니……."

"홍차는 냉장 보관이 아니에요. 잠깐 비켜보세요."

아스카는 히이라기를 밀치고 싱크대 옆 서랍을 열었다. 예상대로 깡통에 든 홍차가 있었다.

"보세요, 여기 있잖아요."

"아, 그게 홍차였구나. 나는 무슨 사탕 같은 게 들어 있는 줄 알았지."

"알사탕이 아니에요. 그리고 여기에 분명 과자도 있을 텐데 모르세요?"

"아, 그거라면 아까 살짝 배가 고파서……."

"이 근처 편의점에서 차와 같이 먹을 거를 사 오세요."

"……예."

히이라기가 순순히 고개를 끄덕였다.

전부터 생각했는데 이 사람은 수술 솜씨 말고는 정말 전형적으로 무능한 남자였다. 사나에 씨는 틀림없이 모성이 너무 강해 이 사람을 그냥 두질 못하는 것이리라.

"저는 대기실에 있을 테니까 환자분이 오시면 알려주세요."

대기실로 들어간 아스카는 책상 위에 참고서를 놓고 노트북 전원을 켰다.

다음 주까지 리포트를 완성해야 하고 파워포인트로 발표 자료를 만들어야 한다. 시간을 낭비할 수 없었다.

아스카는 참고서를 펼치면서 컴퓨터 키보드를 두드리기 시작했다.

삼십 분쯤 리포트를 쓰다가 손을 멈추고 크게 기지개를 켰다. 리포트 제출까지 그다지 시간이 없는데도 영 집중이 되질 않았다. '제자'라는 단어가 머릿속 저 구석에서 떨어지질 않았다. 지난 일주일 동안 더는 이상한 일에 휘말리고 싶지 않아 생각하지 않기로 했는데 아까 히이라기의 얼굴을 보자 아무래도 마음에 걸리기 시작했다.

아스카는 몇 초 동안 망설인 끝에 인터넷 익스플로러를 켰다. 이 클리닉은 와이파이를 쓸 수 있어 인터넷 환경이 아주 좋았다. 아스카는 검색 사이트에 접속해 검색창에 '히이라기 다카유키 제자'라고 입력하고 클릭하려고 했다. 다음 순간, 문이 벌컥 열렸다.

"아사기리 선생, 잠깐 시간 돼?"

"노크 좀 하세요!"

아스카는 노트북을 쾅 닫았다.

"이거 실례했네. 포르노 사이트라도 보고 있었어?"

"그런 거 봤을 리 없죠! 무슨 일이신데요?"

히이라기는 서둘러 쟁반에 올려놓았던 컵을 테이블에 내려놓았다.

"홍차를 타봤어. 잠깐 쉬는 것도 괜찮지?"

"······이게 뭐예요?"

컵을 가득 채우고 있는 액체는 도무지 홍차라고 생각할 수 없을 정도로 짙은 색이었고 바닥에서 3분의 1 정도에는 질퍽하고 시커먼 물체가 담겨 있었다. 아마도 찻잎일 것이다. 머리에 '진흙탕'이라는 단어가 떠올랐다.

"왜 찻잎이 바닥에 가라앉아 있나요?"

"아니, 정말 열심히 저었는데 도무지 녹질 않아."

"녹을 리 없죠. 인스턴트커피도 아닌데."

"아, 역시 타는 법이 틀렸구나. 그런가 싶었는데 그래도 비싼 홍차니까 버리는 것도 아까워서 말이야. 그렇다면 자네에게 독······ 아니, 맛을 보게 하려고 했지."

"이런 거 마시면 토해요!"

"마셔보지 않으면 모르잖아. 혹시 알아. 맛있을 수도 있지."

"그럼 본인이 마시세요!"

아스카는 이마를 짚으며 사나에 씨는 용케도 삼 년이나 이런 사람을 돌봤구나 싶었다.

"그렇게 말할 필요는 없잖아······."

"됐으니까 그 액체는 버리세요. 환자분 거는 제가 준비할 테니까."

"알았네."

아이처럼 토라진 히이라기는 테이블 위에 놓인 영문 참고서를 들더니 펄럭펄럭 넘기기 시작했다.

"어쩐지 어려운 공부를 하는 것 같네. 이런 거 읽으면 재밌어?"

"재밌진 않아요. 하지만 리포트를 쓰려면 읽어야 해요."

"리포트라. 대학원생은 힘드네."

히이라기는 소파에 앉아 이번에는 논문을 보기 시작했다. 혹시 이 사람, 사나에 씨가 없으니까 여기서 시간 때우기라도 하려는 걸까?

"아사기리 선생은 왜 대학원 같은 델 갔어?"

"왜냐니, 무슨 소리죠?"

"그러니까 선생은 마취과 의사로서 충분한 실력이 있어. 돈도 꽤 벌 수 있었을 텐데 선생은 일부러 돈을 내고 대학원에서 공부하고 있잖아."

"저는 특별히 돈 벌려고 의사가 된 게 아닙니다."

"의사는 직업이야. 직업은 자신의 능력을 돈으로 바꾸기 위한 거고."

아스카는 쓴웃음을 지어 보였다. 이 정도로 철저하면 오히려 깨끗해 보이기도 했다.

"돈은 생활할 수 있을 정도만 있으면 충분해요. 아니, 물론 좀 더 윤택하면 좋겠지만……."

"돈이 상관없다면 선생은 왜 고생해서 의사가 된 거야?"

"마취를 연구하려고요. 기초 연구를 해 뛰어난 마취약을 만들고 싶어요."

"마취약⋯⋯. 그 때문에 마취과에 들어가고 대학원을 다닌다는 거야?"

"제가 고등학교 다닐 때 할머니가 돌아가셨어요. 난소암이었어요. 발견했을 때는 이미 상당히 진행된 상태라 앞으로 두세 달이라고 했죠. 저는 할머니를 무척 따르는 아이였어요. 그래서 할머니가 입원하신 후 매일 병문안 갔죠."

히이라기는 보통 때처럼 놀리지 않고 아스카의 말에 말없이 귀를 기울였다.

"입원하고 이 주쯤 지나니 통증이 정말 심해져 마약 투여가 필요해졌어요. 할머니는 고령이었던 탓에 졸음이라는 부작용이 심해 제가 병문안 갈 때마다 반쯤 잠든 상태여서 제대로 대화할 수도 없었어요."

십 년도 더 된 기억이 가슴에 한 줄기 통증으로 찾아왔다.

"마약 투여가 시작되고 돌아가실 때까지 저는 할머니와 거의 제대로 대화할 수 없었어요. 전하고 싶었던 말이 정말 많았는데⋯⋯."

"그래서 부작용이 적으면서 고통은 없애는 약을 연구하고 싶다는 거야?"

"맞아요. 그런 이유로 저는 기초 연구가 하고 싶어서 학자금 대출을 받아 의대에 갔고 마취과 의사가 되었어요. 그러니까 수입이 적어도 그리 신경 쓰진 않아요. 물론 의식주 유지가 힘든 건 싫지만."

아스카는 어깨를 으쓱했다.

"선생님이 보시기엔 바보 같겠죠. 옛날 일에 매달려 보상이 적은 세계에 들어가려고 하니까."

히이라기는 팔짱을 끼고 곁눈질로 아스카를 쳐다봤다.

"의사가 된다는 건 힘든 일이야. 우선 의대에 가려면 상당한 경쟁을 뚫어야 하지. 게다가 육 년간의 의학 교육, 그리고 이 년 간의 연수를 끝내야 비로소 출발선에 서지. 거기서부터 전문 기술을 익히는 데까지 최소한 몇 년의 시간이 더 필요하고."

"아, 그렇죠……."

"그만큼의 노력을 들여 손에 넣은 기술이기에 나는 그 대가로 충분한 보수를 얻어야 한다고 생각해. 특히 나 같은 천재가 고생 끝에 얻은 기술이니까."

"뭐, 그렇겠죠."

"자네가 선택한 길은 고생이 많은 데 비해 실익이 적지. 확실히 효율이 극히 나쁜 세계야. 스스로 그런 길을 선택해 뛰어들려는 자네는 내 가치관에서 보면 '바보'이거나 '마조히스트'이지."

화가 치민 아스카가 반론하려고 입을 여는데 히이라기가 먼저 이야기를 이어갔다.

"다만 나는 그 선택이 '아름답다'고는 생각하네. 나는 이해할 수 없으나, 신념을 굽히지 않고 우직하게 계속 노력하는 건 어떤 의미에서 보면 '아름다움'이지."

"아니…… 그건 고맙습니다."

"애당초 '아름다움'이란 보편적인 게 아니라……"

히이라기의 말을 흘려들으며 아스카는 입을 열었다.

"히이라기 선생님은 왜 성형외과 의사가 되려고 하셨어요?"

"왜라니 무슨 뜻이지? 나는 외과 의사로서 신이 주신 천부적인 재능이 있으니까. 그걸 연마하지 않으면 사회에 있어 큰 손실이지."

"저도 선생님이 외과 의사로서 재능이 있다고 생각합니다. 하지만 왜 성형외과냐고요? 지난주 수술을 보니 일반외과 기술도 상당하던데요. 외과 중에서 성형외과를 전공한 이유가 있나 싶어서."

아스카의 질문에 히이라기는 순간 진지한 표정을 짓더니 곧 환하게 웃었다.

"그야 효율의 문제지. 자네가 선택한 길과는 대조적으로 성형외과는 아주 효율이 높아. 성형외과 진료는 자유 진료라 국가가 의료비를 책정하지 않아 기술에 어울리는 요금을 청구할 수 있지. 요컨대 모든 게 돈을 위해서라는 거야."

모든 게 돈 때문인가. 의기양양한 표정을 짓는 히이라기를 보면서 아스카는 생각했다.

돈 때문이란 게 진심일까. 그러나 평소보다 빨리 말하는 히이라기를 보면 그게 다가 아닌 것 같았다. 그때 문 안쪽에서 풍경 소리가 들렸다.

"아, 좀 이른데 손님이 오신 모양이네?"

히이라기가 일어나 서둘러 문을 향해 걸어갔다.

"아사기리 선생, 내가 손님을 안내할 테니까 자네는 홍차를 타다 주지 않겠어? 사나에 씨 정도의 차는 기대하지도 않겠으나 손님에게 부끄럽지 않을 정도의 맛은 기대하지."

히이라기는 시궁창 같은 홍차를 탄 사람이라고는 생각할 수 없는 대사를 내뱉었다.

*

"실례하겠습니다."

사 인분의 찻잔이 놓인 쟁반을 들고, 아스카는 원장실로 들어갔다. 소파에는 히이라기 외에 두 사람이 앉아 있었다. 한 사람은 아주 선한 인상의 양복을 입은 남자였다. 나이는 사십 대 전후일까. 적당한 키에 적당한 살집으로 어디에나 있을 법한 회사원 같은 분위기였다. 남성 옆에는 마른 여성이 앉아 있었다. 그 얼굴은 커다란 선글라스와 마스크로 감춰져 있어서 나이는 분명하지 않으나 분위기로는 남성과 비슷해 보였다.

"아, 소개하겠습니다. 마취과 의사인 아사기리 선생입니다."

아스카는 찻잔을 테이블에 놓으면서 "아사기리입니다"라고 인사했다. 남성은 "처음 뵙겠습니다. 구사야나기 겐타라고 합니다"라고 이름을 밝혔으나 여성은 마치 못 들었다는 듯 꼼짝도 하지 않았다.

"이 사람은 후지이 마이코입니다."

구사야나기가 서둘러 여성을 소개했다.

"잠시 방해가 있었는데 이야기를 계속하지요."

히이라기가 두 손을 마주 댔다.

방해라니 나? 아스카는 입술을 내밀면서 히이라기의 옆에 앉았다.

"후지이 씨가 수술을 받고 싶다는 말씀이셨죠. 어떤 수술을 원하시나요?"

싹싹하게 말하면서 홍차를 한 모금 마신 히이라기는 바로 미간을 찌푸리며 아스카를 봤다.

나도 전문적으로 홍차 타는 사람이 아니니까 어쩔 수 없잖아요! 히이라기의 시선을 못 본 척하고 정면을 향한 아스카는 마이코가 자신을 응시하고 있음을 깨달았다. 선글라스 너머로도 알 수 있는 그 박력 있는 시선에 몸 둘 바를 모르겠다.

"……저기, 왜 그러시죠?"

"이 아이가 마취해요?"

마이코의 또렷하지만 쉰 듯한 목소리는 확연히 화가 나 있었다.

"예. 전신마취 수술일 때는 그렇습니다."

히이라기는 홍차에 대량의 우유와 설탕을 타면서 말했다.

"다른 마취과 의사로 바꿔줘요. 나는 이 아이에게 마취 받고 싶지 않아요."

얇은 종이에 감싼 듯한 그 목소리에 아스카의 심장이 크게 뛰었다.

"아니, 아사기리 선생의 마취가 불안하세요?"

히이라기는 찻잔을 테이블에 내려놓았다.

"당연하죠. 이렇게 젊은 여자는."

"마이코, 잠깐! 그건……"

구사야나기가 말리려고 했으나 마이코는 파리라도 쫓듯 손을 흔들었다.

"어쨌든 좀 더 괜찮은 마취과 의사를 준비하세요."

아스카는 표정이 일그러지지 않도록 입가에 힘을 주었다. 여자인 데다 나이보다 어려 보이는 탓에 전에도 수없이 같은 상황을 직면해야 했다. 아무리 마취과 의사로서 실력이 출중하더라도 외모만 보고 '믿을 수 없다'고 판단하는 것이다.

"확실히 이 선생이 젊고 부족해 보이시죠? 하지만 젊게 보이는 건 어디까지나 동안이라 그런 것입니다. 사실은 이미 스물여덟 살, 그러니까 곧 삼십 대죠."

'곧 삼십 대'라는 소리는 집어치워! 아스카는 히이라기를 노려봤다.

"게다가 이 나이가 되도록 그럴듯한 소문 하나 없이 마취과 의사로 연구에만 전념했습니다. 간단히 말해 마취 오타쿠 같은 살짝 불쌍한 친구랍니다. 아, 그런 이유로 이 선생의 마취 기술만큼은 의심할 여지가 없습니다. 수술을 받으신다면 청춘을 바쳐 연마한 그녀의 기술을 믿어주시기 바랍니다."

청춘을 바친 기억은 없다고! 아스카는 반론하고픈 마음을 꾹 참고 대답을 기다렸다. 마이코는 혀를 크게 차고 짜증스럽다는 듯 고개를 흔들었다.

"아무리 보증해도 나는 이 아이에게 마취 받고 싶지 않아요. 수술비를 내는 사람은 나죠. 그러니 나는 '손님'이잖아요?"

고압적으로 내뱉는 마이코를 앞에 두고 아스카의 가슴에는 분노와 억울함을 넘어 의문이 솟기 시작했다. 왜 이 여성은 이렇게까지 나를 거절하는 걸까?

"'고객은 왕'이라는 말씀을 하시는 겁니까? 그럼 어쩔 수 없네요."

히이라기가 한숨을 섞어가며 중얼거리는 것을 듣고 아스카는 입술을 굳게 다물었다.

"그럼 이만 돌아가주십시오."

히이라기는 일어나 단호하게 말했다.

"뭐요?! 무슨 소리를 하는 거예요?"

마이코는 마스크 속에서 비명에 가까운 소리를 질렀다.

"아사기리 선생의 마취를 받지 못하시겠다면 제 수술도 받을 수 없습니다."

"마취과 의사만 바꾸면 되잖아!"

"명필은 붓을 고르지 않는다는 것도 거짓말이랍니다. 사실은 명필도 붓을 골라 글을 쓰는 법입니다. 그만큼 도구라는 게 중요하니까요."

"무슨 말이죠?"

"일을 잘하려면 도구와 환경을 갖출 필요가 있다는 말씀입니다. 새로운 마취과 의사를 고르는 일은 불과 일주일 만에 할 수 있는 일이 아니죠. 그리고 솜씨가 좋은 마취과 의사를 고용한다는 보장도 없어요. 그러니 만족할 만한 수술이 될지 안 될지 알 수 없습니다."

"하지만 나는 고객이라고요!"

"고객은 왕일지도 모르지만, 당신이 '고객'이냐 아니냐는 제가 판단합니다."

히이라기가 분명하게 말했다. 주먹을 쥔 마이코의 손이 떨리기 시작했다. 방의 공기가 팽팽해졌다. 아스카는 소파에 앉은 채 숨을 죽이고 상황을 지켜봤다.

십여 초의 침묵 끝에 마이코가 불만스럽게 "알았어요"라고 나직하게 말했다.

"이해해주셔서 감사합니다. 그럼 다시 수술 이야기를 할까요? 어떤 수술을 원하십니까?"

"……아름다워지고 싶어."

"예?"

히이라기는 고개를 갸웃했다.

"그러니까 수술로 나를 최대한 매력적으로 해달라는 거예요!"

"그렇군요. ……매력적으로요? 그럼 얼굴을 봐도 될까요?"

마이코는 탐탁지 않은 태도로 천천히 마스크와 선글라스를 벗었다.

아스카는 드러난 얼굴을 보고 숨을 멈췄다. 등에 한기가 내달렸다.

마이코의 얼굴은 매우 정갈했다. 아니, 지나칠 정도로 정갈했다. 마치 껍질을 벗긴 달걀 같은 윤이 나는 피부. 작은 얼굴에 어울리지 않을 정도로 큰 쌍꺼풀. 미간에서 쭉 내려온 콧날. 촉촉한 핑크빛의 육감적인 입술. 모든 부분이 단독으로는 매력적인데 왠지 그 얼굴을 보면 강한 위화감이 생겼다.

아스카는 마이코의 얼굴을 응시한 채 위화감의 정체를 찾았다. 처음 깨달은 것은 표정의 부자연스러움이었다. 마이코가 얼굴을 움직일 때마다 그 부자연스러움이 두드러졌다. 마치 얼굴이 몇 개의 조각으로 나뉘어 있고 각 부위가 따로따로 움직이는 것 같았다.

"아, 이거 굉장하네요! 몇 번이나 받으셨나요?"

히이라기가 흥분해 목소리를 높였다.

"……큰 것만 일곱 번."

도대체 무슨 소리지? 고개를 기울이는 아스카를 보고 히이라기가 두 팔을 쫙 펼쳤다.

"아니, 혹시 아사기리 선생, 무슨 소린지 모르겠나? 한눈에 딱 봐도 알잖아. 우선은 양쪽 눈, 콧날, 입술, 위턱뼈와 아래턱뼈, 그리고 가슴도.”

히이라기는 몸 부위를 꼽으면서 마이코의 몸을 가리켰다. 구사야나기가 얼굴을 찌푸렸으나 마이코 본인은 표정 하나 변하지 않았다.

“그거 혹시……”

“그래. 이 여성분은 과거에 큰 성형수술을 받았어. 본인의 말을 믿자면 일곱 번이나 말이야.”

“응, 맞아.”

마이코는 시원하게 인정했다.

“그리고 조금 마음에 걸리는 게 있네요. 전에 당신을 본 기억이 있어요. 분명히 TV 드라마 같은 데였는데.”

히이라기가 말한 순간 마이코의 얼굴에 우월감 가득한 미소가 떠올랐다.

“이분은 아마기 마이라는 예명으로 연기자 생활을 했습니다. 저는 이분의 개인사무소에서 매니저로 일하고 있습니다.”

“앗! 아마기 마이!”

구사야나기의 설명을 듣고 아스카는 절로 소리를 높였다. 생각났다! 고등학교 때 푹 빠졌던 드라마에서 주인공 소녀의 연적으로 등장했던 여배우였다.

“아, 역시! 여배우셨군요.”

“선생님, 아마기 마이를 모르세요? 예전에는 정말 유명했다고요!”

흥분한 아스카에게 히이라기가 차가운 시선을 쏟아부었다.

"선생은 무슨 유행 좋아하는 중고생인가. 자네가 살던 시골에서는 연예인이 쓰치노코보다 보기 힘들지 모르겠으나 여기 도쿄는 깔리고 널린 게 연예인이야."

"……시골뜨기라 죄송하네요."

"우리 마취과 의사가 실례했습니다. 그건 그렇고 TV에 나올 때와는 분위기가 상당히 다르네요. 그렇게 인기가 많았는데 왜 성형을?"

"연예계는 말이에요…… 정말 잔인하죠. 늘 발전하지 않으면 바로 질려버리니까."

육감적인 입술을 깨문 마이코에게 히이라기는 놀리듯 말했다.

"그렇죠. 물론 그래요. 그러니까 시청자들이 질려 하니까 성형수술이라도 해서 다시 뜰 생각이었군요. 그래서 다시 떴나요?"

또 시작이네. 아스카는 관자놀이를 눌렀다. 어째서 이 사람은 처음 만나는 사람의 화를 돋우는 걸까. 예상대로 마이코의 얼굴이 붉어졌다.

"이제까지의 의사가 돌팔이여서 그랬던 거야!"

"그렇게 말씀하시지만, 개별적인 수술은 상당히 높은 기술력으로 이루어졌습니다. 물론 저 정도는 아니지만."

"그럼 어째서 나는 예뻐질 수 없는 거죠? 왜 이런 얼굴이 됐냐고요!"

마이코는 몸을 앞으로 숙이면서 마치 토해내듯 고통스러운 말들을 내뱉었다.

히이라기는 턱을 당기고 몸을 내밀어 마이코의 얼굴을 아래에서 올려다봤다.

"후지이 씨. 아니, 아마기 마이 씨. 당신의 아래턱뼈를 깎은 의사, 입술을 이렇게 육감적으로 만든 의사, 얼굴 피부를 당겨준 의사, 턱 끝에 보형물을 넣은 의사, 그들은 당신에게 수술을 권하지 않았죠? 그 수술을 해도 전체적인 균형만 무너진다고 하지 않았나요? 제대로 된 성형외과 의사였다면 그렇게 말했을 텐데요."

마이코는 대답하지 않았다. 그 침묵은 히이라기의 말이 옳다는 것을 웅변으로 증명했다.

"하지만 당신은 받아들이지 않고 억지로 수술을 시켰어요. 그러나 그 결과는 기대에 미치지 못했고요. 그렇게 당신은 궁극의 '아름다움'을 원해 얼굴에 계속 메스를 댔죠. 안 그런가요?"

침묵을 지키던 마이는 살기마저 느껴지는 눈빛으로 히이라기를 노려봤다. 무거워진 공기를 수습하듯 구사야나기가 고개를 숙였다.

"히이라기 선생님은 업계 최고의 솜씨를 가지셔서 아무리 무리한 의뢰라도 해내신다고 들었습니다. 부디 수술을 해주십시오."

"그 판단은 옳습니다. 저보다 기술이나 감각이 좋은 성형외과 의사를 찾긴 어려우니까요. 잠깐 실례하겠습니다."

히이라기는 갑자기 두 손을 마이코의 얼굴로 뻗어 그 얼굴을 만졌다. 자칫 잘못하다가는 성희롱이 될 행위였다. 그러나 마이코는 거부하지 않았다. 수십 초, 그녀의 얼굴을 만지작거리던 히이라기는 "……역시"라고 중얼거리고 손을 뗐다.

"억지 의뢰에 대응하기 위해서였겠지만, 위아래 턱뼈를 상당히 대담하게 깎았네요. 뼈의 강도가 심히 낮아져 있겠어요. 게다가 보형물 삽입과 얼굴을 당기는 시술을 해서 얼굴 피부와 표정근이 괴리되어 있는 부분도 있습니다. 그리고 히알루론산과 보톡스 주사를 계속 맞은 피하에 염증성 회복 흔적이 있어요. 이 얼굴을 수술하려면 상당한 위험 부담이 따릅니다."

히이라기가 손가락을 접어가며 문제점을 열거할 때마다 마이코의 눈빛이 날카로워졌다.

"다들 그래. 그렇게 어렵다는 핑계를 대고 끝내 '불가능하다'라고 말하지."

"불가능하다는 말은 안 했습니다."

히이라기가 의기양양한 미소를 짓자 마이코는 "응?"이라며 깔끔하게 정돈된 가는 눈썹을 찡그렸다.

"확실히 저 이외의 성형외과 의사는 위험 부담이 너무 높아 수술을 거절하겠죠. 하지만 저는 그저 그런 성형외과 의사가 아닙니다."

"그럼 해요! 꼭 해줘!"

소파에서 엉덩이를 반쯤 든 마이코의 눈앞에 히이라기가 오른손을 내밀었다.

"그렇게 흥분하지 마십시오. 수술을 결정하기 전에 반드시 알려드려야 하는 게 있으니까."

"뭔데요? 알려줘야 한다는 게……"

"위험 부담에 관한 겁니다. 확실히 저는 수술을 할 수 있습니다. 다만 당신의 얼굴 상태가 대대적인 성형수술에 적합하지 않은 것도 사실입니다. 저라도 100퍼센트 성공한다는 보장은 없습니다."

"……실패하면 어떻게 되는데?!"

"골격이 일그러지고 안면 신경에도 장애가 생길 수 있습니다. 결과적으로 아름답기는커녕 추한 얼굴이 될 수도 있습니다. 사람이 저도 모르게 고개를 돌릴 정도로……."

마이코의 얼굴이 공포로 일그러졌다.

"그렇습니다. 가능성이 그다지 크진 않지만, 지금보다 훨씬 추해질 가능성도 있습니다. 아마기 마이 씨, 당신은 그런 위험 부담을 안고 수술하시겠습니까?"

히이라기는 마이코의 눈을 응시했다.

"마이코, 하지 말자. 너무 위험해. 지금도 당신은 충분히 아름다우……"

"당신은 가만히 있어!"

다급하게 말하는 구사야나기에게 일갈하고 마이코는 충혈된 눈을 히이라기에게 돌렸다.

"정말…… 정말 수술이 성공하면 나는 아름다워질 수 있는 건가?"

"예. 틀림없이 만족하실 겁니다."

"……나는 할래."

마이코는 신음하듯 말했다.

"마이코?! 좀 더 생각하고 결론을……"

"수술할 수 있다는 다른 의사는 없었어. 그럼 이 사람에게 걸어보는 수밖에 없잖아!"

마이코는 구사야나기의 양복 깃을 움켜쥐면서 소리쳤다. 구사야나기는 심각한 표정으로 입을 다물었다.

"그럼 수술을 받으시겠다는 거죠? 수술비는 그게…… 상당히 어려운 수술이 될 텐데 이번에는 100퍼센트 성공을 보장할 수 없다는 점을 감안해 1천500만 엔으로 하겠습니다. 어떠십니까?"

"그 정도 푼돈은 바로 낼게요. 그러니까 빨리 수술해요!"

순간의 망설임도 없이 마이코는 몸을 내밀었다.

"그렇게 초조해하실 필요는 없습니다. 그럼 말이죠, 우선……"

히이라기는 양복 안주머니에서 종이 한 장을 꺼냈다. 거기에는 히이라기가 수술 후 환자를 입원시키는 아자부 10번지에 있는 병원의 주소와 지도가 프린트되어 있었다.

"아마기 마이 씨만 당장 이 병원으로 가셔서 수술 전 검사를 받아주십시오. 보통은 우리 병원에서 검사하는데 오늘은 간호사가 몸이 좋지 않아 없습니다. 아, 미리 연락해둘 테니까 걱정하지 마십시오. 그동안 구사야나기 씨에게 사무적인 설명을 해드리겠습니다."

"여기로 가면 되는 거지?"

내민 지도를 받아 든 마이코는 순간 불안한 눈빛을 구사야나기에게 던진 후 마스크와 선글라스를 거칠게 집더니 방에서 나갔다.

"아, 정말 열정적인 여성이네요. 구사야나기 씨, 당신도 고생이 많으시겠어요."

히이라기가 쓴웃음을 지으면서 이야기하자 구사야나기가 힘껏 고개를 숙였다.

"히이라기 선생님, 부디 잘 부탁드립니다! 선생님의 수술로 마이코를 만족시켜 주십시오. 이제 저 사람은 한계입니다."

"구사야나기 씨. 당신과 아마기 마이 씨는 어떤 관계입니까?"

"예? 어떤 관계냐니? 연예기획사의 소유주와 사장인데요."

"그게 다입니까? 조금 전 대화를 듣고 있자니 그런 비즈니스 관계가 아니라 뭐라고 해야 할까요, 좀 더 친밀한 관계처럼 보였습니다만."

"선생님!"

아스카가 말리려는데 구사야나기가 "괜찮습니다"라며 고개를 좌우로 흔들었다.

"그런 관계는 아닙니다. 다만 오래 일하다 보니 가족 같아졌습니다. 십오 년쯤 전, 마이코가 도쿄에 와 연예기획사에 들어왔을 때 매니저를 맡은 게 당시 연기자의 길을 포기하고 신입사원으로 기획사에 들어왔던 저였습니다."

구사야나기는 조곤조곤 말하기 시작했다.

"마이코는 어릴 때부터 연기자를 동경해 필사적으로 노력했지만, 좀처럼 인기를 얻질 못했습니다. 그런 그녀에게 소속사 사장은 '너는 연기는 좋은데 얼굴이 평범해 팔리지 않아'라는 말을 계속했죠."

"……너무하네."

아스카가 얼굴을 찌푸렸다.

"아사기리 선생, 어쩔 수 없어. 연예계란 '예술적 재능'과 '아름다움'을 파는 곳이니까. 그러니까 '아름다움'이 없다는 것은 곧 상품 가치가 없다는 말이지. 가혹한 세계야."

"상품 가치라니……."

할 말을 잃은 아스카의 앞에서 구사야나기가 안타깝다는 듯 고개를 끄덕였다.

"너무하지만 그게 현실이죠. 마이코는 완전히 자신감을 잃고 정서 불안 상태가 되었습니다. 그런 마이코에게 사장은 선택을 요구했어요. 소속사를 그만두든지……"

"성형수술을 받으라고 했겠죠."

흥미롭다는 듯 말하는 히이라기에게 구사야나기가 무겁게 고개를 끄덕였다.

"저는 소속사를 그만둬야 한다고 생각했습니다. 연예계에서 살아가기에 마이코는 너무 순수했어요. 그런데 마이코는 한참 고민한 끝에…… 수술을 받았습니다. 그리고 마이코의 얼굴은 상당히 화려해져 눈에 띄게 되었죠. 자기 얼굴에 메스까지 댈 각오를 인정해준 건지, 아니면 단순히 상품으로서 팔릴 거라고 판단했는지, 사장도 마이코를 적극적으로 밀어주었습니다. 그게 십 년쯤 전의 일입니다."

십 년 전, TV 화면 속에서 미소 짓고 있던 마이코가 뒤에서는 그런 힘든 경험을 했단 말인가. 아스카는 동정심에 눈물이 날 것만 같았다.

"수술을 받고 이삼 년이 마이코의 전성기였습니다. 드라마와 광고 출연이 결정되어 평생 쓰고도 남을 돈이 들어왔습니다. 애당초 사장을 좋게 생각하지 않았던 마이코는 저를 데리고 나와 그 돈을 바탕으로 새 연예기획사를 차렸습니다. 그게 현재 제가 사장으로 있는 사무소입니다."

"상당히 많이 벌었나 봅니다. 1천500만 엔을 푼돈이라고 할 정도니까."

히이라기의 형편없는 질문에 구사야나기는 고개를 끄덕였다.

"그렇습니다. 고맙게도 문을 열자 마이코를 동경해 상당한 탤런트가 우리 사무소에 들어왔습니다. 현재는 간판이라 할 만한 탤런트도 열 명이 넘어 중소 규모의 연예기획사로는 좋은 경영

상태를 유지하고 있습니다."

"하지만 기획사 경영만큼 아마기 마이 씨 본인의 연예 활동은 그리 좋지 않았군요."

"……네. 시청자들이 싫증을 냈는지 마이코의 인기는 떨어졌습니다."

"정말 가혹한 세계네. 그래서? 인기가 떨어진 아마기 마이 씨는 어땠습니까?"

히이라기는 얄미운 질문만 골라 했고 구사야나기는 머리를 감쌌다.

"……마이코는 다시 성형수술을 받았습니다. 출연 요청이 오지 않는 이유가 자기 외모 때문이라고 믿은 거죠. 하지만 인기가 돌아오지는 않았습니다. 그 후로도 마이코는 솜씨 좋기로 소문난 성형외과 의사를 찾아내 달려가 억지로 수술을 받았지만, 그때마다 얼굴은 어딘가 부자연스러워졌습니다. 그런데도 마이코는 여전히 성형수술에 매달리고 있습니다. ……이제는 어떻게 해야 멈추게 할 수 있을지 정말 모르겠습니다."

"왜 말리려고 하십니까?"

"예?"

구사야나기가 고개를 들었다.

"그러니까 왜 그렇게까지 아마기 마이 씨를 말리고 싶으십니까? 아마기 씨는 사무소 소유주이긴 하나 연예인으로서의 가치는 이미 제로에 가깝습니다. 그녀가 성형수술을 계속한다고 해서 소속사에 손해가 될 건 없는데요."

"그건……"

말을 잇지 못하는 구사야나기를 보고 히이라기는 "아, 됐습니다"라며 어깨를 으쓱해 보였다. 구사야나기는 크게 한숨을 내쉬고 다시 고개를 깊이 숙였다.

"선생님, 부디 마이코를 구해주십시오. 부탁드립니다."

"맡겨주십시오."

히이라기는 어쩐지 의미심장하게 보이는 미소를 지었다.

2

"정말 괜찮은 거예요?"

아스카는 마이코와 구사야나기가 사라진 문을 보면서 말했다. 검사를 끝내고 클리닉에 돌아온 마이코는 아스카와 히이라기로부터 수술과 마취에 관한 설명을 듣고 수술 동의서에 사인한 후 구사야나기와 함께 클리닉을 떠났다.

"어머, 히이라기 선생님?"

아스카가 고개를 돌리니 어느새 히이라기는 접수대 안쪽으로 이동해 있었다.

"뭐 하세요?"

"아사기리 선생, 잠깐 이쪽으로 와봐."

접수대에 놓인 컴퓨터 앞에서 히이라기가 손짓했다.

"도대체 왜요?"

접수대로 들어가 디스플레이를 들여다본 아스카는 눈을 부릅떴다. 화면에는 수영복 차림의 젊은 여성이 나와 있었다.

"이게 뭐죠……?"

"여배우 아마기 마이의 사진이야. '아마기 마이 이미지'로 검색했더니 이렇게 많이 나오네."

히이라기는 사진을 계속 넘겼다. 그 대부분은 십여 년 전, 마이코가 가장 활약하던 때의 사진이었는데 그중에는 아직 뜨지 않았을 무렵, 성형수술을 받기 전 사진도 있었다.

"이게 진짜 마이코 씨……."

화면에 나온 소녀 같은 모습이 아직 남아 있는 여성은 확실히 스타가 된 후의 '아마기 마이'에 비해 평범한 얼굴이었다. 그러나 땀으로 빛나는 팽팽한 피부, 그리고 활기찬 표정에는 넘치는 생명력이 가득해 아주 매력적이었다.

"'진짜'라는 표현은 적당하지 않아. 성형수술을 받았다고 얼굴이 '가짜'가 되는 건 아니니까. 얼굴에 메스를 대어 진정한 '아름다움'을 끌어내는 거지."

히이라기는 몸을 움츠리고 "호호호" 하고 낮은 웃음소리를 흘렸다.

"'아름다움'을 끌어내다니……. 수술을 받았다고 마이코 씨가 아름다워진 것 같지는 않아요."

틀림없이 최초의 성형수술로 마이코의 외모는 화려해졌을 것이다. 그러나 활기찬 매력은 거꾸로 줄어든 것 같았다.

"그야 내가 집도하지 않았으니까."

"선생님은 마이코 씨가 받아들일 만한 얼굴로 만들 수 있나요?"

잘난 척하는 히이라기의 태도에 아스카는 입을 내밀면서 물었다. 히이라기는 콧방귀를 뀌고는 "글쎄, 어떨까?"라고 중얼거렸다.

"어떨까? 자신만만하게 하겠다고 하셨잖아요?"

아스카가 비판하자 히이라기는 신경질적인 미소를 지었다.

"신체이형장애."

"예? 그게 뭐예요?"

"아마기 마이가 앓고 있는 정신질환이지."

"정신질환?"

"몰랐나? 그녀는 완벽한 정신질환 환자야. 신체이형장애, 혹은 추형공포증이라고도 부르지. 강박신경증의 일종이야. 자기 외모를 추하다고 믿고 거기에 매달려 일상생활에 지장을 주는 질환이라네. 성형수술을 받으려는 환자에게서 비교적 자주 보이는 병이야."

"수술하면 좋아지나요?"

"정도가 가볍다면. 이를테면 눈이나 코의 모양 같은, 몸의 특정 부위에 집착하고 있다면 그곳을 성형수술하면 '집착'에서 해방될 때가 많지. 성형외과가 '정신외과'라고도 불리는 이유야."

"정신외과……."

"그래. 못 들어봤나? 성형수술을 바라는 사람들은 많든 적든 자기 외모에 정신적인 고통을 느끼고 있지. 그러니까 성형외과 의사는 수술을 통해 그런 사람들의 정신을 치유하는 거야."

"하지만 마이코 씨는 수술을 받고도 아직 정신적으로 불안정 하잖아요?"

"수술로 증상이 개선되는 건, 경증의 신체이형장애 환자니까. 아마기 마이의 증상은 얼굴을 바꾼다고 될 수준이 아니야. 그녀 에게는 이미 외모가 아름다우냐 아니냐는 문제가 아니지. '자기 얼굴'이라고 인식하는 순간 마음이 그것을 '추하다'고 판단해버 려."

"아니, 그런 일이……."

"아무래도 원인은 데뷔하고 뜰 때까지 소속사 사장에게 '네 얼굴로는 팔리지 않아'라는 말을 계속 들었던 것일 테지. 인기가 없다는 스트레스 속에서 사장의 말이 하나의 암시가 되어 자신 은 추한 존재라고 각인된 거야."

히이라기는 천천히 고개를 저었다.

"그녀처럼 심각한 증상의 신체이형장애 환자는 추한 자신을 바꾸려고 필사적으로 성형수술을 되풀이하는 경우가 많지. 하 지만 아무리 수술의 결과가 좋더라도 구원받지 못해. 자신의 존 재 자체가 추하다는 착각에 빠져 있으니까. 그리고 또 수술을 받지. 그야말로 끝 모를 나락이지. 몸부림을 칠수록 숨 쉴 수 없게 돼. 결국에는 자살하는 환자도 적지 않아."

히이라기는 크게 한숨을 쉬었다. 방에 무거운 침묵이 깔렸다.

"……고칠 수 있으시죠?"

아스카가 갈라진 목소리로 물었다.

"어이! 아사기리 선생, 내 말을 제대로 들은 거야? 신체이형장애는 그렇게 쉽게 고칠 수 있는 게 아니야. 치료하려면 마음속 깊은 곳에 새겨진 '나는 추하다'라는 인식을 깨야 해. 치료는 정말 어려워."

"그럼 왜 수술을 받아들이셨어요?"

"너무 신경질적으로 굴지 말게. '어렵다'고 했지 '고치지 못한다'고는 안 했어."

정말 괜찮은 걸까? 아스카가 불안해하고 있자 몇 분 전 마이코 일행이 사라진 문이 열렸다.

"아니, 뭐 놓고 가신 거라도 있나?"

문을 돌아보던 히이라기의 얼굴이 급속히 굳어갔다.

"실례하겠습니다."

양복 차림의 남자 둘이 클리닉 안으로 들어왔다. 아스카가 모르는 남자들이었다.

한 명은 중년으로 단단하고 두꺼운 몸을 구겨진 양복으로 감싸고 있었다. 엄격해 보이는 얼굴은 다른 사람을 위협할 만한 박력이 있었다. 중년 남자에 이어 들어온 삼십 대 중반쯤 되어 보이는 남자는 조금 선이 얇아 왠지 자신이 없어 보였다.

"구로카와 씨. 여기에는 오지 않기로 약속하셨잖아요."

히이라기가 굳은 목소리로 말했다.

"그랬었나? 그럼 미안합니다. 마침 근처를 지나다가 오랜만에 이야기라도 하고 싶어서."

구로카와라고 불린 남자는 괜히 머리를 긁적이면서 두꺼운 입술을 일그러뜨리고 웃었다.

"오랜만이라뇨. 이 주 전에 봤잖아요."

"아니, 그 후로 이 주밖에 안 지났나? 아이고, 나는 틀림없이 더 지난 줄 알았는데요."

이 주? 아스카는 기억을 더듬었다. 그러고 보니 이 주 전, 와시오 조직의 보스가 왔던 날, 히이라기는 몇 시간 동안 클리닉을 비웠다. 그때 이 남자들과 이야기했던 말인가? 그들은 도대체 누구일까?

"아니, 저기 계신 여성분은 직원이십니까?"

구로카와가 아스카에게 몸을 돌렸다.

"아, 이 클리닉의 마취과 의사인 아사기리입니다."

당황스러웠으나 그래도 자기소개를 하자 구로카와는 정중하게 고개를 숙였다.

"경시청 수사1과의 구로카와입니다. 여기는 센주 경찰서의 사카시타입니다. 처음 뵙습니다."

"경시청? 그렇다면 형사세요?"

"아사기리 선생!"

히이라기의 평소와 다른 날카로운 목소리에 아스카는 움찔했다.

"형사님은 나와 이야기하러 오신 것 같네. 미안하지만 자리를 비워주게."

"예? 아…… 예."

아스카는 황급히 구로카와 일행에게 인사하고 마취과 대기실로 향했다. 형사들과 무슨 말을 할지 관심이 갔으나 그런 말을 꺼낼 분위기가 아니었다.

대기실로 들어온 아스카는 닫힌 문에 귀를 대봤다. 소곤거리는 말소리가 들려왔지만, 역시 대화 내용까지는 알 수 없었다. 초조해진 아스카의 눈에 벽에 걸린 청진기가 보였다.

저거다! 아스카는 청진기를 들고 귀에 장착한 후 집음부를 문에 댔다.

"……라고 수없이 말했잖습니까!"

생각보다 깨끗하게 대화가 들렸다. 히이라기가 웬일로 거칠게 말하고 있었다.

"선생님, 그렇게 흥분하지 마십시오. 혹시나 해서 확인하는 겁니다."

"그러니까 왜, '그 녀석'이 내게 접촉해오리라 생각합니까?"

"그 남자가 일본에서 의지할 데라고는 스승인 당신밖에 없으니까요."

심장이 크게 뛰었다. '스승'이라는 말은 '히이라기의 제자'에 대한 이야기인 것이다.

"그 남자, 이제 저와는 관계가 없습니다."

"선생님이 그렇게 생각해도 그쪽은 그렇게 생각하지 않을 수도 있잖습니까? 어쨌든 '스승'이니까 당신에게 도움을 요청하며 접촉해올 가능성은 충분합니다. 아니면 혹시 정기적으로 연락하고 있습니까?"

"그럴 리 없잖아요!"

"아니, 아니죠. 그렇게 단정할 순 없죠. 그 남자는 당신을 존경하니까요. 바로 그 가구라 세이이치로가 말이죠."

가구라 세이이치로. 그 이름을 듣는 순간 시야가 휘청 흔들렸다. 목구멍에서 "헉!" 하고 비명 같은 소리가 흘러나왔다. 재빨리 귀에서 청진기를 뗀 아스카는 가슴을 손으로 눌렀다. 심장이 전력 질주라도 한 듯 빠르게 뛰고 있었다.

'가구라 세이이치로', 그 형사는 틀림없이 그렇게 말했다.

가구라 세이이치로가, 그 연쇄살인마가 히이라기의 제자라고?

멀리서 문 닫히는 소리가 들렸다. 형사들이 돌아간 걸까. 아니, 그러기엔 너무 이르다. 틀림없이 이야기가 들리지 않도록 히이라기가 형사를 데리고 나간 것이리라.

아스카는 소파로 다가가 무너지듯 앉았다.

그 가구라 세이이치로가 히이라기의 제자였다. 사 년 전, 의료계를, 아니 일본 전체를 뒤흔들었던 사건을 일으키고 홀연히 모습을 감춘 남자. 와시오와 히라사키가 말한 '사 년 전 사건', 그것은 그 남자가 일으킨 연쇄 엽기살인이었다.

아스카는 손을 뻗어 노트북을 열어 검색 사이트의 검색창에 입력된 '히이라기 다카유키 제자'를 지우고, 대신 '가구라 세이이치로'를 입력하고 클릭했다. 액정 화면에 검색 결과가 나타났다. 가장 위에 나온 인터넷 백과사전을 열었다.

가구라 세이이치로, 도쿄도 네리마구 출신, 1980년생

· 인물

가구라 세이이치로는 일본의 성형외과 의사이자 살인사건 용의자다. 2014년, '사카이외과병원 여아사망사건'에서 악질적인 의료과실을 일으킨 의사로 언론에 알려지며 형사 및 민사 소송을 당했다. 의료 심의회는 2014년 7월, 사건의 사회적인 영향을 고려해 재판의 판결 전에 의사 면허 정지 1년이라는 이례적인 결정을 내렸다. 나아가 그 후 2012~2014년에 도쿄에서 일어난, 성형외과 수술을 받은 경험이 있는 여성이 잇따라 살해된, 통칭 '성형미인 연쇄살인사건'의 용의자로 2014년 9월 지명수배되었으나 그 직전에 태국으로 도주했다. 현재도 경찰은 그 행방을 추적하고 있다.

· 사건 개요
① 사카이외과병원 여아사망사건

2014년 2월 13일 오후 9시 무렵, 사이타마현 사야마시 거리에서 어머니와 함께 조부모의 집에서 돌아오는 중이던 야마나카 게이코(당시 9세)가 차에 치여 부상. 어머니는 사고 현장에서 수십 미터 떨어진 사카이외과병원으로 직접 딸을 데려갔다.

당시 사카이외과병원에는 원장과 당직 의사였던 가구라 세이이치로가 있었다. 사카이외과병원은 응급지정병원이 아니라, 진찰한 원장은 대응할 수 없다고 보고 응급 요청을 해야겠다고 판단했다. 그러나 그 결정에 가구라 세이이치로가 이의를 제기, 원장의 반대에도 어머니에게 충분한 설명도 하지 않은 채 응급수술을 강행했다.

수술은 실패해 14일 오전 0시 무렵, 여아의 사망이 확인되었다. 처음에 이 사건은 일반적인 교통사고사로 처리되었다. 그러나 사건 당일 병원에 근무했던 간호사가 수술을 집도한 가구라 세이이치로의 전공이 성형외과로, 개복수술은 전문이 아니라는 점, 원장은 종합병원으로 이송하는 것이 좋겠다고 판단했는데 가구라 세이이치로가 강력하게 반대해 수술을 강행했다고 고발했다. 이 고발로 가구라 세이이치로는 의료 과실로 형사 및 민사에서 동시에 고소되었고, 또 피해자인 야마나카 게이코의 아버지가 민영 방송사에 근무하고 있었던 터라 이 사건은 언론에서 크게 다루어졌다. 야마나카 게이코의 유족은 가구라 세이이치로가 개복수술 경험이 불충분했음에도 불구하고 자신의 실력을 과신한 나머지 의료 과실을 일으켰다고 주장했다. 언론은 그 주장을 대대적으로 보도

해, 가구라 세이이치로가 한 수술을 '인체 실험'이라고 단죄했다. 가구라 세이이치로는 언론의 공세에 침묵으로 일관한 채 2014년 8월에 태국으로 건너갔고, 그 후 소식이 끊어졌다. 그로 인해 이 의료 과실 사건은 피고가 부재한 채 재판이 진행되어 민사에서 1억 2천만 엔의 위자료를 지불하라는 판결이 내려졌다.

사건이 대대적으로 보도되던 당초에는, 가구라 세이이치로를 살인범처럼 취급하는 언론에 대해 의문을 던지는 의료 관계자도 적지 않았다. 그 대다수는 야마나카 게이코의 부상 상태를 고려했을 때 응급병원으로 수송했더라도 도착 전에 사망했을 가능성이 극히 컸으므로 응급수술을 해야 한다는 판단은 틀리지 않았다는 것이었다. 그러나 가구라 세이이치로가 '성형미인 연쇄살인사건(자세한 내용은 다음에 기록)'의 용의자로 지명수배되자 그러한 주장은 거의 사라졌다.

② 성형미인 연쇄살인사건

2012년부터 2014년에 걸쳐 간토 지역에서 일어난 연쇄살인사건. 성형수술을 받은 흔적이 있는 20대부터 30대의 여성이 4명, 동일범으로 여겨지는 수법으로 살해되어 사체가 유기되었다. 사체의 유기 장소가 간토 지역 전역에 흩어져 있다는 점과 사건과 사건 사이의 시간이 길다는 점, 성형수술을 받았다는 것 이외에 피해자들의 공통점이 없었던 점, 피해자들이 어디서 수술을 받았는지 알수 없다는 점, 범인을 가리키는 물증이 거의 없다는 점에서 경찰은 처음, 범인이 동일범이라고 파악하지 못했다.

2014년, 앞서 기록한 사카이외과병원 여아사망사건으로 고발된 가구라 세이이치로가 해외로 도주하고 가택 수색에 들어갔을 때 피해자인 여성 4명의 데스마스크와 기타 증거품이 발견되었다. 또, 그 후 수사로 피해자 4명이 가구라 세이이치로에게 성형수술을 받은 것으로 판명되었다. 경찰은 가구라 세이이치로가 직접 수술한 여성의 데스마스크를 제작하기 위해 범행을 저지른 것으로 보고 혐의를 확정했다.

사건이 밝혀졌을 때 사회에 끼친 영향은 매우 커서, 의료, 특히 성형외과에 대한 세간의 평가가 더 가혹해졌다. 경찰은 가구라 세이이치로를 국제지명수배해 행방을 쫓고 있으나 현재까지 체포하지 못하고 있다.

또 가구라 세이이치로의 집에서는 대량의 폭발물도 압수되어 테러 집단과의 관계도 의심되었는데, 현재까지 특정 테러 집단과의 관계는 밝혀지지 않고 있다.

가구라 세이이치로가 태국으로 건너가기 몇 시간 전, 그가 근무했던 클리닉이 방화로 여겨지는 화재로 전소했다. 이는 가구라 세이이치로가 직접 수술한 환자의 기록을 없애기 위해 일으킨 것으로 보인다. 폭발물은 이 클리닉을 폭파하기 위해 준비한 것이었지만, 폭발보다 방화를 선택했다는 설도 있다.

아스카는 화면에서 시선을 떼고 눈을 감은 채 눈두덩이를 문

질렀다. 아무나 적는 인터넷 백과사전의 기록이라 내용이 상세하긴 했으나 명확하지 못한 점도 많았다. 그래도 사건 개요를 떠올리는 데는 충분했다.

일본에서는 매우 드문 연쇄살인범이 저지른 살인사건, 게다가 그 범인은 몇 개월 전에 의료 과실로 화제가 되었던 의사였다는 점에서, 사 년 전 언론 정보 프로그램은 '연쇄살인마 가구라 세이이치로'로 도배되었다.

가구라 세이이치로가 히이라기의 제자였다. 생각해보면 이해가 되는 부분도 있었다. 당시 보도에서 연쇄살인의 피해자들은 상당히 높은 수준의 성형수술을 받았다고 하는데 어디서 받았는지는 전혀 알려지지 않았다. 완벽한 수술과 비밀엄수라는 히이라기의 정책을 이어받았다면 그건 당연한 일이었다.

이 페이지에 기록되어 있는 '화재로 전소한 클리닉'이 히이라기가 전에 개업했던 클리닉일 것이다. 사 년 전, 가구라 세이이치로가 히이라기의 클리닉에 방화했고 그래서 삼 년 전에 이곳에 새로 개업한 것이다. 그렇게 생각하면 모든 게 맞아떨어졌다.

히이라기가 '제자'를 숨기려는 것도 당연하다. 하지만 제자가 범죄자라고 해도 히이라기에게 딱히 잘못은 없다. ……가구라 세이이치로의 범죄에 히이라기가 아무 관계가 없다면.

얼마 전 만났던 히라사키는 집요하게 히이라기가 중대한 범죄와 관련이 있는 듯 말했다. 그는 도대체 뭘 의심하고 있는 걸까. 도대체 어떤 정보를 가지고 있을까. 생각이 복잡해지자 머리가 아파왔다. 이 두통을 낮게 하는 방법은 하나밖에 없었다.

아스카는 백에서 지갑을 꺼내 그 안에서 명함 한 장을 꺼냈다.

3

"아사기리 씨. 오랜만입니다."

일요일 정오가 되기 전, 가미야초의 카페에서 영문 의학잡지를 읽으면서 카페라테를 마시고 있던 아스카는 눈만 움직여 다가온 남자를 봤다. 오렌지주스가 들어 있는 잔을 든 히라사키가 바로 옆에서 구김살 없는 미소를 짓고 있었다.

이 남자와 만나는 게 정말 옳은 일일까? 가슴속에 불안이 샘솟았다. 너무나 수상쩍어 두 번 다시 만나지 않을 생각이었다. 그러나 어제 히이라기와 형사의 대화를 듣고는 참지 못하고 연락해 여기서 만나기로 했다.

"……가구라 세이이치로."

아스카는 그 이름을 대며 기선을 제압했다. 가게 안은 한산했다. 다른 사람이 이야기를 들을 염려는 없었다. 맞은편에 앉은 히라사키의 움직임이 잠시 멈췄다.

"가구라 세이이치로가 히이라기 선생의 제자죠. 맞죠?"

아스카는 목소리를 낮춰 말했다. 히라사키의 입술 양 끝이 올라갔다.

"그렇습니다. 온 일본을 떨게 했던 연쇄살인범 가구라 세이이치로. 그는 삼 년 정도 히이라기 다카유키 밑에서 가르침을 받았습니다. 그 정도는 아마추어도 조사할 수 있는 정보죠."

"그렇다면 왜 저번에 알려주지 않았나요?"

"너무 쉽게 내막을 밝히면 싱겁잖아요. 게다가 스스로 조사해야 관심이 생기죠. 그러지 않았다면 나를 또 만나겠다고 하지 않았을 겁니다."

그렇긴 하다. 아스카는 얼굴을 찡그렸다.

"히이라기 선생과 가구라 세이이치로의 관계에 대해 알려주세요. 알고 있는 게 있죠?"

"내 정보를 원한다면 당신도 정보를 주세요. 기브 앤 테이크니까."

히라사키는 푸근한 미소를 지었다.

"……뭘 묻고 싶으신데요?"

아스카는 실수하지 않도록 마음을 단단히 먹었다. 착한 사람 같은 저 표정 뒤에서 무슨 생각을 하는지 알 수 없는 남자다.

"그럼 말하죠. 우선 히이라기의 집이 어딘지 아시나요?"

"클리닉 근처 호텔에 산다고 들었어요."

전에 사나에와 잡담하다가 그런 이야기를 들었다.

"아, 맞습니다. 그 남자가 장기 투숙하는 호텔은 상당히 비쌉니다. 성형외과는 정말 돈을 많이 버나 봅니다."

"알고 있었어요?!"

"죄송합니다. 시험해봤습니다. 가짜 정보를 얻으면 곤란하니까요."

"장난치지 마세요."

"아, 그렇게 화내지 마십시오. 이번에는 진짜 질문입니다. 클리닉의 간호사와 당신 외에 히이라기가 가깝게 지내는 사람이 있습니까? 일이나 사생활에서."

"친하게 지내는 사람……이요?"

"예. 일상적으로 히이라기가 만나는 인물이요. 예를 들면 애인이 있다거나."

"애인은 없을 겁니다. 나도 그렇게 친하지 않아서요. 내가 아는 한 히이라기 선생과 친하다고 하면 클리닉에서 근무하는……."

"간호사 잇시키 사나에가 유일하단 말입니까?"

히라사키가 그래 그래 하며 고개를 끄덕였다.

"사나에 씨를 아세요?"

"물론입니다. 히이라기에 관해서라면 아주 사소한 거라도 좋으니까 알고 싶습니다. 알아내서 그 녀석의 정체를 폭로하고 싶어요."

히라사키의 말에 열기가 더해졌다. 아스카는 그런 히라사키를 보며 고개를 기울였다.

"왜 그렇게 히이라기 선생에게 집착하시죠?"

"예? 왜라니……."

허를 찔렸는지 히라사키는 순간 할 말을 잃었다.

"사 년 전 사건을 조사하고 싶으면 태국에 가서 가구라 세이 이치로의 행방을 쫓으면 되잖아요. 왜 범인의 스승이었을 뿐인 히이라기 선생을 그렇게 열심히 쫓아다니죠?"

히라사키는 아스카를 보면서 침묵했다.

"……지난 며칠 동안 히라사키 씨가 쓴 기사를 읽었습니다."

인터넷에 검색하니 본인 말대로 히라사키가 쓴 조폭 관련이나 흉악범죄 사건의 기사가 나왔다.

"아이고, 고맙습니다."

"제가 본 히라사키 씨의 기사는 대부분 큰 범죄에 관한 거였어요. 그런 기사를 쓰는 사람이 왜 히이라기 선생에게 관심이 있는지 모르겠네요. 확실히 히이라기 선생이 하는 수술 중에는 윤리적인 문제가 있는 게 있을 수 있습니다. 하지만 적어도 히라사키 씨가 그토록 매달릴 만한 큰 범죄는 아닙니다. 히라사키 씨, 혹시 사 년 전 사건에 히이라기 선생이 관여했다고 생각하나요?"

그게 하룻밤 생각한 끝에 내린 결론이었다. 아스카는 숨을 죽이면서 답을 기다렸다. 히라사키는 십여 초 정도 침묵한 후 오렌지주스를 한 모금 마시고 숨을 토해냈다.

"아사기리 선생님, 나는 당신을 중요한 정보원이라고 판단했기에 지금 질문에 대답해도 된다고 생각했습니다. 하지만 이 말을 듣게 되면 나중에 곤란해질 겁니다. 히이라기 다카유키를 편하게 대하기 어려워질지도 모릅니다. 그래도 괜찮습니까?"

"위협하시는 겁니까?"

"사실을 말하는 것뿐입니다."

히라사키는 담담하게 말했다. 아스카는 마른 입술을 핥아 적시고 입을 열었다.

"알려주세요."

"알겠습니다. 이제부터 말하는 건 세상에는 아직 돌지 않은 정보입니다. 내가 줄을 대서 경찰에서 입수한 거죠. 그러니까……"

"물론 비밀은 지키겠습니다."

아스카는 입가에 힘을 주고 한 마디도 흘려듣지 않으려고 정신을 집중했다.

"가구라 세이이치로가 사 년 전, 태국으로 도망간 건 아실 겁니다. 그리고 국제지명수배가 되었음에도 여전히 체포되지 않고 있죠."

"예……."

일본에 사는 국민 대다수는 그걸 알고 있을 것이다. 무엇보다 그 무렵에는 매일같이 '가구라 세이이치로'의 뉴스가 전국에 방송되었으니까.

"하지만 이건 모를 겁니다. 가구라 세이이치로가 태국에 간 이 주일 뒤에 한 인물이 태국에 입국했습니다."

"그게 혹시……"

"그렇습니다. 히이라기 다카유키입니다. 그는 한 달 이상 태국에 체류했다가 귀국했죠. 그 사이에 무슨 일을 했냐고 경찰이 물었는데 '여자와 놀았다'라고 대답했답니다."

아스카는 얼굴을 찌푸렸다. 분명 히이라기라면 그랬을 수도 있을 것 같았다. 하지만……

"하지만 놀음이나 하기에 어울리는 시기가 아니지 않나요? 자신의 제자가 연쇄살인범으로 밝혀졌고, 게다가 태국으로 도망쳤으니까."

히라사키가 낮은 목소리로 말했다. 아스카는 필사적으로 머리를 굴렸다. 사 년 전, 가구라 세이이치로에 이어 히이라기가 태국으로 건너갔다. 그건 무엇을 의미하는 걸까?

"연쇄살인사건이 공공연하게 드러나기 전, 가구라 세이이치로는 사카이외과병원에서 일으킨 의료사고로 궁지에 몰렸습니다. 그때 히이라기는 가구라를 도우려고 변호사를 소개해주는 등 최선을 다했습니다. 히이라기와 가구라, 이 두 사람의 사제 관계는 상당히 단단했다고 생각해야겠죠."

화제가 바뀌었다. 불길한 예감이 아스카의 가슴을 스쳐 지나갔다.

"가구라 세이이치로는 지금도 계속 도망치고 있습니다. 사건이 일어난 지 사 년이 다 되어가는데 목격 정보 하나 없죠. 조직에 속한 것도 아닌 개인이 이국땅에서 그렇게까지 완벽하게 숨는 건 힘듭니다. 경찰은 두 가지 가능성을 생각하고 있습니다.

이미 사망했거나……."

히라사키는 거기서 말을 끊고 목소리를 낮췄다.

"아니면 얼굴을 바꿨거나."

"그렇다면 혹시…… 히이라기 선생이……"

목소리가 떨렸다.

"그렇습니다. 히이라기 다카유키가 태국으로 건너가 가구라 세이이치로에게 성형수술을 해주고 다른 사람으로 만들었다. 그래서 가구라 세이이치로는 지금도 도망다니고 있는 것이다. 경찰은 그 가능성도 생각하고 있습니다."

"그럴 리 없잖아요!"

나도 모르게 소리를 지르고 말았다. 주위 손님들의 시선이 모여 아스카는 몸을 웅크렸다.

"왜 '그럴 리 없다'라고 단언하십니까?"

"그야, 히이라기 선생이 그런 일을 할 리가……"

"당신은 히이라기 다카유키를 안 지 얼마 되지 않았습니다. 히이라기가 어떤 인간인지 완벽하게 이해했다고 단언할 수 있습니까?"

"그야……"

"지금 말한 건 어디까지나 경찰의 가설입니다. 저는 이 가설도 포함해 다양한 가능성을 검토하면서 사 년 전의 진실을 폭로할 생각입니다. 그리고 그를 위해서는 히이라기 다카유키의 정보가 필요합니다. 반드시!"

힘이 담긴 목소리로 말하는 히라사키 앞에서 아스카는 말을 잇지 못했다. 히라사키가 몸을 앞으로 내밀었다.

"아사기리 선생님. 그 비참한 사건을 해결하는 데 도움을 주십시오."

머리를 숙이는 히라사키를 두고 아스카는 침묵했다. 히이라기의 경박한 웃음이 뇌리를 스쳤다.

4

"아스카 선생님. 좋은 아침입니다."

아마기 마이, 그러니까 후지이 마이코의 수술 당일, 오전 9시에 아스카가 히이라기 성형클리닉의 문을 열자 낭랑한 목소리가 맞아주었다.

"아, 좋은 아침이네요. 사나에 씨. 감기는 나았어요?"

아스카는 접수대에 앉아 있는 사나에에게 물었다.

"예. 완전히 다 나았어요. 지난주에는 나 때문에 힘드셨죠? 환자분 면담이 있는데 몸져눕기나 하고. 혼자 히이라기 선생님을 상대하는 거, 힘드시지 않았어요?"

사나에는 걱정스러운 듯 예쁜 눈썹을 팔자로 늘어뜨렸다.

"아, 그건 힘들긴 했는데 사나에 씨는 매일 상대하시잖아요."

"예. 시간을 들여 길들이고 있죠."

사나에는 요염한 미소를 지었다. 같은 여성인데도 가슴이 두

근거렸다.

"그런데 환자분은 벌써 오셨나요?"

"후지이 마이코 씨라면 이미 옷도 갈아입고 환자 대기실에서 기다리고 계세요."

"그럼 당장 만나러 가겠습니다."

아스카는 마취과 대기실로 들어가 로커에서 의사 가운을 꺼내 입었다. 방에서 나와 멸균 구역 앞에 있는 환자 대기실 앞까지 가서 가슴에 손을 올리고 크게 심호흡을 했다. 오늘 환자는 왠지 모르겠으나 내게 적의를 품고 있다. 얼굴을 마주하는 데 약간의 각오가 필요했다. 아스카는 문을 노크했다.

"실례하겠습니다."

방에 들어간 순간 날카로운 시선이 쏟아졌다. 환자용 수술복을 입은 마이코가 소파에 앉아 아스카를 노려봤다. 마이코의 옆에는 불안한 듯한 표정의 구사야나기가 앉아 있었다.

"무슨 일이지?"

"아니, 앞으로 십오 분쯤 뒤에는 멸균 구역으로 이동해 거기서 전신마취 준비를 해야 해서……."

"그럼 십오 분 뒤에 부르러 오면 되잖아."

마이코는 아스카에게서 시선을 돌리고 벌레를 쫓듯 손을 휘휘 내저었다.

이 사람, 뭐지? 나는 당신이 안전하게 수술 받도록 노력하고 있는데.

"알겠습니다. 그럼 이만 물러가겠습니다."

아스카는 말투에 화가 묻어나지 않도록 최대한 감정을 억누르면서 방을 나왔다.

"인사는 끝나셨어요? 저는 수술실을 준비해둘게요."

환자 대기실에서 나오니 마침 사나에가 멸균 구역으로 들어가려던 참이었다. 사나에에게 불평을 늘어놓을 생각이었던 아스카는 수술실로 향하는 뒷모습에 대고 말을 걸려다가 직전에 그만뒀다. 사나에는 지금부터 수술 준비를 해야만 하니 방해해선 안 된다. 그렇다면…….

아스카는 원장실 앞으로 갔다. 노크하기 직전 '가구라 세이이치로'라는 이름이 머리를 스치며 절로 손이 멈췄다.

……생각만 하고 있어봤자 소용없어. 아스카는 노크하고 바로 문을 열었다.

"으악!"

비명 같은 소리가 울렸다. 원장실 안쪽에 있는 책상 앞에서 상반신을 드러낸 히이라기가 양손으로 몸을 가리고 있었다.

"……뭐 하시는 거예요?"

"뭐라니? 보면 알잖아. 수술복으로 갈아입고 있지."

"아, 그러세요. 그럼 빨리 갈아입으세요. 저는 괜찮으니까."

합기도부에 있었을 때 남자 부원들이 도장에서 옷을 갈아입었기 때문에 상반신 노출 정도는 아무렇지도 않았다.

"내가 괜찮지 않다고! 뒤로 돌아. 성희롱으로 고소할 거야."

"아, 예."

아스카는 그 자리에서 우회전했다. 뒤에서 황급히 옷을 갈아입는 기척이 났다. 역시, 이 남자가 가구라 세이이치로의 협력자일 리 없어. 한심한 히이라기의 태도를 보고 그런 생각이 들었으나 지난주 히라사키에게 들은 말이 아무래도 뇌리에서 떠나지 않았다.

"이제 됐어. 그런데 무슨 용건이야?"

아스카가 돌아보자 수술복으로 갈아입은 히이라기가 피곤한 얼굴을 하고 있었다.

"아니, 일단 출근했으니까 인사나 드릴까 해서."

"아, 그래. 좋은 아침이야."

히이라기가 마치 연기하듯 말했다.

"안녕하세요……."

"자, 인사 끝났네. 나는 지금부터 수술 직전까지 정신 통일을 해야 해. 아마기 마이와는 이미 인사했으니까 마취가 다 되면 불러줘."

"……예."

아스카는 입술을 내밀면서 인사하고 히이라기에게 원망스러운 눈빛을 보냈다.

"뭐지, 그 눈빛은? 배가 고프면 탕비실에 과자가……."

"별로 배고프지 않아요."

"그래……."

히이라기는 몇 초 동안 의아한 표정으로 아스카를 바라보고는 씩 웃었다.

"혹시 아마기 마이가 또 한 소리 했나?"

바로 속내를 들켜 아스카는 말문이 막혔다.

"아이고, 정답인 모양이네. 뭐야, 남자의 알몸을 보고도 태연한 대범한 여자인 줄 알았는데 의외로 귀여운 부분도 있네."

조금 전의 일을 갚아줄 요량인지, 히이라기는 상당히 즐거워 보였다.

"죄송하네요. 환자에게 불평을 들은 것 정도로 침울해져서."

"아니, 아니야. 그럴 일은 아니지. 자네는 좀 더 그런 면을 부각할 필요가 있어. 그랬다면 스물여덟 살에 남자 친구도 없이 독신으로 남아 있을 일은……"

"여기서 합기도 시범을 보고 싶으세요?"

아스카는 주먹을 쥐고 얼굴 앞에 올렸다. 실실 웃던 히이라기가 한 걸음 물러섰다.

"아, 그 주먹 좀 풀어. 자네는 정말, 왜 자신이 미움을 받는지 모르나?"

"선생님은 아세요?!"

"그야 딱 보면 알지."

"알려주세요! 마이코 씨가 왜 그렇게 절 싫어하는지."

"간단해. 아마기 마이는 자네를 질투하고 있지."

"……질투? 저를?"

뜻밖의 말에 아스카는 미간을 찌푸렸다.

"확실히 자네를 질투하다니 바보 같은 짓이지. 도쿄로 온 지 여러 해가 지났는데도 여전히 촌스럽고 가난하지. 서른이 다 되어가는데 결혼은커녕 애인도 없어. 솔직히 괜찮은 점이 하나도 없잖아."

"지금 저랑 싸우자는 거죠?"

아스카는 다시 주먹을 얼굴 앞으로 들어 올렸다. 이런 상황이라면 얼굴 한 방 정도는 괜찮지 않을까?

"아, 침착해. 확실히 자네는 세상의 눈으로 보면 가진 사람은 아니야. 하지만 지금의 자네 모습이야말로 아마기 마이가 가장 원하는 모습이야."

"곧 삼십 대가 되는 독신을요?"

"아니 그게 아니라. 그런데 자네 의외로 그 부분이 마음에 걸리나 봐."

히이라기는 화제를 바꾸려는 듯 헛기침을 했다.

"꿈을 가지고 마취 연구에 몰두하고 있는 자네의 모습이 아마기 마이에게는 예전의 자신을 떠올리게 할 거야. 어엿한 여배우가 되겠다며 필사적으로 노력하던 자신을."

의기양양하게 말하는 히이라기의 말을 듣고 아스카는 헉하고 숨을 멈췄다.

"히이라기 선생님. ……선생님은 마이코 씨를 도와주실 수 있어요?"

아스카가 주저하며 묻자 히이라기는 깔보듯 콧방귀를 뀌었다.

"자네는 정말 단순하고 사람이 좋아. 바로 전까지 아마기 마이의 태도에 화가 나 있더니 바로 동정하네."

"단순해서 죄송하네요."

"아니야. 죄송할 것까지는 없어. 단순하게 있을 수 있다는 건 어떤 면에서는 소중한 거야. 자네는 그대로 살아. 나처럼 되지 말고."

그때까지 가벼운 말투로 말하던 히이라기의 얼굴에 어두운 그림자가 드리워졌다.

"자, 아사기리 선생, 내가 왜 그토록 아마기 마이의 심정을 이해할 수 있을까. 그리고 왜 보통 성형외과 의사라면 거절했을 수술을 받아들였는지 알겠나?"

"선생님이 마이코 씨 같은 환자를 많이 치료해왔기 때문인가요?"

아스카는 신중하게 단어를 고르면서 대답했다. 히이라기의 얼굴에 자학적인 미소가 떠올랐다.

"아무리 많은 환자를 진찰해도 환자는 어디까지나 타인이야. '환자와 같은 마음으로 치료'한다는 의사도 있지만, 그건 불가능해. 아니, 딱히 비판하려는 건 아니야. 그런 의사들은 아마도 환자의 처지를 생각하면서 최선을 다해 치료할 테니까. 하지만 환자는 의사가 생각하는 것보다 몇 배, 수십 배의 고통을 안고 있으니까.”

히이라기의 웃는 얼굴이 고통스러워 보일 만큼 일그러졌다.

“나는 말이야, 내가 정말 싫어. 아니, 싫다는 말 정도로는 다 표현할 수 없어. 나를…… 증오해. 아마기 마이가 현재의 자신을 증오하는 것 이상으로. 그래서 나는 그녀의 마음을 잘 알지. 나라면 그녀를 고칠 수 있을지 몰라.”

자신을 증오한다. 그렇게 말하는 히이라기를 보면서 아스카는 아무 말도 할 수 없었다. 경박한 가면 뒤에 숨은 히이라기의 본질에 닿은 것만 같은, 그런 느낌이 들었다.

히이라기는 크게 한숨을 쉬었다. 그 표정은 뭔가가 떨어져 나간 것처럼 온화하고 슬퍼 보였다.

“그러니까 나야말로 최고의 성형외과 의사일 수 있는 거야.”

*

규칙적인 심전도 소리를 들으면서, 아스카는 모니터에 표시된 수치를 눈으로 좇고 있었다. 혈압, 맥박, 호흡수, 혈중산소농도, 모든 게 정상값이었다.

별문제 없이 전신마취로 도입된 걸 확인한 아스카는 수술대로 시선을 옮겼다. 입에 삽관 튜브를 끼고 있는 후지이 마이코가 눈을 감고 누워 있었다. 아스카는 링거의 양을 조정하고 근이완제를 투여했다. 이걸로 수술 준비는 끝났다. 벽시계를 보니 시각은 오전 9시 50분이었다.

마이코는 회복실에서 수술 전 준비를 할 때도, 그리고 수술실에 들어와서도 아스카에게 얄미운 소리를 해댔으나 전혀 신경 쓰이지 않았다.

자신을 '천재 성형외과 의사'라고 부끄러워하지도 않고 자칭하는 히이라기. 그는 자신에게 절대적인 자신감을 가진, 자기애 과잉인 인간이라고 생각했다. 그런 남자가 내뱉은 자신에 대한 혐오의 말. 그게 지난 수십 분 동안, 아스카의 머릿속을 지배하고 있었다.

왜 히이라기는 자신을 그토록 증오할까. 가구라 세이이치로가 일으킨 사건과 어떤 관계가 있는 걸까.

"불안하세요?"

"예?"

사나에가 말을 걸어와 아스카는 정신이 들었다.

"이 수술 말이에요. 아스카 선생님, 아까부터 걱정스러운 표정을 짓고 있어서."

"아…… 아, 맞아요. 정말 수술로 마이코 씨를 도울 수 있을까 싶어서……."

아스카는 서둘러 얼버무렸다. 마이코를 걱정하는 것도 사실이긴 했다.

"히이라기 선생님이라면 틀림없이 괜찮을 거예요."

사나에의 말에 아스카는 바로 고개를 끄덕일 수 없었다.

"하지만 이제까지 성형수술을 그렇게 많이 받았는데도 마이코 씨는 괴로워했어요. 아무리 히이라기 선생님이라도……."

사나에는 어두운 얼굴로 말하는 아스카를 십여 초 동안 말없이 바라보다 입을 열었다.

"잠깐 옛날이야기 하나 해도 될까요?"

"예? 옛날이야기요?"

아스카는 눈만 껌뻑였다.

"네. 삼 년 전, 내가 처음 히이라기 선생님을 만났을 때, 내가 히이라기 선생님에게 수술을 받게 되었을 때 이야기요."

아스카의 눈이 크게 벌어졌다. 삼 주 전에는 일부러 피했던 두 사람의 만남 이야기.

"꼭 들려주세요!"

아스카는 몸을 내밀었다.

"사실 저는 돌싱이에요."

사나에는 아무런 예고 없이 말했다. 단도직입적인 고백에 아스카는 당황하고 말았다.

"그, 그래요? 그게 아……"

"전남편과 만난 건 스물네 살 때였어요. 친구 소개로 만났고 상대가 저돌적으로 다가와 교제를 시작해 일 년 후에 결혼했어요. 전남편은 정규직이 아니고 아르바이트로 생계를 이어나가는 사람이라 결혼을 망설이기도 했는데 그렇게까지 좋다고 해준 사람이 없었던 터라 너무 좋아서. 그때는 정말 수수해서 눈에 띄지 않는 외모였거든요."

추억에 잠긴 듯 눈을 가늘게 뜨고 말하는 사나에의 말을 아스카는 잠자코 들었다.

"결혼하자마자 전남편은 본성을 드러냈어요. 일은 전혀 안 하고 제 월급으로 파친코나 경마만 했죠. 속된 말로 '기둥서방'이었어요."

"우와……"

나도 모르게 소리가 새어 나오고 말았다.

"전남편이 자꾸 돈을 요구해서 저는 하던 일 말고도 쉬는 날에는 작은 병원에서 수술 간호사 아르바이트를 했어요. 물론 그때 경험으로 실력이 늘었지만. 일 년이 지나니 남편은 돈이 없어지자 가정폭력을……, 저를 때렸어요."

"아니?! 너무해요!!"

얼굴이 벌겋게 달아오른 아스카는 주먹을 쥐었다. 사나에는 조금 슬픈 듯 미소를 짓고 이야기를 계속했다.

"폭력은 점점 심해졌고 나는 이혼 이야기를 꺼냈어요. 그랬더니 남편은 격앙해 평소보다 더 심하게 때렸죠. ……코가 부러질 정도로. 나는 간신히 도망쳐 친구 아파트로 갔죠."

아스카는 숨을 삼켰다.

"얼굴이 퉁퉁 부어 도저히 눈 뜨고 볼 수 없는 상태였어요. 거울을 봤을 때는 충격으로 자살을 생각했을 정도였죠. 우선 코를 고쳐야겠다고 생각했는데 아는 의사에게는 이런 얼굴을 보여주고 싶지 않았어요. 어찌해야 할지 모르겠더라고요. 그때 나를 집에 묵게 해준 친구가 떠돌아다니는 소문을 들려줬어요. 아주 솜씨가 좋은 성형외과 의사가 개업한다고."

"……그게 히이라기 선생님?"

"예, 맞아요. 내가 여기 온 날이 우연하게도 개업 날이었어요. 내가 사정을 설명하고 선글라스와 마스크를 벗어 얼굴을 보여주자 선생님이 뭐라고 했는지 알아요?"

"모르겠는데요."

"당신은 아름다워요. 당신 같은 사람을 기다렸지."

사나에는 가슴을 펴고 히이라기의 말투를 흉내 내어 말했다. 어이없는 표정을 짓는 아스카 앞에서 사나에는 천천히 눈을 감았다.

5

"당신은 아름다워요. 당신 같은 사람을 기다렸지."

느닷없이 이탈리아 가곡에나 나올 법한 대사를 하는 남자를 보고 사나에는 어이가 없었다.

"저기요……, 무슨 말을 하는 거예요?"

혼란이 가라앉자 점차 화가 치밀었다. 이렇게 코가 삐뚤어지고 눈 주위에는 피멍이 들어 퍼렇게 변색한 얼굴이 '아름답다'니? 놀리는 것도 분수가 있어야지!

"무슨 말이라니 그게 무슨 말이죠? 나는 그저 사실을 말하고 있을 뿐입니다. 당신은 '아름다워요'. 당신은 본인의 매력을 모르고 있을 뿐입니다."

"놀리지 마세요."

"놀려요? 나는 놀리는 게 아닙니다. 아, 가스가 사나에 씨죠. 남편분이 부러뜨린 코를 고치기를 원하신다고 하셨는데, 그걸로는 아깝습니다. 부디 내게 맡겨주세요. 당신을 다시 태어나게 해드리겠습니다!"

연극배우처럼 소리 높여 말하는 히이라기에게 압도되어 사나에는 할 말을 잃었다.

"틀림없이 당신은 본인 얼굴에, 아니, 자신에게 자신감이 없겠죠. 그래서 그렇게 한심한 남자에게 걸려들고 만 겁니다."

남편을 '한심한 남자'라고 하는 말을 들었을 때 입술 끝이 당겨졌다.

"아니, 남편의 험담을 들으니 화가 나시나요? 그런 지독한 일을 당하고도 아직 진심으로 남편을 버리지 못했나요? 왜 그럴까요?"

히이라기는 보란 듯 고개를 기울이며 사나에의 눈을 들여다봤다.

"왜라니……."

"당신은 무서워하고 있어요. 남편분 이외에 당신을 사랑해줄 사람이 없을까 봐. 그래서 남편에게서 떠나지 못하고 있죠."

마음 저 바닥까지 들킨 것 같은 기분이 들어 사나에는 몸을 떨었다. 히이라기는 몸을 내밀었다.

"그 역시 당신이 자신의 매력을 깨닫지 못했기 때문입니다. 가스가 사나에 씨, 내 수술을 받으세요. 그럼 당신의 인생은 극적으로 바뀔 겁니다!"

인생이 극적으로 바뀔 수 있다고? 이 비참한 인생이……. 마음이 심하게 흔들린 사나에가 조심스레 입을 열었다.

"저기, ……수술을 받으려면 비용이 얼마나 드나요?"

"수술비 말입니까? 그게 말이죠, 당신은 이 클리닉의 기념할 만한 첫 번째 환자입니다. 그러므로 파격적인 할인 서비스로 수술비, 입원비, 기타 경비, 나아가 소비세까지 포함해 1천만 엔에 해드리죠!"

"1천만 엔?!"

너무 말도 안 되는 가격에 목소리가 커졌다.

"예. 당신은 아주 운이 좋아요. 보통은 훨씬 많이 받는답니다."

"죄송합니다. 제게는 그런 돈을 낼 능력이 없어요……. 이만 가보겠습니다."

사나에는 자리에서 일어났다. 이제까지 번 돈은 거의 다 남편에게 넘어갔다. 자신이 맘대로 쓸 수 있는 돈은 기껏해야 30만 엔도 되지 않았다.

"돈이 없나요? 그거 곤란하네요. 나는 '예술가'로서 꼭 당신의 아름다움을 끌어내고 싶은데……."

히이라기는 팔짱을 끼고 생각에 잠겼다가 갑자기 고개를 들었다.

"맞다! 돈이 없으면 몸으로 갚으면 되겠네요!"

"이상한 소리는 하지 마세요! 저는 아직 결혼한 몸이에요!"

그러자 서둘러 히이라기가 말했다.

"아, 그런 의미가 아닙니다. 우리 클리닉은 간호사를 구하고 있습니다. 최대한 유능한 수술 간호사를 말이죠."

방을 나가려던 사나에는 천천히 뒤돌아 히이라기를 봤다.

"이야기를 듣자니 당신은 아주 유능한 수술 간호사 같던데요. 어때요? 내 수술을 받는 대신 내 클리닉에서 일할 마음은 없나요? 월급이 꽤 되는데."

히이라기는 형편없는 윙크를 하면서 말했다.

*

너무 무서워. 몸의 떨림이 가라앉질 않았다.

침대 위에서 무릎을 세워 감싸 안고 앉은 사나에는 불안한 나머지 몸을 계속 떨고 있었다. 살며시 뺨에 손을 댔다. 붕대의 부드러운 감촉이 불안을 더욱 키웠다.

이 주 전에 히이라기의 수술을 받았고 오늘이 붕대를 푸는 날이었다. 시각은 이미 오후 8시를 넘어서고 있었다. 예정대로라면 이제 곧 히이라기가 올 것이다.

히이라기의 지시로 지난 이 주 동안, 자기 얼굴이 어떻게 되었는지 확인할 수 없었다. 사나에는 병실을 둘러봤다. 고급 호텔 같은 1인실. 하지만 이 방에는 거울이 놓여 있지 않았다.

'다시 태어날' 거라는 히이라기의 말에 이끌려 최면에라도 걸린 듯 수술을 받았다. 그런데 지금은 공포와 후회에 휩싸여 있었다.

특별히 '아름다워'지고 싶은 마음은 없었다. 다른 얼굴이 되어 남편이 나를 알아보지 못하면 이 지옥 같은 결혼 생활에서 도망칠 수 있을지 모른다는 생각이었다.

거기까지 생각했을 때 심장이 크게 뛰었다. 정말 그럴까. 나와 남편은 아직 이혼 절차를 밟지 않았다. 혹시 내 얼굴이 달라져도 남편과의 관계는 끊을 수 없는 게 아닐까.

불안이 가슴에 가득 찼다. 그때 노크도 없이 벌컥 문이 열리고 히이라기가 병실로 들어왔다.

"가스가 씨, 죄송합니다. 상태는 어떤가요? 새 인생으로 뛰어들 준비는 되셨나요?"

기분이 좋아 보이는 히이라기의 말에 사나에는 살짝 고개를 끄덕였다. 준비 같은 건 되어 있지 않았으나 그래도 빨리 자신의 얼굴이 어떻게 되었는지 확인하고 싶었다.

"그럼 이제 열어볼까요?"

히이라기는 익숙한 손놀림으로 재빨리 붕대를 풀고 손거울을 얼굴 앞에 내밀었다. 거울 속에 비친 얼굴을 보고 사나에는 눈을 의심했다. 거기에 비친 여성은 화장하지 않았는데도 숨이 멈출 정도로 아름다웠다.

가늘고 길지만 또렷한 쌍꺼풀, 얼굴 중심에 오뚝 솟은 콧등. 얇은 입술에 싱그러운 입가. 그 모든 게 완벽한 조화를 이루며 존재했다.

"이게…… 저……?"

사나에는 자신의 얼굴을 정신없이 만져보았다.

"정말 최고로 나왔어요."

가슴을 펴고 말하는 히이라기에게 사나에는 힘없이 고개를 끄덕였다.

정말 얼굴은 아름다워졌다. 그러나 처음 느낀 감정은 기쁨이 아니라 불안이었다. 나는 이런 얼굴이 될 만한 가치가 있을까. 나 같은 한심한 여자가 외모만 아름다워진다고 무슨 의미가 있을까.

남편의 얼굴이 뇌리를 스치자 사나에의 몸이 굳었다. 이런 얼굴을 보고 남편은 어떻게 생각할까. 얼굴이 예뻐졌으니 나에 대한 독점욕이 더 강해져 이혼해주지 않는 게 아닐까. ……하지만 이렇게 예뻐졌으니 그 사람도 조금은 내게 다정해지지 않을까.

"남편분을 생각하시나요?"

고개를 숙이고 생각에 잠긴 사나에의 시야에 갑자기 몸을 웅크린 히이라기가 들어왔다.

"어떻게……?"

"잘 알죠. 당신은 남편분에게 얽매여 있으니까요. 아마 이런 생각을 하지 않았을까요? 이렇게 예뻐졌으니까 그 사람이 조금은 다정해지지 않을까, 아닌가요?"

속내를 정확하게 들켜 경악하고 있는 사나에에게 히이라기는 종이봉투를 내밀었다.

"이게 뭔가요?"

"드레스입니다. 사이즈는 맞을 겁니다. 갈아입고 화장하세요."

"드레스? 화장?"

사나에는 무슨 뜻인지 알 수 없어 미간을 찌푸렸다.

"물론 한잔하러 가는 겁니다. 수술에 성공했으니 축배라도 들어야죠."

"저는 그럴 기분이……. 이제 친구 집으로 돌아가야 하고……"

당황하며 말하는 사나에 앞에서 히이라기는 검지를 좌우로 흔들었다.

"같이 가셔야 합니다. 이것도 치료의 일환이니까요."

*

낯선 하이힐 탓에 발밑이 불안했다. 사나에는 어두컴컴한 바를 혼자 걸으면서 신경질적으로 실내를 둘러봤다.

수십 분 전, 옷을 갈아입고 화장을 끝낸 사나에는 히이라기에게 이끌려 거의 반강제로 택시에 태워졌고 긴자 외곽에 있는 술을 잔 단위로 파는 바에 왔다.

"무슨 소리죠? 이것도 치료라니……."

영문도 모르고 끌려온 사나에는 가게 앞에서 히이라기에게 따져 물었다.

"유감스럽게도 당신은 아직 아름답지 않아요. 당신의 진짜 아름다움은 아직 나오지 않았죠. 당신은 아직 '작품'으로서 미완성입니다."

히이라기는 진심으로 즐거운 듯 말했다.

"……여기서 뭘 해야 '완성'이 되나요?"

"이해가 빠르네요. 이래서 머리 회전이 빠른 여성이 좋아요."

"제가 뭘 해야 하죠?"

사나에가 될 대로 되라는 듯 말하자 히이라기는 말도 안 되는 말을 꺼냈다.

사나에는 히이라기의 지시를 떠올리면서 가게 안쪽으로 들어갔다.

정말 여기에 그 사람이 있다고? 눈에 초점을 맞추면서 사나에는 가게 안을 천천히 훑었다. 다음 순간, 온몸이 부르르 떨렸다.

있다! 가게 안쪽 카운터 자리로 시선을 던진 순간, 온몸의 털이 곤두섰다. 맥주잔을 기울이면서 포획물을 찾는 짐승 같은 눈으로 주위를 둘러보고 있는 남자. 그것은 사나에의 남편, 가스가 소스케였다.

"이 가게에서 지금, 당신의 남편분인 가스가 소스케 씨가 술을 마시고 있어요. 당신은 혼자서 바에 들어가 남편분을 만나세요."

몇 분 전, 히이라기는 그렇게 말하고 바 입구를 가리켰다.

"지, 지금 뭐라고요……?"

사나에는 혼란스러워하며 되물었다.

"당신 남편인 가스가 소스케는 매주 금요일, 이 바에서 술을 마시면서 혼자 오는 여성을 유혹하죠. 뭐, 성공률은 그리 높지 않지만 말입니다."

"어떻게 그런 걸 아시죠?! 남편 이름도 알려드리지 않았을 텐데요."

"탐정을 고용해 다 조사했습니다. 당신 남편분이 가스가 소스케라는 것도, 그가 어떤 일상을 보내는지도."

사나에는 귀를 의심했다.

"뭐라고요?! 왜 그런 일을?"

"당연히 당신을 치료하기 위해서죠. 나는 '아름다움'을 위해 필요하다면 무슨 일이든 합니다. 이를테면 그게 법에 저촉되는 일이라도."

"……제게 무슨 짓을 시킬 셈이에요?"

흥분해 떠드는 히이라기에게서 위험한 분위기를 감지한 사나에가 조그만 목소리로 물었다.

"아니, 별것 아닙니다. 남편분의 유혹에 넘어가세요."

히이라기는 진심으로 기쁜 듯 말했다.

이 사람, 제정신일까? 사나에는 천천히 소스케에게 다가갔다. 한 걸음 내디딜 때마다 심장 고동이 빨라졌다. 사나에는 소스케에게서 한 자리 건너 자리를 잡았다.

"안녕하세요. 무엇으로 하시겠습니까?"

바텐더가 상냥하게 물어왔다.

"아, 예…… 마티니."

당황하며 주문한 순간, 옆얼굴에 시선을 느낀 사나에의 몸이 굳어졌다. 소스케가 이쪽을 보고 있었다.

혹시 나라는 걸 알아차렸을까? 얻어맞고 집을 뛰쳐나온 후 한 달 가까이 몸을 숨겼다. 그런 나를 이런 데서 발견하면 이 사람은 격노해 두들겨 팰 것이다. 사람들 눈 따위는 신경도 쓰지 않으리라. 미쳐 날뛸 때의 그는 손쓸 도리가 없었다. 자리에서 일어난 소스케가 바로 옆자리에 앉는 기척을 느끼고 사나에는 눈을 질끈 감았다.

"혼자 오셨나요?"

"예?"

사나에가 눈을 떴다.

"놀라게 해서 죄송하네요. 그저 혼자 오셨으면 같이 마시고 싶어서요."

소스케는 사뭇 정중하게 말했으나 그 표정은 먹이를 기다리는 개처럼 치근거리며 당장이라도 침을 흘릴 것만 같았다.

이 사람, 나라는 걸 몰라? 사나에는 눈을 깜빡거렸다.

"저기…… 제가 불편하신가요?"

사나에의 어이없어하는 표정을 보고 소스케가 목을 움츠렸다. 너무나 연약한 모습에 가슴에 똬리를 틀고 있던 공포가 녹아내리기 시작했다.

"아니요. 저도 이야기 상대가 필요한 참이었어요."

사나에는 바텐더가 카운터에 내려놓은 마티니 잔을 들면서 미소 지었다. 그것만으로도 소스케는 한껏 신나 입을 헤벌쭉 벌렸다.

대화에 어려움은 없었다. 소스케의 한없는 자기 자랑을 흘려들으면 그만이었으니까. 소스케가 자신은 IT업계의 청년 실업가이며 연봉은 5천만 정도고 포르쉐를 몰고 다닌다고 했을 때는 웃음을 참느라 혼났다.

이야기를 들을수록 가슴속에 퍼져 있던 공포가 옅어졌다.

한심한 남자. 여자를 유혹하기 위해 수백 가지의 거짓말을 늘어놓으며 허세를 떨고 있다.

나는 왜 이런 남자를 두려워했을까? 이 남자는, 결국은 내게 기생하지 않으면 제대로 살 수 없는 왜소한 존재였을 뿐이었다.

그걸 깨달은 순간 갑자기 몸이 가벼워졌다. 온몸을 묶고 있던 사슬에서 풀려난 것 같았다. 감미로운 감각에 흔들려 황홀해 있던 사나에는 소스케의 말에 제정신을 차렸다.

"아, 죄송해요. 뭐라고 하셨죠?"

"아니, 앞으로 무슨 일정이 있으신가 해서."

소스케의 눈이 반짝였다. 조금은 속셈을 숨겨봐. 사나에는 당장 이 자리에서 자신의 정체를 드러내고 싶다는 욕망에 사로잡혔으나 필사적으로 그 충동을 참아냈다.

여기까지는 히이라기의 지시를 따랐다. 그렇다면 마지막까지 지시대로 해보자. 처음 앞으로의 행동에 대한 설명을 들었을 때는 그런 일이 가능할 리 없다고 생각했다. 하지만 지금이라면 쉬울 것 같았다.

사나에는 생각이 많은 듯 한숨을 짓고 손가락 끝으로 소스케의 턱을 다정하게 쓰다듬었다. 소스케는 어쩔 줄 모르겠다는 표정을 드러내며 몸을 떨었다.

"그거, 나를 유혹하는 건가요? 나와 자고 싶어요?"

드라마 대사 같은 소리를 하는 자신이 우스웠다. 소스케는 "……아니, ……그건"이라며 어쩔 줄 몰라 했다.

"당신, 기혼자잖아요. 반지를 안 끼고 있어도 다 알아요. 나는 말이에요, 기혼자랑은 안 자요. 나중에 귀찮아지니까."

"무, 무슨 소리예요? 독신인데! 결혼이라니……."

사나에는 거품을 무는 입술에 검지를 대고 입을 다물게 했다.

"거짓말하면 안 돼요. 여자는 남자의 거짓말을 바로 알 수 있으니까요."

"아니! 나는 정말……"

"어머, 아직도 고집을 부리네. 실망이야."

"자, 잠깐만!"

자리에서 일어난 사나에의 손을 소스케가 잡았다.

"미안해. 당신 말대로 결혼했어. 하지만 곧 이혼할 거야. 아내는 돈을 펑펑 써대는 데다 바람까지 피워서……. 그 녀석이 거부해 아직 성립되지 않았지만 곧……"

돈을 펑펑 써대는 것도 바람을 피우는 것도 이혼을 거부하는 것도 전부 당신이잖아. 사나에는 정말 어이없어하면서 매달리는 소스케를 내려다봤다.

"이혼 직전이구나. 그럼 하룻밤 함께해도 되겠지만……, 증거가 필요한데."

"증거?"

소스케는 금방이라도 울음을 터뜨릴 것 같은 얼굴로 올려다봤다.

"그래요. 증거. 내일 이 시간, 당신 이름이 적힌 이혼신고서를 여기로 가지고 와요. 그럼 하룻밤 보내줄게요."

사나에가 윙크하자 소스케는 장난감 인형처럼 고개를 까딱까딱 끄덕였다.

다음 날, 사나에가 히이라기와 같이 바에 가자 소스케는 이미 카운터 자리에 앉아 불안해하며 주위를 둘러보고 있었다. 이번에는 히이라기도 가게 밖이 아니라 소스케에게서 떨어진 카운터 자리에 앉아 상황을 지켜봤다. 그런 히이라기를 슬쩍 보고 사나에는 소스케에게 다가갔다. 이제 남편을 봐도 긴장감은 없었다. 발걸음이 아주 가벼웠다.

사나에의 모습을 확인한 소스케는 어린애처럼 손을 흔들었다. 그 모습이 너무 우스꽝스러워 얼굴이 풀어지고 말았다.

"여기 맥주요."

사나에는 소스케의 옆자리에 앉으면서 바텐더에게 주문했다.

"어라, 오늘은 맥주야? 어제는 칵테일만 마시더니."

친근하게 말을 걸어오는 소스케에게 사나에는 가볍게 콧방귀를 뀌었다.

"오늘은 그게 좋을 것 같아서."

사나에의 말에 고개를 기울이며 소스케는 가방에서 한 장의 종이를 꺼냈다.

"약속한 거, 가져왔어."

사나에는 내민 종이를 아무렇게나 잡고 읽었다. 이혼신고서, 그 신청인의 '남편' 칸에 '가스가 소스케'의 사인이 있었고 도장도 제대로 찍혀 있었다.

"정말 이혼신고서가 맞네. 이제 사모님이 사인하고 시청에 제출하면 당신은 독신이네. 자, 당신은 정말 독신으로 돌아가고 싶어요? 사모님에게 미련은 없나?"

"그럼, 당연하지. 그 녀석만 받아들이면 당장이라도 헤어질 거야."

"그래? 그 말을 들으니까 안심이네."

사나에는 백에서 만년필을 꺼냈다. 바텐더가 사나에 앞에 거품이 가득한 맥주잔을 놓았다.

"저기, 당신, 내 이름을 안 물어보네."

소스케는 "응?" 하고 고개를 기울였다. 아무래도 자신이 어제, 이름조차 묻지 않았다는 걸 모르는 모양이다.

"아, 정말 미안해. 깜빡했네. 그럼, 새삼스럽지만 이름이나 알려줘."

"좋아."

서둘러 무마하려는 소스케에게 웃어주면서 사나에는 만년필 뚜껑을 열었다.

"이게 내 이름이야."

사나에는 신청인의 '아내' 칸에 '가스가 사나에'라고 유려하게 사인했다.

"뭐? 사나에?"

사인을 바라보다 놀란 목소리로 중얼거린 소스케는 고개를 들어 사나에를 봤다. 의아하다는 듯 가늘어진 눈이 점점 커졌다.

"아? 아니…… 아?!"

뒤집힌 목소리에 바에 있던 사람들의 시선이 모였다.

"사…… 사나에?"

"이제야 알았어? 정말 한심한 남자네. 불륜하려고 유혹한 상대가 자기 아내인 기분은 어때?"

소스케는 입을 커다랗게 벌린 채 "아, 아아……"라고 신음만 냈다. 사나에는 이혼신고서를 손에 들었다.

"당신 희망대로 한시라도 빨리 이혼해줄게. 아아, 절차는 내가 전부 밟을 테니까 안심해. 당신은 그저 두 번 다시 내 앞에 나타나지 않으면 돼."

"자, 잠깐⋯⋯."

사나에는 소스케가 내민 손을 뿌리치고 잔을 들어 맥주가 가득 든 잔을 소스케의 얼굴에 힘껏 뿌렸다. 소스케는 얼굴을 가리고 소리 없는 비명을 질렀다.

몸을 돌려 입구로 향하자 떨어진 자리에 앉아 있던 히이라기가 일어났다.

"아, 이건 저 여성의 맥줏값과 청소비."

바텐더에게 여러 장의 만 엔짜리 지폐를 건넨 히이라기는 사나에와 나란히 서서 손을 허리에 댔다.

"정말 훌륭했어요. 아, 이제 가스가가 아니라⋯⋯"

"잇시키입니다. 잇시키 사나에."

사나에는 히이라기의 팔에 자기 팔을 감았다.

"자, 잇시키 사나에 씨. 당신은 이 순간 다시 태어났습니다. 지금 자신감에 넘친 이 모습이 정말 아름답습니다. 지금의 당신이야말로 진정한 자신입니다. 기분은 어떠세요?"

사나에가 윙크했다.

"최고예요. 아, 그리고 선생님, 지금부터 저는 환자가 아니라 클리닉의 직원이니까 편하게 말하세요."

"그렇군. 정말 그래. 그럼 사나에 씨, 다시 말하지만 잘 부탁해요. 함께 내 클리닉을 성공시켜 보자고."

"저야말로 잘 부탁드릴게요. 히이라기 선생님."

팔짱을 낀 두 사람은 가게 안의 사람들이 바라보는 가운데 바를 떠났다.

*

"다음 날 서류를 제출하고 이혼했어요. 그 후 전남편과는 만나지 않았고요. 죄송해요. 이야기가 너무 길어져서."

이야기를 끝낸 사나에는 아스카에게 미소를 지었다.

"멋지네요⋯⋯."

아스카는 저도 모르게 중얼거렸다. 사나에는 당황하며 가슴 앞에서 손을 흔들었다.

"그렇지 않아요. 전부 히이라기 선생님이 계획한 거니까. 뭐, 그렇게 해서 나는 이 클리닉에서 일하게 되었어요."

"그랬군요."

"히이라기 선생님은 구렁텅이에 빠져 있던 나를 구해줬어요. 그러니까 아마 후지이 씨도 히이라기 선생님이라면 도울 수 있을 거예요. 나와 마찬가지로."

"그럼 좋겠는데⋯⋯"

"아마 괜찮을 겁니다. 아, 선생님, 오셨네요."

멸균 구역에 수술복을 입은 히이라기가 나타난 걸 보고 사나에가 목소리를 높였다.

"준비는 끝난 것 같군."

수술실에 들어온 히이라기는 천천히 수술대로 다가와 후지이 마이코의 얼굴을 들여다보고 크게 양손을 펼쳤다.

"자, 그럼 '아마기 마이'를 철저하게 무너뜨리자고."

6

드디어 오늘이었다. 머리맡 탁자에 놓인 탁상 달력을 보면서, 후지이 마이코는 들뜬 마음을 필사적으로 억눌렀다.

히이라기라는 성형외과 의사의 수술을 받은 지 이 주일이 지났다. 하루가 천 년과도 같은 심정으로 오늘을 기다렸다. 모든 게 그 성형외과 의사가 이상한 정책을 고집했기 때문이다. 이 주 동안 거울이 없는 병실에서 거의 고립 상태로 지냈다. 넓은 방이라 병실이라고 해도 편안한 건 사실이었으나 그래도 침울했다.

마이코는 뺨을 만졌다. 순면의 부드러운 감촉이 손끝으로 전해졌다. 이 밑에 있는 얼굴은 정말 아름다워졌을까? 갑자기 가슴 저 밑바닥에 침전물처럼 가라앉아 있던 불안이 하염없이 솟아올랐다.

마이코는 양손으로 어깨를 감싸고 몸을 웅크린 채 침대 위에서 덜덜 떨기 시작했다.

지금까지 수술을 받을 때마다 '아름다움'이 조금씩 사라졌다. 언제부터인가 거울이 두려웠고 증오스러워졌다.

마이코는 초점 없는 시선을 벽으로 던지며 생각했다. 왜 이렇게 되었을까? 옛날에는 더 순수했는데. 어느새 나는 이렇게 더러워졌나. 아무리 생각해도 답은 나오지 않았다. 가슴이 절망으로 가득 찼다.

아니, 괜찮을 거야! 마이코는 격렬하게 고개를 저었다. 더러워졌기에 거금을 들여 히이라기에게 수술을 받은 게 아닌가.

히이라기 다카유키의 소문은 훨씬 전부터 알고 있었다. 이른바 돈에 눈이 먼 인격 파탄자.

실제로 만나보니 듣던 대로였다. 그러나 어느 소문이나 그의 인간성을 비난한 다음에는 이런 말이 이어졌다. 그의 수술은 마법과 같다고.

히이라기는 이렇게 추한 내게 마법을 걸어줄 것이다. 그리고 나는 모두가 부러워하는 미모를 손에 넣고…….

상상이 거기서 끊겼다. 미모를 손에 넣고 연예계에 화려하게 복귀하는 것. 그게 정말 내가 바라는 걸까……. 이렇게 만들어진 얼굴을 세상에 내놓는다고 무슨 의미가 있을까?

하염없이 벽을 바라보던 마이코는 멀리서 여러 명의 발소리가 다가오는 걸 들었다. 입구의 미닫이문이 벌컥 열렸다.

"실례하겠습니다. 아마기 마이 씨, 몸은 어떠세요?"

잔뜩 들뜬 목소리가 방에 울렸다. 마이코는 살짝 혀를 찼다.

처음 만났을 때부터 이 성형외과 의사의 태도가 영 마음에 거슬렸다.

히이라기에 이어 아사기리와 잇시키가 병실로 들어왔다. 마이코의 짜증이 더 강해졌다.

괜스레 한없이 밝은 히이라기, 명백히 자신을 능가하는 미모를 지닌 잇시키, 순수했던 때의 자신을 떠올리게 하는 아사기리. 이 세 사람을 만날 때마다 비난받는 느낌이 들었다.

"구사야나기는 어디 있나요?"

"아, 구사야나기 씨는 복도에서 기다리라고 했습니다. 붕대를 풀고 마지막으로 사소한 처치를 해야 해서요. 그게 끝나면 부를 겁니다."

히이라기가 다가왔다.

"처치?"

"예. 그렇습니다. 아무래도 메스가 닿은 부분은 피부가 딱딱해지기 쉬우니까요. 특수한 액체로 그 부분을 부드럽게 해야 자연스러운 표정을 만들 수 있습니다."

"그래요? 그럼 빨리 시작해요."

"물론 그래야죠. 그럼 얼굴을 좀 보겠습니다. 어떻게 완성되었는지."

히이라기는 콧노래를 흥얼거리면서 마이코의 얼굴에서 붕대를 풀기 시작했다. 지난 이 주 동안 이 얼굴을 덮고 있던 천이 제거되었다.

다음 순간, 즐겁게 붕대를 풀던 히이라기의 얼굴이 굳어졌다. 살짝 열린 히이라기의 입에서 "윽"이라는 신음이 새어 나왔다.

"어?! 왜 그래요? 내 얼굴이 어떻게 됐는데?"

"자, 잠깐 기다리세요. 지금부터 마지막 처치를 할 테니까요. 그게 끝나지 않으면 아무것도 알 수 없어서……."

어색하기 짝이 없는 히이라기의 태도를 보니 불안이 커졌다.

히이라기는 노골적으로 시선을 돌리고 액체를 묻힌 거즈로 마이코의 얼굴을 세게 닦아내기 시작했다. 마치 단단히 달라붙은 더러움을 벗겨내듯.

마이코는 얼굴이 닦이는 동안 실눈을 뜨고 잇시키와 아사기리를 봤다. 둘 다 굳은 표정으로 안됐다는 듯 마이코의 얼굴을 응시하고 있었다.

그만둬! 그런 눈으로 보지 마! 목구멍 깊은 곳에서 끓어오르는 비명을 마이코는 필사적으로 삼켰다. 히이라기가 손을 멈췄다.

"이게 한계네요."

히이라기는 한숨을 섞어가며 중얼거리고 뒤에 있는 잇시키를 향해 손을 뻗었다. 잇시키는 가방에서 꺼낸 손거울을 주저하며 히이라기에게 건넸다.

"아마기 마이 씨, 이게 당신의 새 얼굴입니다."

히이라기는 될 대로 되라는 식으로 말하고 마이코에게 손거울을 건넸다.

"……어?"

마이코는 거울을 응시하면서 수없이 눈을 깜빡였다. 거울에 비친 게 '무엇'인지 알 수 없었다. 뇌가, 그리고 마음이 현실을 거부했다.

"이거……"

마이코가 갈라진 목소리로 중얼거린 순간 거울 속 '그것'의 입이 움직였다.

마이코는 눈을, 그리고 입을 벌릴 수 있는 한계까지 벌렸다. 거울 속 '그것'도 같이 움직였다.

"싫어!"

절망으로 가득 찬 비명이 병실을 채웠다. 그게 자기 입에서 터져 나온 것인지 아니면 거울 속 '괴물'이 소리친 것인지, 마이코는 구별할 수 없었다. 아니, 어느 쪽이라도 마찬가지였다. 거울에 비친 '괴물'. 그게 바로 자신이니까.

거울에 비친 얼굴은 인간의 얼굴이라고는 생각할 수 없을 정도로 무시무시했다. 눈꺼풀이 뒤집혀 올라가 붉은 점막이 드러난 눈. 돼지처럼 여러 겹의 주름이 잡히고 콧구멍이 훤히 드러난 코. 화상 흉터처럼 피부가 당겨져 울퉁불퉁한 얼굴. 잇몸이 훤히 보일 정도로 뒤집힌 입술. 그것은 강한 산을 끼얹어 피부가 타들어가는 중인 것 같았다.

마이코는 머리를 감싸고 몸을 웅크렸다. 두피에 손톱이 박혀 날카로운 통증이 찾아왔다.

견디기 힘든 현실에 마음이 무너져간다. 세계가 무너져간다.

고통스러워. 아무리 숨을 들이쉬어도 숨쉬기가 힘들어.

"아이고, 과호흡을 일으켰나 보네."

멀리서 히이라기의 목소리가 들려왔다. 마이코는 "살려줘!"라고 소리치려고 했으나 숨을 쉴 수 없어 헐떡거릴 뿐이었다.

"마이코!"

미닫이문이 힘차게 열렸다. 고개를 든 마이코의 눈은 문 앞에 선 구사야나기의 모습을 잡아냈다. 숨 막히는 증상이 조금 가벼워졌다.

"괜찮아?! 도대체 무슨 일이……"

구사야나기의 시선이 마이코의 얼굴에 쏟아졌다. 구사야나기는 눈을 부릅뜨고 입을 다물어버렸다. 마이코는 순식간에 두 손으로 얼굴을 가렸다. 구사야나기에게만은 이런 괴물 같은 얼굴을 보여주고 싶지 않았다.

"히이라기 선생님! 이게 어떻게 된 일입니까!"

구사야나기의 성난 목소리가 울렸다. 마이코는 양손으로 얼굴을 덮고 손가락 틈으로 상황을 살폈다.

"죄송합니다. 보시는 대로입니다."

"보는 대로……. 마이코의 얼굴이 이렇게……"

구사야나기는 산소가 부족한 금붕어처럼 입만 뻐끔거렸다.

"그러니까 보시는 대로 수술은 실패했습니다. 유감입니다."

"유감이라니. 설마 그걸로 끝낼 생각입니까!"

구사야나기는 얼굴을 벌겋게 붉혔다. 그러나 히이라기는 꿈쩍도 하지 않았다.

"당연히 이걸로 끝낼 생각입니다. 물론 수술비도 받을 겁니다. 그야 수술비는 성공보수가 아니니까요."

"웃기네! 어떻게 그렇게 태연할 수 있지?!"

"저는 하나도 잘못하지 않았으니까요."

히이라기는 쓱 구사야나기의 얼굴 근처까지 다가와 슬쩍 미소를 지었다.

"저는 처음부터 분명히 말씀드렸습니다. 정말 어려운 수술이고 성공은 보장할 수 없다고. 그런데도 아마기 마이 씨는 수술해달라고 부탁했죠."

"그렇다고 이렇게……"

반론하려는 구사야나기에게 히이라기는 양복 주머니에서 종이를 꺼내 들이밀었다.

"이건 수술 동의서입니다. 여기에 분명히, 힘든 수술이고 실패할 수 있다는 것. 실패했을 때 지금보다 미적인 면에서 떨어질 가능성이 있다는 것. 만약 수술을 받을 경우, 그 위험 요소를 충분히 이해하고 받아들일 것. 그런 내용이 적혀 있고 마지막에는 아마기 마이 씨의 사인과 도장이 찍혀 있죠."

이를 악물고 서류를 노려보던 구사야나기가 목소리를 쥐어짜냈다.

"알겠습니다. 알았으니까 부디…… 한 번 더 수술해주십시오."

"한 번 더?"

히이라기는 의아하다는 듯 되물었다.

"예, 그래요. 한 번 더 수술해 마이코를 수술 전 얼굴로 돌려주십시오. 물론 수술비는 별도로 드리겠습니다."

"가능하면 받아들이고 싶지만, 유감스럽게도 불가능합니다."

"불가능하다니, 왜요?"

"이 점도 이 주 전에 말씀드렸습니다. 이제 아마기 마이 씨의 얼굴은 본격적인 성형수술을 견딜 수 없습니다. 아니, 굳이 해달라고 하시면 집도하지 못할 것도 없으나 틀림없이 지금보다 더 심해질 겁니다."

"아니······"

구사야나기는 너무 황망한 듯한 표정으로 중얼거리고 히이라기의 양복으로 손을 뻗었다.

"선생님, 부탁드립니다. 아무리 그래도 이건 너무합니다."

히이라기에게 매달리는 구사야나기의 모습이 너무 가슴 아파, 마이코는 더는 보고 있을 수 없었다.

"······이제 됐어."

마이코가 모깃소리 같은 목소리로 말했다. 구사야나기가 "응?"하며 마이코에게로 시선을 돌렸다.

"더는 ······뭘 해도 소용없을 테니까."

마이코가 조용히 말했다. 분노는 어느새 사라지고 없었다. 아니, 분노만이 아니었다. 이제는 가슴속을 아무리 뒤져도 모든 감정이 사라지고 없었다.

너무나 절망적인 현실에 마음이 견디지 못해 전기 차단기가 떨어지듯 아무것도 느낄 수 없게 된 건지도 몰랐다. 그렇다면 그걸로 됐다. 이대로 아무것도 느끼지 않고 싶었다. 죽을 때까지.

히이라기의 말에도 일리가 있었다. 확실히 나는 이렇게 될 가능성을 이해하고도 억지로 수술을 받았다. 모든 일은 스스로 벌인 것이다.

나는 왜 이렇게 될 때까지 멈출 수 없었던 것일까?

고개를 숙인 마이코의 시야에 가죽 구두가 들어왔다. 고개를 드니 히이라기가 바로 앞에 서 있었다.

"그럼 이만 실례하겠습니다. 아마기 마이 씨, 아니 후지이 마이코 씨라고 부르는 게 좋겠죠. 유감스럽지만 그 얼굴로는 연예계로 돌아갈 수 없을 테니까요. 그야말로 '아마기 마이'는 오늘로 이 세상에서 사라졌다고 해도 되겠죠."

마이코는 입술을 벌리고 반쯤 일그러뜨리면서 히이라기의 말을 들었다. '아마기 마이'는 사라졌다. 이제 나는 '아마기 마이'를 그만둬도 된다. 몸이 떠오르는 것만 같았다.

"'아마기 마이'가 아니라면 아름다움에 집착해 성형수술을 계속 받을 필요도 이제 없죠. 아이러니하게도 그렇게 되기 위해 얼굴이 엉망이 될 때까지 수술을 되풀이해야 했다니. 그야말로 비극입니다."

히이라기는 얼굴을 가까이 대고 마음속까지 꿰뚫어 보는 듯한 눈으로 마이코의 눈동자를 들여다봤다.

"그런데 말입니다. 후지이 마이코 씨. 당신은 왜 그토록 '아름다움'에 집착했습니까? 당신은 아름다워져 어떻게 되고 싶었습니까?"

"나는 그저……"

열에 들뜬 것처럼 중얼거리면서, 마이코는 과거를 떠올렸다. 어릴 때부터 뛰어날 게 없는 아이였다. 지금은 은행에 근무하는 오빠, 그리고 공무원이 된 언니와 비교당해 자주 비참한 기분이 들었다. 유일하게 가끔 칭찬받는 점이 나름 단정한 이목구비였다. 그래서 그걸 더 살려보려고 연예계를 동경했다.

"나는…… 인정받고 싶었어……."

아니, 그게 아니야. 처음 성형수술을 받고 '아마기 마이'가 되어 인정받았다. 그런데 마음은 언제나 갈증에 시달렸다. 내가 정말 바란 건…….

"……사랑."

그 말이 무의식중에 입 밖으로 흘러나왔다. 그 순간 아무것도 느끼지 못했던 가슴에 예리한 통증이 내달렸다.

맞아. 사랑이야. 나는 누군가에게 사랑받고 싶었어.

첫 성형수술을 받은 뒤에는 외모나 재산을 보고 달려드는 남자는 썩어 넘칠 정도로 많았다. 하지만 그들과 시간을 보내도 갈증은 사그라지지 않았다. 있는 그대로의 나를 받아줄 사람. 단한 사람이면 되니 그런 사람이 필요했다.

아, 얼마나 바보 같았는지! 외모에 끌려 접근하는 남자들을 경멸하면서 외모만 아름다워지면 나를 진심으로 사랑해주는 사람을 찾을 수 있다고 생각하다니.

텅텅 비었다고 확신했던 가슴이 슬픔으로 채워졌다. 시야가 흐려졌다. 마이코는 어깨를 떨면서 손으로 얼굴을 덮었다.

"그렇습니까? 그런데 유감이네요."

히이라기는 오열하는 마이코를 내려다보면서 얄미운 소리를 해댔다.

"이제야 정말 원하는 걸 찾았는데 이런 지독한 얼굴이어서는 아무도 사랑해주지 않겠네요. 앞으로 당신이 외롭게 보낼 생각을 하니 동정이 갑니다. 그래도 제 책임은 아니니까……"

거기까지 말한 순간, 히이라기가 보기 좋게 나가떨어졌다.

"더는……! 더는 마이코를 모욕하지 마!"

히이라기의 얼굴에 주먹을 날린 구사야나기는 씩씩대며 마이코에게 다가가 한쪽 무릎을 꿇었다.

"마이코, 나와 결혼해줘."

"어?"

무슨 말을 들었는지 이해가 되지 않았다.

"나와 결혼해 함께 인생을 걸어줘. 부탁해."

뭐지? 무슨 일이 일어난 거지? 자신을 올려다보는 구사야나기를 보며 혼란스러운 마이코의 시선은 허공에서 방황했다.

"구사야나기 씨, 무슨 말이야……, 진심이야……?"

마침내 자신이 프러포즈를 받았다는 사실을 깨달은 마이코는 조심스럽게 중얼거렸다.

"농담으로 이런 말을 할 리 없잖아?"

고개를 든 구사야나기는 힘이 담긴 눈빛을 던졌다.

"하지만 나……, 이런 얼굴이 됐는데……."

"그런 건 상관없어! 당신이 아무리 얼굴로 힘들어하더라도 내가 곁에 있을게."

아, 그런가? 마이코는 드디어 이해했다. 왜 구사야나기가 갑자기 프러포즈했는지.

"……그건 안 돼. 기쁘긴 하지만 나는 동정으로 결혼하고 싶지는 않아. 이렇게 된 것은 내 탓이야. 구사야나기 씨까지 같이 고생할 필요는 없어."

"동정이 아니라고!"

구사야나기가 벌떡 일어나 마이코의 손을 양손으로 맞잡았다.

"동정으로 인생의 반려자를 결정할 만큼 나는 가벼운 사람이 아니야. 계속 당신을 봐왔어. 계속 당신을 사랑했다고. 하지만 서로 처지가 다르니까 한 번도 전하질 못했다고. 그런데 이제 당신은 '아마기 마이'가 아니잖아. 그렇다면 내게도 기회가 있는 거잖아."

모든 것을 드러내고 돌격하는 것 같은 구사야나기의 말에 몸이 떨리기 시작했다. 어느새 멈췄던 눈물이 다시 솟아나 눈앞이 흐려졌다.

"이런 얼굴인데…… 그래도 괜찮아……?"

"당신의 외모에 반한 게 아니야! 얼굴이라면 괜찮아. 내가 더 좋은 성형외과 의사를 찾아낼 거야. 반드시 원래 얼굴로 돌려놓을게. 그러니까 한 번만 더 말할게. 마이코, 부디 내 아내가 되어줘."

몸 안에서 유리가 깨지는 듯한 소리가 났다. 그와 동시에 둑이 무너지듯 흘러나온 눈물이 얼굴을 적셨다. 조금 전까지의 차가운 눈물이 아니라 뜨거운 눈물이.

입을 열었지만 "하겠다"라는 말 대신 오열이 흘러나와 좀처럼 대답할 수 없었다. 마이코는 필사적으로 고개를 끄덕였다.

짝짝짝 하는 박수 소리가 방 안에 울렸다. 마이코는 소리가 나는 쪽을 봤다. 어느새 일어난 히이라기가 천천히 손뼉을 치고 있었다.

여유로운 미소를 지으면서 손뼉을 치는 모습은 어쩌면 멋져 보이려고 하는 것일지 모르지만, 코피가 아직도 흐르고 있던 터라 너무 한심해 보였다. 잇시키가 손수건으로 히이라기의 얼굴에 묻은 피를 닦았다.

"고마워. 아, 아직도 피가 묻었나? 코가 비뚤어지진 않았지?"

"비뚤어지진 않았는데 코피가 좀처럼 멈추지 않아요."

두 사람의 대화를 보니 마이코의 기분이 점점 가라앉았다. 모처럼의 감동적인 장면이 엉망이 되고 말았다.

"히이라기 선생님, 아직도 무슨 용건이 있나요? 빨리 나가주세요. 때린 걸 사죄할 생각은 없습니다. 경찰을 부르고 싶으면 맘대로 하세요."

구사야나기가 짜증스럽게 말했다.

"경찰을 불러요? 그럴 일은 없습니다. 나는 경찰이란 녀석을 정말 싫어합니다. 권력을 등에 업고 선량한 시민을 박해하죠. 정말 구역질이……. 아니, 그런 거야 아무래도 상관없습니다. 나는 이 결혼을 축하하고 싶을 뿐입니다. 축하드립니다."

히이라기는 요란하게 축하의 말을 떠들며 양손을 펼쳤다.

"하지만 새옹지마군요. 누군가에게 사랑받기 위해 '아름다움'을 추구한 당신이 그 '아름다움'을 완전히 잃은 결과 진실한 사랑을 얻었네요."

쉴 새 없이 떠드는 히이라기의 모습에 구사야나기의 뺨이 굳어갔다.

"빨리 돌아가주세요. 이제 당신 얼굴은 보고 싶지 않습니다."

"그래요? 그거 유감이군요. 다만 마지막 용건이 하나 있습니다. 마이코 씨, 당신에게 사죄하고 싶습니다."

마이코가 히이라기를 노려봤다.

"뭐요? 새삼 무슨 소리죠? 자신에게는 아무런 책임이 없다면서요?"

"분명 수술에 대해서는 사과할 생각은 없습니다. 사죄할 것은 아까 당신 얼굴에 바른 액체에 대해서죠."

"액체?"

마이코는 영문을 몰라 그 말을 되뇌었다.

"예. 조금 아까 알았는데요. 저걸 우리 마취과 의사가 실수로 잘못 집어준 것 같아요. 폐를 끼쳤습니다."

아사기리가 놀란 얼굴로 자신을 가리키면서 "어? 저요?"라며 중얼거렸다.

"그런 이유로 물러나기 전에 닦아드리죠."

히이라기는 가방 안에서 다시 거즈를 꺼내 병에 담긴 액체를 묻히고 다가왔다.

"무슨 짓을 하려는 겁니까?"

구사야나기가 마이코를 지키려는 듯 막아섰는데 히이라기는 "방해가 되네요"라며 그 몸을 밀쳤다. 마이코에게 다가간 히이라기는 거즈를 든 손을 성큼 뻗었다.

"눈을 감아주세요. 좀 냄새가 날 수 있으니 참아주세요."

얼굴에 거즈를 댔다. 눈에 날카로운 자극이 와 마이코는 황급히 눈을 감았다. 자극적인 냄새가 코를 찔렀다.

히이라기가 꽤 세게 얼굴을 계속 문지르자 마이코는 강한 불안을 느끼기 시작했다. 도대체 무슨 일이 일어나고 있는 걸까. 갑자기 "아아……"라는 구사야나기의 오열 같은 목소리가 고막을 흔들었다. 불안이 더 커졌다.

"이 정도면 될까. 마이코 씨, 눈을 떠도 됩니다."

마이코가 조심스럽게 눈을 뜨자 구사야나기가 얼굴을 잔뜩 일그러뜨린 채 눈물을 흘리고 있었다.

"왜 그래? 내게 무슨 짓을 한 거야?!"

눈앞에서 실실 웃고 있는 히이라기에게 마이코가 떨리는 목소리로 말했다. 히이라기는 질문에 답하지 않고 손거울을 내밀었다. 마이코는 반사적으로 얼굴 앞에서 두 손을 교차시켰다. 아무리 받아들일 생각이라도 추한 자신의 얼굴을 다시 보고 싶지 않았다.

"……마이코."

다정한 목소리가 들려왔다. 어느샌가, 구사야나기가 손거울을 들고 서 있었다.

"……괜찮아. ……괜찮다고. 그러니까 봐."

구사야나기의 충혈된 눈을 바라본 마이코는 각오를 다지고 실눈을 떠 손거울을 봤다. 다음 순간, 마이코는 가늘게 뜨고 있던 눈을 크게 떴다.

거울 속에 짐승처럼 추한 얼굴은 없었다. 그 대신 거기에는 예전의 자신이 있었다. 꿈을 품고 상경했을 무렵의 자신이. 물론 그때처럼 젊지는 않지만, 눈, 코, 입가, 얼굴 윤곽, 그 모든 데 자신의 얼굴이 있었다. 마치 성형수술을 받지 않고 나이를 먹은 것처럼.

"이거……"

혼란스러워 말이 나오지 않았다.

"뼈를 깎아 비정상적으로 얇아진 부분은 보형물로 보강했고 허벅지에서 채취한 지방세포를 이식해 성형했습니다. 또 턱과 코에 들어 있던 보형물은 제거했습니다. 다른 부분에는 침습이 적은 작은 수술을 해 전체적으로 균형을 맞췄습니다."

히이라기는 자랑스럽게 수술에 관해 설명하기 시작했다.

"이 얼굴이야말로 당신에게 있어 최고의 '아름다움'이라고 생각해 수술했습니다. 어떠십니까?"

"아, 아까의 지독한 얼굴은……"

"아, 그거요! 실수로 영화 같은 데서 쓰는 특수분장용 접착제를 칠하고 말았습니다. 그 탓에 모든 얼굴 피부가 죄어들어 무시무시한 얼굴이 되었습니다. 아이고, 우리 마취과 의사의 실수로 놀라게 해드려서 죄송합니다."

히이라기의 뒤에서 아사기리가 불만스럽게 뺨을 부풀렸다.

"어떠십니까? 제 수술에 만족하십니까? 솔직히 말해 지금의 당신에게는, 화면에 나오는 순간 바로 사람들을 매료시킬 만한 매력은 없습니다. 하지만 저에게는 드라마에 나오거나 수영복 화보를 촬영했을 때보다 지금이 더 아름답습니다. 이제 '아마기 마이'는 이 세상에서 사라져버렸습니다. 부디 이제는 '후지이 마이코'로서 자연스러운 아름다움을 추구하세요. 남편분과 같이 말입니다."

히이라기는 잘난 척하며 말했다.

아아, 우리는 이 남자의 손바닥 안에서 춤을 췄구나. 정말 완전히 히이라기에게 속았다는 걸 깨달았지만 화가 나지는 않았다. 그러기는커녕 눈앞의 성형외과 의사에게 감사의 말이 한없이 샘솟았다.

어깨에 손이 올라왔다. 돌아보니 촉촉한 눈의 구사야나기가 부드러운 미소를 짓고 있다. 마이코는 그 손 위에 자기 손을 올리고 히이라기에게 미소를 지었다. 자신이 원래 가지고 있던 미소를.

"히이라기 선생님. 당신은 최고의 성형외과 의사예요."

"예. 알고 있습니다."

당연하다는 듯 대답한 히이라기의 코에서 주르륵 한 줄기 코피가 흘렀다.

*

"아파, 아프다고!"

"괜찮아요? 선생님. 코피는 멈춘 것 같은데."

아이처럼 소리를 질러대는 히이라기의 얼굴을 사나에가 다정하게 손수건으로 닦는 모습을 아스카는 어처구니없는 표정으로 바라보고 있었다.

"다 큰 어른이니 그만한 상처에 우는 소리 좀 하지 마세요."

"어른이냐 아이냐는 중요하지 않아. 아픈 건 아픈 거라고!"

"예, 예."

아스카는 어깨를 움츠리고 곁눈질로 복도 안쪽에 있는 마이코의 병실을 봤다. 십여 분 전, 구사야나기의 프러포즈를 받아 '아름다움'에 대한 병적인 집착에서 해방된 마이코는 지금 그 방에서 구사야나기와 행복한 시간을 보내고 있을 것이리라. 그리고 그 행복을 만들어낸 것은 틀림없이 히이라기였다.

"그렇게 세게 맞을 일은 아니었잖아?"

히이라기가 원망스럽다는 듯 말했다.

"완전히 자포자기 아니었을까요? 마이코 씨에게 그렇게 심한 말을 하니. 아무리 연기라도 너무했어요."

히이라기의 폭언을 떠올리며 아스카는 얼굴을 찡그렸다.

"그 정도가 아니면 그 속 깊은 남자의 진심을 꺼낼 수 없었을 거야."

"그럴지도 모르죠. 그래도 성공했으니 다행인데, 만약 구사야나기 씨가 고백하지 않았으면 어쩔 셈이었어요?"

"그랬으면 유감이지만 실패지. 그래서 나는 반드시 성공할 수 있는 건 아니라고 설명해둔 거야. 다만 성공할 가능성이 아주 크다고는 생각했지."

"왜 그렇게 자신했어요?"

"왜라니, 자네. 구사야나기의 태도를 보면 너무 빤하지 않아? 후지이 마이코에 대한 헌신, 그리고 그녀를 보는 눈. 마치 사춘기 아이 같았어. 보고 있는 내가 다 부끄러웠어. 사나에 씨도 알아차렸지?"

"예. 처음 봤을 때부터 그런 분위기는 느꼈죠."

질문을 받은 사나에는 미소로 대답했다. 아스카는 입술을 쭉 내밀었다.

"어차피 나는 몰랐어요. 둔해서 죄송하네요."

"정말 어이없네. 그러니까 서른이 다 되어가는데 애인도 없지……."

"정말 코를 부러뜨려드릴까요? 그건 그렇고 선생님에게도 따뜻한 부분이 있군요. 맞으면서까지 둘의 행복을 위해 큐피드 역할을 하다니."

"행복을 위해? 바보 같은 소리 좀 하지 마. 나는 둘이 행복하든 불행의 늪에 빠지든 전혀 관심 없어. 내 관심은 '아름다움'을 살리는 것뿐이야. 다만 후지이 마이코의 '아름다움'을 끌어내기 위해서는 그녀가 사랑받고 행복해지는 게 필요했어. 그게 다야."

아이고, 못된 척하기는. 아스카는 쓴웃음을 지었다. 그때 히이라기의 품에서 재즈가 울렸다. 히이라기는 품에서 스마트폰을 꺼냈다.

"아, 예. 누구시죠?"

스마트폰을 얼굴 옆에 댄 히이라기는 평소와 다름없이 경박한 말투로 말했다. 그러나 곧 그의 표정이 얼어붙었다.

"히이라기 선생님, 왜 그러세요?"

점점 얼굴이 창백해지는 히이라기를 보고, 사나에가 걱정스럽게 물었다. 스마트폰을 든 히이라기의 손이 툭 떨어졌다.

"클리닉에…… 불이 났대."

*

탄 냄새. 완전히 변해버린 입구에서 아스카는 마스크 위로 코를 막았다.

전화를 받자마자 아스카 일행은 클리닉으로 향했다. 거기서 본 것은 맨 꼭대기에서 연기를 토해내는 빌딩과 주위를 둘러싼 소방차들의 벽이었다.

아스카 일행이 도착하고 십여 분 만에 불은 꺼졌다. 발화점이었던 히이라기의 클리닉이 맨 꼭대기 층이라 다른 층으로는 옮겨붙지 않아 부상자도 없었다고 한다. 그 후 몇 시간 동안 현장 검증이 이루어져 아스카 일행이 클리닉에 들어갈 수 있게 된 때는 이미 밤이었다.

"……너무해."

클리닉의 참상을 직접 보고 아스카는 아연실색했다. 새하얀 대리석이 깔린 바닥은 대량의 재와 물로 연못처럼 되어 있었고 그 자리에 있던 소파는 금속 골격만 남기고 자취를 감췄다. 언제나 사나에가 앉아 있던 접수대는 진료기록부를 보관하던 책장이 거대한 숯덩어리가 되었고 컴퓨터까지 속속들이 타서 변형되어 있었다.

옆에서 허수아비처럼 우두커니 서 있던 히이라기의 표정은 충격으로 풀어져 넋이 나간 것만 같았다.

"발화점은 이 접수대 근처인 것 같습니다. 이 근처가 특히 심하게 탄 흔적이 있습니다."

소방대원이 접수대 근처를 가리키면서 설명을 시작했다.

"저기, 이런 빌딩은 스프링클러가 설치되어 있지 않나요? 이렇게 다 탈 수 있나요?"

아스카가 묻자 소방대원의 얼굴에 복잡한 표정이 떠올랐다.

"스프링클러는 작동한 것 같은데 그보다 불길이 더 강했죠."

"불길이 강하다니, 기껏해야 탕비실의 가스버너 정도 말고는 불을 사용하지 않는데요. 접수대에서 그렇게 강한 불이 일어나다니……. 그렇죠? 사나에 씨."

아스카가 동의를 구하자 히이라기를 부축하듯 기대 있던 사나에가 고개를 끄덕였다.

"이 클리닉, 누군가에게 원한을 산 일은 없나요?"

아스카는 대원의 질문에 미간을 찌푸렸다.

"그게 무슨 소리죠?"

"아니, 이 근처에서 대량의 연소 촉진제를 사용한 흔적이 있어서요."

"연소 촉진제?"

"화석연료 같은 거요. 이번에는 아무래도 휘발유가 사용된 것 같습니다."

아스카는 귀를 의심했다. 살펴보니 사나에는 아연한 채 경직

되어 있었다.

"휘발유라고 하면……"

"네. 상황으로 보건대 방화가 틀림없습니다. 범인은 대기실과 접수대에 대량의 휘발유를 뿌리고 불을 붙인 듯합니다. 소방대원이 돌입했을 때 입구의 문 유리가 크게 깨져 있었고 잠겨 있지 않았습니다. 그래서 이 클리닉에 원한을 산 사람이 없는지……"

"전혀 모르겠습니다."

느닷없이 경직된 목소리가 대원의 말을 막았다. 돌아보니 조금 전까지 얼어붙은 듯 우두커니 서 있던 히이라기가 험악한 표정을 짓고 있었다.

"하지만 아까도 말씀드렸듯 상황적으로 방화가 틀림없어서."

"무차별 방화가 아닐까요?"

히이라기의 대답에 대원은 당황스러운 표정을 지었다. 당연하다. 문을 깨고 실내로 침입해 휘발유를 뿌리고 불을 붙였다. 무차별 방화범이 그런 성가신 일을 할 리가 없다.

"아, 그리고 말입니다. ……그럼 이쪽을 봐주겠습니까?"

대원은 대기실 안쪽으로 가서 수술실 등이 있는 청결 구역으로 이어지는 문을 열었다. 아스카 일행은 아직 현장 검증을 계속하고 있는 소방대원들 사이를 헤치고 나아갔다.

"아, 다행이네. 여기는 전혀 타지 않았네."

사나에가 가슴을 쓸어내렸다. 그 말대로 수술실로 이어지는 복도와 회복실에는 화마의 흔적이 보이지 않았다. 대원은 왜 이리로 데리고 왔을까?

의문을 표하는 아스카 앞에서 대원은 수술실로 들어왔다. 뒤를 이어서 수술실에 한 걸음 내디딘 아스카는 그 자리에서 얼어붙었다.

"이런 걸 발견했습니다."

대원은 방 안쪽 벽을 가리켰다. 거기에는 피처럼 선명한 붉은색으로 거대한 문자가 적혀 있었다.

나는 너를 절대 용서하지 않는다.

너 때문에 나는 파멸했다.

내 목숨을 걸고 너를 죽이겠다.

떨면서 그때를 기다려라.

가구라

시야에서 원근감이 사라졌다. 마치 글자들이 덮쳐오는 것만 같았다.

가구라 세이이치로. 그 연쇄살인범이 이 클리닉에 침입해 불을 질렀다고? 그 남자는 태국에 있을 텐데? 왜 가구라가 히이라기 선생을 노리지?

격렬한 현기증이 덮쳐와 아스카는 비틀거렸다.

"이 '가구라'라는 이름에 짚이시는 게 없으세요?"

대원의 질문을 들은 아스카는 조심스럽게 옆에 선 히이라기를 살폈다.

"전혀 모르겠습니다. 아, 맞다! 아사기리 선생."

억양이 전혀 없는 목소리로 대답한 히이라기는 아스카를 봤다. 유리구슬처럼 감정이 전혀 드러나지 않은 눈동자에 빨려 들 것만 같은 착각이 들었다.

"자네는 해고야."

"아니…… 예?!"

"서, 선생님, 무슨 말씀을……?"

사나에도 눈을 커다랗게 떴다.

"이래서는 당분간 전신마취할 수술을 잡을 수 없어. 그럼 마취과 의사는 필요하지 않지. 쓸모도 없는 인재를 고용해봤자 돈 낭비야."

"아, 이럴 수가……."

아스카는 떨리는 목소리로 중얼거렸다. 혼란에 이어진 혼란으로 뇌세포가 단전되어 버린 듯했다.

"아, 계약대로 이번 달 월급에 보상으로 삼 개월분 월급을 합쳐 합계 400만 엔을 이달 말까지 선생 계좌로 넣겠네. 그 정도면 충분히 여유를 가지고 다음 아르바이트를 찾을 수 있을 거야. 안심해도 좋아. 아사기리 선생. 마취과 의사로서 선생의 능력은 일류야. 선생을 고용하고 싶어 하는 외과 의사는 많을 거야. 그럼, 짧은 기간이었으나, 신세 많이 졌어."

히이라기는 담담하게 말하고 몸을 돌려 수술실에서 나갔다.

"이, 히이라기 선생님, 잠깐만 기다리세요!"

사나에가 서둘러 히이라기의 뒤를 쫓았다. 아스카는 둘의 등이 멀어지는 모습을 그저 멍하니 바라보는 수밖에 없었다.

막간 3

드디어 때가 왔다. 어두컴컴한 세면실에서 가구라 세이이치로는 고개를 숙이고 어깨를 떨고 있었다.

드디어, 히이라기 다카유키와 승부를 낼 수 있다. 내 인생을 빼앗아간 그 남자와.

지난 사 년간, 줄곧 기다려왔다. 기회를 내내 기다려왔다.

가구라는 사 년 전을 떠올렸다. 그 햇볕이 내리쬐는 태국에서 히이라기에게 속아 모든 걸 빼앗겼다.

내내 히이라기를 존경했다. 그 마법 같은 기술에 심취했다. 그러나 히이라기는 내게 마법이 아니라 저주를 걸었다. 너무나도 잔혹한 저주를.

히이라기와 마지막 승부를 내면 틀림없이 이 고통에서 해방되리라. 그를 위해 필요한 말들도 다 갖추었다. 이제는 히이라기가 어떻게 나올지를 예상하고 필요한 곳에 말을 배치하기만 하면 된다. 그게 성공했을 때 나는 해방된다.

가구라는 고개를 들었다. 눈앞에 거울이 있었다. 그 거울에 비친 얼굴을 보고 얼굴 근육이 꿈틀거렸다. 가구라는 주먹을 움켜쥐고 힘껏 휘둘렀다.

거울에 닿기 직전에 주먹이 멈췄다. 팔이 툭 떨어졌다.

안 돼. 지금 손을 다치면 안 된다. 이 손이 만들어낼 마법, 히이라기에게 배운 그 기술이 필요하다.

당신이 가르쳐준 마법, 그걸 사용해 대가를 치르게 해주지.

가구라는 거울 속 자신을 노려보고 낮은 웃음소리를 냈다. 짐승이 으르렁거리는 듯한 소리가 벽에 부딪혀 어둡고 좁은 세면실에 울려 퍼졌다.

제4장

두 개의
페르소나

1

전차가 지나가는 소음과 근처에 있는 노숙자의 종이 상자 집에서 나는 쉰내에 압도된 채, 아스카는 걸음을 옮겼다. 신바시역의 가드레일 아래, 수십 미터 앞에 있는 붉은 포렴을 내건 꼬치구이 집에서 엄청난 연기가 나고 있었다. 아스카는 포렴을 걷었다.

귀가 아플 정도로 소란스러운 가게 안은 퇴근길 회사원으로 가득했다. 담배와 닭고기를 굽는 연기가 섞여 안개처럼 피어오르는 실내를 둘러보다 원하는 인물을 찾았다.

있다. 가게 안쪽에 있는 2인용 자리에 낯익은 남자가 벌건 얼굴로 맥주잔을 기울이고 있었다.

"죄송해요. 스와노 선배."

"아! 아사기리! 기다리다가 먼저 시작했어."

아스카가 맞은편 자리에 앉자 이 년 선배이자 순환기내과 의사인 스와노 료타가 새빨간 얼굴에 미소를 지었다.

"얼굴, 빨개요."

아스카는 쓴웃음을 짓고 점원에게 맥주 큰 잔을 주문했다.

대학 시절, 합기도부에 들어갔던 아스카는 어쩌다 무도 계열 운동부의 합동 회식 자리에서 유도부였던 이 스와노를 만나게 되었다. 의사가 된 후에도 심근경색 등으로 스와노가 주치의를 맡은 환자가 마취과가 관리하는 응급실로 종종 실려 와서 잡담을 나누는 사이가 되었다.

"그런데 왜 이렇게 더러운 가게예요?"

아스카는 연기 때문에 가볍게 기침을 했다.

"여기 말이야, 학창 시절 때부터 자주 오던 단골 가게야. 그래서 마음이 편해."

"오늘은 제가 내니까 좀 더 괜찮은 가게여도 됐는데."

"아무리 그래도 후배에게 비싼 식사나 대접받을 순 없지."

"그건 아니죠. 선배의 정보망을 이용하는 거니까 오히려 싼 거죠."

스와노는 매우 사교적인 성격과 행동력을 갖춰 믿기 힘들 정도로 넓은 교우 관계를 지니고 있었다. 그 범위는 그가 근무하는 준세이의대 부속병원뿐만 아니라 전국 대학병원을 망라한다. 대학 시절, 동아리 교류 시합 때마다 지인을 늘렸고 그 지인을 통해 또 지인을 계속 만들었다고 한다. 뭐, 그저 회식에서 요란을 떠는 걸 좋아하는 것일 뿐이라고 아스카는 보고 있지만.

그 결과 완성된 거대한 정보망은 다들 그를 보고 '의료계의 CIA'라고 부를 정도였다. 며칠 전, 아스카는 스와노에게 몇 가지 조사를 부탁한 대신 이날 술값을 내기로 약속했다.

"그래서 선배, 부탁한 건……."

점원이 가져온 맥주를 한 모금 마시고 아스카가 운을 떼자 스와노가 입을 내밀었다.

"느닷없이 본론으로 들어가는 거야? 오랜만에 한잔하는데 뭐 재미있는 이야기 없어?"

"괜히 빙빙 돌리지 말아요. 도대체 무슨 말이 듣고 싶은데요?"

"그러게. 예를 들면 아사기리에게 남자 친구가 생겼다는 보고라던가."

"남자 친구요? 없어요, 없어. 요즘 그런 이야기는 도통 없네요."

"그럴 것 같더라."

"……무슨 뜻이죠?"

아스카가 오른손 주먹을 쥐었다.

"아니야, 아냐! 농담이야, 농담. 그러니까 그렇게 화내지 말아. 그런데 말이야, 바로 그런 점 때문에 남자들이 다가가질 못하는 게 아닐까? 학생 때 '아사기리는 꽤 귀여운데 사귀면 매일 얻어

맞을 것 같아'라고 이야기했던 놈도 있어."

"그런 일은 안 해요!"

아스카는 목소리를 높이고는 잔에 든 맥주를 벌컥벌컥 마셨
다.

"그랬구나. 너한테 남자 친구가 생겼다는 소문을 들었는데 헛
소문이었네."

스와노는 심드렁하게 말하고 삶은 풋콩을 입안으로 던져 넣
었다.

"나한테 남자 친구가요?"

"지난달에 간호사가 병원 근처 카페에서 너와 젊은 남자가 차
마시는 걸 봤다고 하더라고."

지난달…… 아스카는 기억을 더듬었다. 금세 그게 뭔지 짐작
했다. 히라사키와 가미야초 카페에서 이야기를 나눌 때였다. 설
마 그 장면을 누가 봤을 줄이야.

"그건 그런 게 아니에요."

"어라? 그런 게 아니라면 남자와 만난 건 부정하지 않는다는
소리네. 상당히 괜찮은 남자라던데."

스와노는 싱글싱글 웃어댔다. 이렇게 되면 이 사람은 끈질겨
지는데…….

아스카는 "그러니까 그런 게 아니라고요"라고 말하면서 히라
사키의 얼굴을 떠올렸다. 이야기를 듣고 보니 확실히 히라사키
의 얼굴은 나름 잘생긴 편일 수도 있겠다.

"실은 나, 좀 걱정했어. 이러다간 네가 실험용 쥐와 결혼하는 게 아닐까 해서."

"괜한 걱정이시네요!"

아스카는 맥주를 마시면서 생각했다. 그러고 보니 몇 년이나 애인이 없었지? 초기 연수, 후기 연수, 대학원까지 너무 바빠서 그런 생각을 할 여유조차 없었다. 그의 말대로 연애 이야기와 연이 너무 없었는지 모르겠다.

히라사키……. 멍하니 허공을 바라보던 아스카는 정신을 퍼뜩 차렸다.

"그보다 선배, 이제 좀 부탁한 거나 알려줘요."

"아이, 벌써? 나는 네 소문을 더 캐내고 싶은데."

"몇 년 전부터 완전 솔로예요! 이제 만족해요?"

"아니, 그게 아니라……. 알았어. 왠지 미안하네."

스와노는 목을 움츠리고 옆에 있던 가방에서 수첩을 꺼내 획획 넘기기 시작했다. 그렇게 사과해버리면 오히려 비참해진다고요…….

"아, 그러니까 우선 네가 아르바이트하는 클리닉의 선생에 관한 거였지?"

"예."

이미 잘렸지만요. 아스카는 속으로 중얼거리면서 끄덕였다.

"히이라기 다카유키 말이지. 성형외과 쪽 지인에게 물어봤는데, 너 정말 굉장한 데서 일하더라. 그 히이라기 다카유키라는 의사, 성형외과 세계에서는 전설적인 인물이래. 좋은 의미로도, 나쁜 의미로도."

"구체적으로는?"

반쯤 답을 예상하면서 아스카가 물었다.

"우선 '좋은 의미'는 정말 솜씨가 좋대. 아무리 말도 안 되는 의뢰라도 어렵지 않게 수행한다는 거야. 옛날에 히이라기 다카유키의 수술을 본 적 있다는 성형외과 의사가 말하길, 진짜 천재라더라. 그리고 '나쁜 의미'는 오로지 돈만 좇는다는 점. 수술비로 1천만 엔 가까이 요구하기도 한다더라."

아니에요, 전신마취 수술은 최저 요금이 1천만 엔이랍니다……. 아스카는 속으로 한마디 했다.

"그것뿐만 아니라 위험한 인물들과도 어울린다더라. 큰돈만 받을 수 있으면 범죄자의 얼굴을 바꿔 도망을 돕는다는 소문도 있어. 뭐, 어디까지나 소문이라 증거가 있는 건 아니지만."

스와노가 탐색하는 듯한 시선을 던졌다. 아스카는 얼굴에 동요가 드러나지 않도록 힘을 주었다.

"알겠어요. 그럼 경력은……?"

"경력에 관해서는 인터넷과 내 정보망으로 얻을 수 있는 걸 종합했을 때……"

스와노는 수첩으로 시선을 떨궜다.

"히이라기 다카유키는 1998년에 난카이의대 의학부를 졸업한 후 난카이의대 성형외과 교실에 입국했고 거기서 초기 연수를 받았어. 연수의 시절부터 천재의 가능성을 보였다고 하더라. 그리고 초기 연수를 마친 히이라기는 갑자기 의국을 그만두고 해외로 갔어."

"해외? 해외라니 어디요?"

어느 정도 경험을 쌓은 연구의가 해외 연구기관으로 유학하는 건 종종 있는 일이지만 연수를 끝내자마자 해외로 갔다는 건 거의 들은 바 없었다.

"구체적으로 어떤 나라인지는 몰라. 다만 아는 성형외과 의사에게 물어봤더니 동남아시아, 이를테면 싱가포르 같은 곳은 일본보다 훨씬 많은 수술을 경험할 수 있대. 그런 데서 수술 경험을 쌓은 게 아닐까 하더라. 몇 년 후, 일본에 돌아왔을 때 히이라기의 기술은 초인에 가까웠다네. 그리고 지유가오카에 성형외과 클리닉을 열었고."

"지유가오카……."

그곳이 사 년 전, 가구라 세이이치로가 불을 질렀던 클리닉……. 그리고 이번에 또 히이라기의 클리닉에 방화가 일어났다…….

"아, 그리고 다음은…… 가구라 세이이치로의 경력이었지?"

"아, 예."

생각에 빠져 있던 아스카는 정신을 차리고 자세를 고쳤다.

"아니, 나도 네 이야기를 들었을 때는 놀랐어. 자기가 일하는 클리닉 원장이 가구라 세이이치로의 관계자라며 조사해달라고 하니까."

"우연히 알게 되어서……. 아, 그리고 놀라서……. 조금 더 자세히 알고 싶더라고요. 있잖아요! 괜한 문제에 말려드는 건 아닐까 싶고……."

아스카는 어쩔 줄 몰라 하며 얼버무렸다. 스와노에게는 '아르바이트하는 곳의 원장이 가구라 세이이치로의 관계자라서 그러니까 자세히 조사해달라'라고만 밝혔다.

"아, 당연히 신경 쓰이지. 아, 가구라 세이이치로의 경력은 여러모로 조사했는데 뭐 하나 분명한 게 없어."

"선배가 조사하지 못하는 것도 있네요."

"아니, 내가 천리안을 지닌 것도 아니니까. 다만 가구라 세이이치로의 정보는 뒤죽박죽이야. 솔직히 뭐가 진실인지 알 수 없어."

확실히 인터넷에서 조사했을 때도 가구라의 경력에 관해서는 여러 설이 섞여 있었다.

"하지만 일본에서 의사 생활을 했다면 어느 정도는 알 수 있는 거 아니에요?"

"그게 말이야, 가구라는 일본에서 의사 생활을 거의 하지 않았어."

"예?"

"가구라가 2002년에 소메이의대를 졸업하고 의사국가시험에 합격한 건 확실해. 내 지인 중에 가구라의 이 년 후배로 그와 아는 사이인 사람이 있으니까."

이 사람, 정말 인맥이 넓구나.

"그 사람이 말하길, 가구라는 초기 연수를 받지 않고 해외로 갔대."

"해외로? 왜? 어느 나라?"

"그게 확실치 않아. 그 사람도 연수를 받지 않고 해외로 갔다는 소문밖에 모르더라. 그리고 다음으로 가구라의 존재가 확인된 게 바로 사 년 전이야."

"……사카이외과병원 의료사고죠?"

아스카의 질문에 스와노가 무겁게 고개를 끄덕였다.

"맞아. 그 사건이 전국적으로 방송되어서 내 지인도 가구라가 일본에 돌아와 성형외과 의사로 있다는 걸 알고 놀랐대."

가구라 세이이치로는 졸업 후 해외로 나갔고, 어느새 히라기의 제자가 되었다. 해외에서 가구라는 도대체 무슨 일을 했을까?

"가구라 세이이치로가 어떤 남자였는지 물어봤어요?"

"물론이지. 그 정도는 저널리스트로서 당연한 거야."

"언제부터 저널리스트가 됐죠? 그래서 뭐라고 했어요?"

"엄청 머리가 좋았다고 해. 학생 때도 늘 1, 2등을 다투는 수재였대. 활발한 성격이었는데 사람들과는 못 어울렸다고. 어딘가 그늘이 있었다더라. 친구도 적었고. 쉽게 말하면 괴짜지. 그래서 가구라 세이이치로가 연쇄살인범이라는 소리를 듣고 처음에는 놀랐지만, 내심 이해도 되더래. 그 사람이라면 할 수도 있겠다 싶었다고."

아스카는 고개를 저었다. 이야기를 들을수록 가구라 세이이치로라는 남자의 모습이 흐려졌다.

꼬치를 씹으면서 웅얼거리는 스와노를, 아스카는 찬 두부를 젓가락으로 무너뜨리면서 슬쩍 눈을 떠 쳐다봤다. 이걸로 스와노에게 의뢰한 건들에 관한 이야기는 거의 다 들었다. 남은 것은 '그 건'이 어떻게 되었는지를 묻는 것이다.

찬 두부를 입으로 가져가면서, 아스카는 타이밍을 쟀다. 이건은 부탁했을 때 의아하다는 반응을 보였다. 자연스럽게 묻지 않으면 괜한 걱정을 끼치게 될 것이다.

맥주를 다 마시고 점원에게 차가운 사케를 주문한 스와노는 완전히 취한 것 같았다. 지금이라면 괜찮을 수도 있겠다. 아스카는 조심스레 입을 열었다.

"그런데 선배. ……하나 더 부탁한 건 어떻게 됐어요?"

자연스럽게 물을 작정이었는데 목소리가 높아지고 말았다. 기분 좋게 웃고 있던 스와노의 눈이 순간 가늘어졌다.

"그건 그러니까, ……혹시 그 건?"

스와노는 아스카의 눈을 들여다봤다. 아스카는 저도 모르게 시선을 피해버렸다.

"아…… 예."

"그건 일단 찾아보긴 했는데 아직 본인과 연락되진 않았어.

시간이 더 걸릴 것 같아."

"아…… 그래요. 번거롭게 해드려서 죄송해요."

아스카는 양손으로 맥주잔을 잡고 상황을 수습하듯 맥주를 마셨다.

"저기 말이야, 너, 이상한 짓 하려는 건 아니지? 사카이외과병원 사건에서 가구라 세이이치로와 같이 수술에 들어간 병원장과 이야기하고 싶다니."

스와노는 의심스러운 시선을 던졌다.

"아니, 그건……"

아스카는 말을 흐리면서 열흘쯤 전의 일을 떠올렸다.

*

클리닉에 불이 나고 히이라기에게 해고를 선언당한 날로부터 일주일이 지난 날의 늦은 오후, 아스카는 패밀리 레스토랑의 칸막이가 있는 소파 자리에서 히라사키 신고와 마주 앉아 있었다. 아직 저녁 식사를 하기에는 이른 시간이라 가게 안에 손님은 적었다.

"……그렇게 됐네요."

이야기를 끝낸 아스카는 음료 바에서 가져온 우롱차를 빨대로 마셨다.

"그랬군요. 잘 알겠습니다. 고맙습니다."

히라사키는 끼고 있던 팔짱을 풀면서 감사 인사를 건넸다.

"히이라기의 클리닉에 불이 났다는 정보는 들었으나 설마 그런 일이 있었을 줄이야."

히라사키는 심각한 표정으로 낮게 말했다. 아스카는 먹다 만 파르페에 숟가락을 찔러 넣었다.

"괜찮은 정보조? 그럼 이번에는 히라사키 씨가 제게 정보를 줄 차례에요."

"정보요?"

히라사키는 놀란 표정을 드러냈다.

"당연하죠. 제가 굳이 화재가 난 걸 알려주기만 하려고 당신을 불러냈을 것 같아요?"

"아니, 듣고 보니 그렇네요."

무안해하는 히라사키 앞에서 아스카는 살짝 한숨을 쉬었다. 먼저 연락해 또 이 남자를 만났는데 그 판단이 정말 옳았을까?

"제가 묻고 싶은 건 한 가지예요."

아스카는 입술을 축였다.

"가구라 세이이치로는 지금 어디 있나요?"

히라사키의 뺨이 부르르 떨렸다.

"그걸 알면 지금쯤 경찰이 체포했겠죠."

"얼버무리지 마세요. 태국에 숨어 있어야 할 가구라 세이이치로의 이름이 방화 현장에 있었어요. 가구라 세이이치로는 일본에 있나요?"

아스카가 목소리를 조금 높이자 히라사키의 얼굴에서 웃음이 사라졌다.

"……그에 관해선 저도 확실한 정보가 없습니다."

"그래도 아시는 게 있죠? 저는 상당히 가치 있는 정보를 줬어요. 기브 앤 테이크라면 그에 어울리는 정보를 주세요."

콧등에 주름을 잡으며 고민하는 표정을 지은 히라사키는 몇 초의 침묵 끝에 한숨을 쉬고 "……알겠습니다"라고 중얼거렸다.

"경찰은 가구라 세이이치로가 일본으로 돌아왔을 가능성을 고려하고 있습니다. 이번 방화가 일어나기 훨씬 전부터요."

"왜죠?"

아스카가 몸을 내밀었다.

"……삼 개월쯤 전에 아다치구 거리에서 가메무라 마치코라는 이름의 삼십 대 간호사가 시체로 발견되었습니다. 상황으로 보건대 살인사건이었죠."

"예? 그게 어쨌다는 거죠?"

"피해자인 가메무라 마치코는 성형수술을 받았었어요. 그리고 손등에 링거 흔적, 몸 안에서는 마취약이 검출, 얼굴에는 실리콘 팩이 사용된 흔적이 있었습니다. 참고로 그 팩은 데스마스크를 만들 때 사용한답니다."

"그거 설마……"

"맞습니다. 가구라 세이이치로가 일으켰던 살인사건과 흡사하죠."

"그……, 그 여성분은 가구라 세이이치로의 수술을 받은 적이 있나요?"

"모르겠습니다. 가구라의 수술 기록은 사 년 전, 히이라기의 클리닉에 방화 사건이 일어났을 때 다 타버렸습니다. 그리고 가메무라 마치코에게는 가까운 가족이 없고, 도쿄로 오면서 성형수술로 얼굴을 바꿨다고 합니다. 지인들은 모두 그녀가 성형수술을 받은 사실 자체를 몰랐어요. 하지만 이제까지 가구라 세이이치로에게 살해당한 피해자들도 거의 그랬습니다."

"그럼 역시……"

가구라 세이이치로는 일본으로 돌아와 살인을 재개했다. 아스카는 침을 삼켰다.

"아니, 수사본부는 가구라 범인 설보다 모방범을 더 의심하는 것 같습니다. 가메무라 마치코는 남자관계가 상당히 화려했답니다. 그중 누군가가 그녀가 성형수술 받은 걸 알고 가구라가 일으켰던 사건을 흉내 내어 살해했다고 보는 것 같습니다."

"……히라사키 씨는 어떻게 생각하세요? 가구라 세이이치로가 일본에 있는 것 같나요?"

아스카의 질문에 히라사키는 입술 끝을 올렸다.

"저요? 저는 확신하죠. 가메무라 마치코를 살해한 것도, 히이라기의 클리닉에 불을 지른 것도 가구라 세이이치로라고."

"가구라 세이이치로가 왜 불을 지르죠? 히이라기 선생의 수술을 받아 얼굴을 바꾼 덕에 도망칠 수 있었다면 은혜가 있을지

언정 원한은 없지 않나요?"

수술실에 커다랗게 적혀 있던 '나는 너를 절대 용서하지 않는다'라는 글귀가 뇌리를 스쳐 지나갔다.

"아사기리 선생님, 그건 경찰이 생각하는 가설이죠. 사실 저는 다른 가설을 세웠습니다. 그리고 제 생각이 맞는다면 이번 방화도, 협박도 전혀 이상할 게 없습니다."

"그 '가설'이라는 게 뭐죠?"

히라사키는 입을 굳게 다물고 고개를 좌우로 흔들었다.

"아직 말할 수 없습니다. 이 가설은 제 인생을 바꿀 엄청난 특종이 될지 모릅니다. 게다가 ⋯⋯제게는 이 가설을 입증할 의무가 있어요."

히라사키의 진지한 눈빛에 압도되었다.

"⋯⋯히라사키 씨는 그 '가설'이 옳다고 확신하나요?"

아스카의 질문에 히라사키는 힘차게 끄덕였다.

"네. 근거는 아직 알려드릴 수 없지만, 틀림없을 겁니다. 남은 건 그걸 입증하는 거죠. 그럼 사건은 해결됩니다."

아스카가 미간을 찌푸렸다.

"해결? 해결이라니 무슨 소리죠?"

"사 년 전의 진상을 모두 밝히고 가구라 세이이치로를 체포할 수 있습니다."

"체포?!"

"그렇습니다. 만약 제 생각이 맞는다면 당연히 가구라 세이이치로를 체포할 수 있습니다."

겨우 기자 하나가 온 일본을 떨게 했던 연쇄살인범을 체포하겠다고? 그런 일이 가능할까.

"아사기리 선생님, 부탁이 있습니다."

"뭐, 뭔가요? 새삼스럽게?"

"선생님을 통해 찾고 싶은 사람이 있습니다. 최근 몇 개월 동안, 저는 그 사람을 찾았는데 아직 발견하지 못했습니다. 저 같은 기자는 경계해 정보를 얻지 못하더라도 같은 의사인 아사기리 선생님이라면 찾을 수 있을지 모릅니다."

"……도대체 누굴 찾으면 되는데요?"

아스카가 목소리를 낮췄다.

"사카이외과병원 사건 때 가구라 세이이치로와 함께 사고를 당한 여자아이의 수술에 들어간 원장입니다. 그 의료사고, 그거야말로 사건을 푸는 열쇠가 틀림없어요."

＊

"이봐! 아사기리?"

얼마 전 히라사키와 나눴던 대화를 떠올리고 있던 아스카는 스와노의 목소리에 제정신으로 돌아왔다.

"아, 예. 죄송해요."

"왜 그래? 멍하니 있고. 남자 친구라도 생각했어?"

"아까 남자 친구가 아니라고 했을 텐데요. 그냥 아는 사람이에요."

"어라, 농담이었는데. 정말 남자 생각을 하고 있었나 보네. 수상해."

알코올로 새빨갛게 변한 스와노의 얼굴에 의미심장한 미소가 번졌다.

"이상한 소문이나 퍼뜨리면 가만 안 있어요."

"너무 걱정하지 마. 내가 그럴 사람으로 보여?"

"보이는 정도가 아니라 선배는 못을 박지 않으면 반드시 그럴 거라는 걸 알아요."

"날 도통 믿지 않는구나."

스와노는 껄껄대고 웃고는 어느새 도착한 차가운 사케를 잔에 따랐다.

"그래도 남자를 생각할 여유가 있다니 조금 안심되네."

"아니, 아니라고 했는데……, 그런데 왜 안심을 해요?"

"아니, 네가 가구라 세이이치로에 대해 조사해달라는 이야기를 했을 때는 어떻게 해야 하나 살짝 고민했어. 이상한 데 고개를 들이밀고 있는 게 아닐까 싶어서."

실제로 이상한 일에 고개를 들이밀고 있는 아스카는 입을 다물었다.

"학창 시절부터 너는 한 가지에 집중하면 뒤도 돌아보지 않고 돌진하는 타입이니까."

"사람을 무슨 열혈 바보처럼 만들지 말아요."

"그럼 본인이 열혈 바보가 아니라고?"

진지하게 되물으니 아스카는 말문이 막혔다. 내가 그렇게 보이는 거야?

확실히 가구라 세이이치로 사건에 관여하는 건 위험할지 모른다. 하지만 여기서 관둘 생각은 없었다. 왜 가구라는 히이라기를 증오하는가, 그리고 사 년 전, 히이라기는 도대체 무슨 짓을 했는가, 어떻게 해서든 알고 싶었다.

"현재 자신이 해야 할 일을 잊지 마. 이건 인생 선배로서 하는 조언이야. 아이고, 그래도 네게 봄이 왔다니. 이건 내일 모두에게 알려야겠다."

"그러니까 하지 말라고 했잖아요!"

아스카는 풋콩을 스와노의 얼굴에 던졌다.

2

어떻게 된 거지? 구로카와는 학생들로 붐비는 오후의 패스트푸드 가게에서 햄버거를 씹으면서 다리를 덜덜 떨고 있었다.

"그런데 이 피해자, 정말 남자관계가 복잡하네요. 지난 몇 년 동안, 연인이 열 명이나 있었으니. 게다가 동시에 여러 명을 사귄 것 같고……."

맞은편 자리에 앉은 사카시타가 감자튀김을 집으면서 수첩을 펼쳤다.

그 정도는 다 알지. 구로카와는 아이스커피로 입안에 가득한 햄버거를 식도로 넘기면서 "복수야"라고 읊조렸다.

"어? 뭐라고 하셨어요?"

사카시타가 고개를 들었다.

"복수라고. 그 가메무라 마치코라는 피해자는 원래 못생긴 탓에 태어나고 삼십 년 가까이 남자와 인연이 없는 생활을 했어. 그런 사람이 단단히 각오하고 얼굴을 성형해 지나가던 남자들이 고개를 돌릴 만한 미모를 손에 넣었어. 그래서 남자들에게 복수하기로 한 거지. 남자를 장난감처럼 쥐락펴락하다가 버리는 방법으로 말이야."

"그런 거구나. 그럼 역시 사귀던 남자 중에 범인이……"

"무슨 소리야? 바보냐?"

구로카와는 입에 묻은 마요네즈를 핥았다.

"이번 범인은 가구라 세이이치로야. 그 녀석 말고는 없지."

"그럴지도 모르겠어요. 그 협박장을 보면."

이 주 전, 히이라기의 클리닉에 방화가 일어났고, 가구라의 서명이 들어간 협박문이 남겨져 있었다. 그리하여 수사본부 안에서도 '가구라 세이이치로 범인설'이 다시 슬그머니 제시되었다. 그러나 머리가 굳은 관리관은 여전히 수사의 주력을 가메무라 마치코의 남자관계를 알아내는 데 이용하고 "다른 부서도 쫓고 있으니까"라는 이유로 가구라 세이이치로 수색에 주력하지 않고 있다.

왜 그렇게 무능하지? 이래서 엘리트는 쓸모가 없다니까.

구로카와는 담배에 불을 붙여 연기를 폐에 가득 넣었다. 폐로 흡수한 니코틴이 혈액으로 녹아들며, 몸 안쪽부터 썩게 만드는 스트레스가 살짝 풀렸다.

"아무래도 그 방화는 가구라 세이이치로가 한 짓일까요?"

담배를 싫어하는 사카시타가 손으로 입을 가리면서 물었다. 구로카와는 일부러 사카시타의 얼굴을 향해 연기를 내뱉으면서 두꺼운 입술을 일그러뜨렸다. 그 방화와 협박문, 그게 지난 십여 일 동안, 구로카와를 혼란스럽게 만들어 흡연량만 늘렸다.

가구라 세이이치로가 일본으로 돌아와 살인을 재개했다는 데에 의심은 없었다. 그러나 히이라기의 클리닉에 대한 방화와 협박, 그것이 가구라가 직접 한 짓인지는 아무래도 모르겠다.

사 년 전, 히이라기는 태국에서 가구라의 얼굴을 바꿔주었다. 그 덕분에 가구라는 사 년 동안 도망 다닐 수 있었다. 가구라에게 히이라기는 은인이었다. 나는 그렇게 생각했다. 그랬기에 일본에 돌아온 가구라가 접촉을 취하리라 생각하고 히이라기를 감시해온 것이다. 그런데 히이라기의 클리닉에 불이 나고 협박문이 남겨져 있었다.

정말 그게 가구라의 짓이라면 히이라기를 깊이 증오하고 있다는 소리다. 도대체 사 년 전, 두 사람 사이에 무슨 일이 있었던 것인가.

히이라기의 사정 청취를 하고 싶었다. 가능하다면 임의동행 형식으로 취조실에 데려가 제대로 하고 싶었다. 그런데 방화 사건 직후부터 히이라기는 모습을 감췄다. 장기 체류하던 호텔에서도 나가고 애마인 포르쉐도 주차장에 세워놓은 채 어딘가로 사라져버렸다. 동시에 클리닉에서 일하던 그 모델 같은 간호사의 행방도 알 길이 없어졌다.

히이라기 녀석, 도대체 어디로 간 거야! 구로카와는 담배를 재떨이에 거칠게 비벼 껐다. 속도가 붙기 시작한 사건에서 홀로 남겨진 것 같은 느낌에 애가 바싹바싹 타들어갔다.

이렇게 된 이상 아무리 작은 단서라도 상관없었다. 가구라 세이이치로와, 그리고 히이라기 다카유키와 이어질 가능성이 있는 실마리를 샅샅이 뒤져보는 수밖에 없다.

우선은…… 그 여자인가. 구로카와의 머리에 히이라기의 클리닉을 찾아갔을 때 봤던, 어딘가 촌스러워 보였던 마취과 의사의 모습이 떠올랐다.

*

오늘도 늦고 말았네. 아스카는 가로등 불빛에 아스라이 떠오른 인적 없는 골목길을 걸으면서 손목시계로 시선을 떨구었다. 시각은 오후 11시를 넘어서고 있었다. 그저께 스와노와 마신 탓에, 리포트 제출이 상당히 위험해져 어제와 오늘은 늦은 밤까지 연구실에 남았다.

아니, 술자리 탓을 해선 안 되겠지. 아스카는 깊은 한숨을 쉬었다. 리포트 제출이 마감까지 밀린 것은 요 며칠 도통 공부에 집중하지 못했기 때문이다. 집중할 수 없는 이유는 명백했다. 히이라기와 가구라 세이이치로의 일에 신경이 쓰여 가만히 있을 수 없었다.

스와노의 말을 떠올렸다. 자신이 해야 할 일을 잊지 말라는 그 말.

내가 해야만 하는 일. 최고의 연구자가 되는 것. 그건 의심할 바 없다. 히이라기 성형클리닉에서 근무한 것은 어디까지나 생활비를 벌기 위한 아르바이트였다. 그 아르바이트에서도 해고되었으니, 히이라기에 대해, 나아가 가구라 세이이치로 같은 이상 범죄자에 대해 신경 쓸 필요는 어디에도 없었다.

"이제, ……나랑 관계없는 이야기야."

아스카는 스스로 다독이듯 중얼거렸다. 그러나 아무래도 뇌리에 히이라기와 사나에의 얼굴이 어른거렸다.

아스카는 백에서 스마트폰을 꺼냈다. 불이 난 다음 날부터 여러 번 히이라기와 사나에에게 연락을 해보려 했으나 그때마다 '거신 전화의 전원이 꺼져 있거나 전파……'라는 메시지만 흘러나왔다.

아스카는 한 번 더 히이라기의 휴대전화에 전화를 걸어보았다. 결과는 마찬가지였다.

히이라기와 사나에는 지금쯤 뭘 하고 있을까? 가구라 세이이치로의 공격을 우려해 몸을 숨긴 걸까. 설마 이미 당한 건…….

아스카는 머리를 흔들어 불길한 상상을 떨쳤다. 어쨌든 내가 할 수 있는 일은 없어. 만약 스와노가 사카이외과병원의 원장과 접촉하는 데 성공한다면 히라사키와 같이 만나기로 했다. 그때까지는 사건에 대해 생각하지 말자.

스마트폰을 백에 넣으려는 순간, 아스카는 미간을 찌푸렸다. 액정 화면에 등 뒤의 배경이 비쳤다. 거기에 비친 전신주 뒤에 사람 그림자가 보였다.

저 사람, 왜 저기 서 있지? 아스카는 백 안을 뒤지는 척하면서 뒤를 살폈다. 전신주 그늘에 양복 차림의 남자가 우두커니 서 있었다. 어두워서 인상까지는 알 수 없지만, 그냥 보기에는 평범한 회사원처럼 보였다.

역에서 걸어 십오 분쯤 되는 이 근처 주택가는 가로등도, 지나다니는 사람도 적다. 심야에 여자 혼자 걷기에는 다소 불안한 장소였다.

아스카는 뒤의 기척을 살피면서 다시 걷기 시작했다. 뒤에서 아주 희미하게 발소리가 들려왔다. 순간 온몸을 긴장감이 훑고 지나갔다. 저 남자는 틀림없이 내 뒤를 쫓고 있다.

이 근처에서 수상한 남자가 출몰했다는 이야기는 들은 바 없었다. 주위는 주택가다. 큰 소리가 나면 사람들이 바로 달려 나올 것이다.

아스카는 짧게 숨을 내뱉어 빨라지고 있는 심장의 고동을 진정시키려고 했다.

초등학교 때부터 시작한 합기도 경력은 벌써 이십 년에 가깝다. 상대가 평범한 남자라면 몸을 지킬 자신은 충분히 있었다.

아스카는 일부러 걸음을 늦추었다. 뒤에서 들리는 발소리도 느려졌다. 아스카는 갑자기 몸을 돌려 뒤를 향해 성큼성큼 걷기 시작했다.

10미터쯤 뒤에서 걷던 남자는 노골적으로 몸을 떨더니 재빨리 몸을 돌려 바로 옆 골목으로 뛰어 들어갔다. 아스카는 순간 망설였으나 바로 달리기 시작해 남자를 쫓아 골목을 들여다봤다. 그러나 남자의 모습은 이미 보이지 않았다.

"……뭐지?"

역시 변태였나. 아스카는 뒤를 경계하며 잰걸음으로 자기 집으로 향했다.

7층짜리 아파트 입구에 도착한 아스카는 아무도 따라오지 않는다는 걸 확인한 뒤 엘리베이터를 타고 5층으로 올라갔다. 바깥 복도를 걸어 자기 집에 도착한 아스카는 우편함에 어떤 봉투가 끼워져 있는 걸 발견했다.

관리조합의 연락인가? 별생각 없이 봉투를 들고 집으로 들어갔다. 하나로 묶었던 머리를 푼 아스카는 봉투를 뜯어 안에 있던 여러 장의 종이를 꺼냈다.

"이게 뭐야?"

거기에는 손으로 쓴 글과 얼굴 그림이 실려 있었다. 글자는 아주 악필이었는데 정면을 보는 얼굴은 데생처럼 정교했다. 그 얼굴에 여러 개의 선이 그어져 있었고 뱀이 꿈틀대는 듯한 알파 벳 필기체로 뭐라고 적혀 있었다.

"수술 기록?"

아스카는 미간을 찌푸렸다. 그것은 외과 의사가 수술 후에 적는 기록이었다.

왜 이런 게 우편함에? 아스카는 혼란스러워하면서도 기록을 살폈다. 아무래도 얼굴을 수술한 기록 같았다. 다만 글자가 뭉개 져 있어서 자세한 수술 내용은 읽을 수 없었다. 어쩔 수 없이 읽을 수 있는 부분을 찾았다.

'기록자' 칸에 적혀 있는 이름을 보고 아스카는 눈을 부릅떴다. 거기에는 역시 뭉개진 필기체로 'Takayuki Hiiragi'라는 사인이 있었다.

히이라기 선생의 수술 기록? 아스카는 기록을 넘겼다. 기록은 네 장이었고 모두 히이라기의 사인이 있었다. 수술 날짜 기록을 봤다. 2012년이 두 장. 나머지는 2013년과 2014년의 날짜가 적혀 있었다. 아무래도 히이라기가 전에 개업했던 클리닉에서 한 수술 같았다.

왜 이런 게? 수술 기록 같은 개인 정보는 외부에 새어 나가지 않도록 의료기관에서 엄중하게 관리할 텐데. 거기까지 생각했을 때 심장이 덜컹 내려앉았다.

사 년 전까지 히이라기가 집도한 수술 기록은 이전 클리닉의 화재로 소실되었을 것이다. 그런데……. 진료기록부를 든 손이 덜덜 떨리기 시작했다.

나쁜 예감이 들었다. 정신없이 기록 용지를 넘기면서 환자의 이름을 봤다.

'Sachiko Hirose', 'Sakura Ishiyama', 'Yoko Miki', 'Hiromi Kageyama'

그게 환자 이름이었다. 모두 젊은 여성 같았다. 이 네 명은 누구일까.

문득 아스카는 가벼운 기시감을 느꼈다. 이 네 명의 이름, 어디선가 본 것만 같았다. 그러나 그게 생각나질 않았다. 수십 초 동안 기억을 더듬던 아스카는 가방에서 스마트폰을 꺼내 검색 사이트 검색창에 네 명의 이름을 입력했다. 이 네 명에게 어떤 공통점이 있다면 검색에 걸릴 것이다.

액정 화면에 순식간에 검색 결과가 나왔다. 모든 사고가 정지했다.

'성형미인 연쇄살인사건 피해자 히로세 사치코 · 이시야마 사쿠라 · 미키 요코 · 가게야마 히로미'

검색 결과 맨 위에 이런 글이 나왔다.

손에서 스마트폰이 떨어져 둔탁한 소리를 내며 마룻바닥에 튕겼다.

너무나 혼란스러워 토할 것만 같았다. 반사적으로 입을 손으로 막고 신음을 흘린 순간, 아스카는 한 가지를 깨달았다.

이 기록은 가구라 세이이치로에게 살해된 네 명의 것이다. 하지만 집도한 의사 칸에는 '히이라기 다카유키'의 사인이 있었다. 가구라 세이이치로는 자신이 수술한 환자들을 죽였다고 했다. 하지만 실제로 피해자들의 수술을 집도한 사람은 히이라기였다고?

설마, 그걸 숨기기 위해 히이라기의 이전 클리닉에 불을 지른 건가?

문득 뇌리에 사나에의 얼굴이 떠올랐다. 아스카의 입에서 "아……"라는 소리가 흘러나왔다.

만약 가구라 세이이치로의 목표물이 히이라기가 집도한 환자라면 사나에가 위험하다. 아니, 사나에만이 아니라 니카이도 리나와 후지이 마이코도 히이라기의 수술을 받았다. 지난 사 년 동안, 히이라기의 수술을 받은 환자는 더 많을 것이다.

어떻게 해야 할까? 당장 경찰에 알려야 하나? 나는 히이라기 선생의 클리닉에서 근무했으니 적어도 이야기 정도는 들어줄 터다. 무엇보다 지금 가장 위험한 것은 사나에 씨를 비롯한 환자들이다. 그러니까…….

거기까지 생각했을 때 온몸의 털이 곤두섰다.

도대체 누가 이 자료를 여기에 둔 거지? 타버렸어야 했을 자료를 가지고 있는 인물. 아스카의 머리에 한 남자의 이름이 떠올랐다.

가구라 세이이치로.

십여 분 전에 전신주 뒤에 서 있던 그림자가 뇌리를 스쳤다. 목구멍 깊은 곳에서 피리 소리 같은 게 흘러나왔다.

설마, 그 살인마가 우리 집에? 아스카는 황급히 문으로 달려가 체인을 걸려고 했다. 그러나 손이 너무 떨려 제대로 되질 않았다.

간신히 체인을 건 아스카는 눈을 어디에 둬야 할지 몰라 하염없이 방황했다. 이제부터 어떻게 해야 좋을까? 이대로 아침까지 방에 숨어 있을까? 아니면 근처 파출소에 신고할까? 생각이 멈추질 않았다.

아스카는 기다시피 해서 바닥에 떨어진 스마트폰을 들었다.

이런 일을 상담할 수 있는 인물로는 한 사람밖에 떠오르지 않았다. 아스카는 발신 이력 중에서 번호 하나를 찾아 주저 없이 '통화' 버튼을 터치했다.

몇 번의 연결음이 난 후에 바로 전화가 연결되었다.

"여보세요. 아사기리 선생님이세요? 이런 시간에 무슨 일이십니까?"

전화기에서 들려온 히라사키 신고의 목소리에 공포가 조금 사그라들었다.

3

"으악?!"

뒤에서 누가 어깨를 두드렸다. 책상에 엎드려 있던 아스카는 벌떡 일어나 자세를 바로 했다.

"왜 그래? 이상한 소리나 내고. 자고 있어서 깨워줬더니."

눈앞에 대학원 여자 선배가 놀란 얼굴로 서 있었다.

"아? 나, 자고 있었어요?"

"침까지 흘리면서."

"어? 말도 안 돼."

아스카는 서둘러 입가를 닦으면서 주위를 둘러봤다. 낯익은 실험실. 슬라이드를 정리하다 잠이 든 모양이다.

"선배, 지금 몇 시쯤 됐어요?"

"15시가 지났어. 왜? 시간을 모를 정도로 푹 잤어? 밤이라도 새웠어? 학회가 곧 열리니 너무 무리하지 마."

"예. 조심할게요."

아스카는 순순히 고개를 끄덕였다. 정말로 어젯밤 밤을 새웠지만 그건 학회 발표 탓이 아니었다. 아스카는 어젯밤 일을 떠올렸다.

어젯밤, 전화로 사정을 들은 히라사키는 "거기로 가고 싶은데 지금은 취재차 지방에 와 있어서 힘듭니다"라고 말하고 아스카에게 경찰서에 가서 사정을 설명하라고 지시했다. 혹시 경찰이 보호해줄지 모른다며.

아스카는 그가 시킨 대로 바로 택시를 불러 가장 가까운 경찰서인 우에노 경찰서로 향했다. 그러나 경찰서의 대응은 기대한 것과 크게 달랐다.

대응에 나선 젊은 경찰관은 적당히 맞장구치면서 이야기를 듣고 서류를 몇 개 적게 하더니 "일단 이야기를 위에 보고하겠습니다"라고만 하고 아스카를 귀가시키려고 했다. "보호 같은 거 해주지 않아요?"라며 놀라는 아스카에게 그 경찰관은 실제로 피해를 보기 전까지 경찰은 움직이지 않는다는 취지의 말을 귀찮다는 듯 설명했다.

경찰서 앞에서 어쩔 줄 모르고 있던 아스카는 다시 히라사키에게 연락을 하고 병원 근처 패밀리 레스토랑에서 밤을 새웠다.

오후 3시라. 이제 두세 시간만 지나면 히라사키가 데리러 오기로 했다. 아스카의 가슴에 안도감이 퍼졌다.

지금은 어제처럼 무섭진 않았다. 하지만 그건 낮이기 때문이다. 해가 지고 밤의 장막이 내려올 때 혼자라면 다시 견딜 수 없는 공포가 찾아올 것이다.

"왜 그렇게 멍하니 있어? 오늘 정말 이상하네."

아스카는 선배의 목소리에 정신이 돌아왔다.

"아, 죄송해요. 생각할 일이 좀 있어서."

"생각할 일? 혹시 남자?"

"예? 무슨 소리죠?"

"숨기지 않아도 돼. 스와노가 말하더라. 네게 남자가 생겼다고. 아! 혹시 수면 부족이야? 학회 발표 탓이 아니라 그 남자와 완전히……"

"아니라고요!"

역시 그 사람, 이상한 소문을 퍼뜨렸구나.

"농담이야, 농담. 그렇게 화내지 마. 그리고 다음에는 남자 친구 좀 소개해줘."

선배는 손을 팔랑팔랑 흔들면서 연구실 안쪽으로 사라졌다.

"그러니까 아니라고 하잖아……"

입을 내밀고 중얼거리면서, 아스카는 히라사키를 생각했다. 확실히 어젯밤, 히라사키가 와준다고 했을 때 기뻤다. 하지만 그건 특별히 호의가 아니라 그저 안전을 위해서……. 그런 생각을 하는데 근처에 있던 내선 전화가 울리기 시작했다. 아스카는 수화기를 들었다.

"예. 마취과학교실입니다."

"여기는 학무과입니다. 거기에 아사기리 선생님 계세요?"

"아, 전데요."

"저기, 선생님을 만나고 싶어 하시는 분이 1층 접수처에 계십니다."

틀림없이 히라사키일 것이다. 아스카는 "바로 갈게요"라고 말하고 수화기를 놓은 뒤, 재킷을 입고 실험실을 나왔다. 1층에 도착한 아스카는 빠른 걸음으로 학무과 창구로 다가갔다.

"저기, 아사기리입니다. 제게 손님이 오셨다고 들었는데."

"아, 그거요? 저기서 기다리고 계세요."

접수 업무를 보는 여성 사무원이 어깨너머로 아스카의 등 뒤를 가리켰다. 아스카는 뒤를 돌아 로비 구석에 있는 흡연 공간을 봤다. 얼굴에서 썰물처럼 미소가 사라졌다. 거기에 있던 사람은 히라사키가 아니었다. 양복 차림의 남자 둘이 다가왔다.

"실례합니다. 아사기리 선생님. 오랜만입니다. 기억하시겠습니까?"

한 달 전쯤, 클리닉에서 만났던 형사 구로카와는 험상궂은 얼굴에 가식적인 웃음을 띠었다.

*

"아이고 정말, 어젯밤에는 실례했습니다. 야근자가 엉망으로 대응했더라고요."

구로카와는 캔커피를 들고 두꺼운 목소리로 말했다. 흡연 공간 끝자리에 앉은 아스카는 두 형사에게 경계의 눈빛을 보냈다.

"어제 제가 가져갔던 수술 기록 때문에 오신 건가요?"

"물론이죠. 그 자료가 당신 방의 우편함에 들어 있었죠."

"……예."

아스카는 살짝 턱을 당겼다.

"저도 조금 전에 우에노 경찰서에 가서 실물을 봤는데 전혀 읽을 수가 없어서요. 수술 기록이라는 게 원래 그렇게 알아볼 수 없는 건가요?"

"상당히 악필이라 저도 일부만 읽을 수 있었어요. 하지만 그건 틀림없이……"

"가구라 세이이치로에게 살해당한 피해자의 기록이었죠."

구로카와가 아스카의 말을 이었다. 아스카는 천천히 고개를 끄덕였다.

"그런데 왜 그게 선생님 우편함에 들어 있었을까요?"

"그야 모르죠."

아스카가 고개를 젓자 구로카와는 턱을 당겨 아스카를 올려다봤다.

"화제를 바꾸죠. 히이라기가 지금 어디 있는지 아십니까?"

"몰라요. 저도 연락하고 싶어요."

단서를 찾으려는 구로카와를 경계하며 아스카가 대답했다.

"그러세요? 당신에게는 연락할 거라고 확신했었는데. 그런데 정말 차가운 녀석이네요. 당신을 이렇게 버리다니."

"딱히 버려진 건 아닌데……."

"하지만 확실히 혼자 남겨진 당신은 이상한 일에 휘말렸습니다. 그 원인인 히이라기 선생과도 연락이 안 되는 상태죠. 남이 보기에는 버려진 것처럼 보입니다."

아스카는 험악한 얼굴로 입을 다물었다. 아마도 구로카와의 말이 맞을 것이다.

"어쩌면 당신이 미행을 당한 것은 히이라기 선생이 사라져, 그 클리닉 관계자가 당신밖에 안 남았기 때문이 아닐까요?"

그럴 가능성도 있을지 모른다. 아스카의 가슴속에서 히이라기에 대한 불신감이 팽배했다. 그게 구로카와의 노림수라는 걸 알면서도.

구로카와는 아스카의 얼굴을 들여다봤다.

"아사기리 선생님, 만약 히이라기 선생이 있는 곳을 아시면 꼭 알려주십시오. 그 남자가 숨어버리는 통에 안 그래도 영문을 알 수 없는 사건이 더 오리무중에 빠졌습니다."

"……정말 몰라요."

역시 나는 히이라기에게 버려진 걸까? 아스카는 힘없이 중얼거렸다.

"……그래요? 알겠습니다. 시간을 내주셔서 감사했습니다. 보호까지는 힘들지만, 선생님 집 주변의 순찰을 늘리도록 요청해두죠. 그리고 만약 히이라기 선생에게 연락이 오면 제게 연락 주십시오."

구로카와는 커피 캔을 쓰레기통에 던져 넣으면서 일어나 품에서 꺼낸 명함을 아스카에게 건네고 사카시타와 같이 재빨리 출구로 향했다.

나는 도대체 무슨 일에 휘말린 걸까? 구로카와의 등을 바라보면서 아스카는 거대한 개미지옥에 빠진 것만 같은 기분에 사로잡혔다.

*

"괜찮을까요? 그렇게 선선히 물러나도."

사카시타는 커피를 한 모금 마시고 맞은편 자리에 앉은 구로카와에게 말했다.

"무슨 소리야?"

구로카와는 창밖으로 시선을 돌린 채 무뚝뚝하게 대답했다.

"아사기리라는 마취과 의사 말입니다. 구로카와 씨, 그녀가 사건의 열쇠를 쥐고 있을지 모른다고 하셨잖아요."

오늘 아침, 수사 회의가 끝나자 구로카와와 사카시타는 지시대로 지역 탐문을 하러 우에노 경찰서로 갔다가 아사기리 아스카가 어젯밤 가지고 왔다는 수술 기록을 봤다. 그건 충격적이었다. 자료가 진짜라면 '성형미인 연쇄살인사건'의 피해자들은 가구라가 아니라 히이라기가 집도했다는 말이다. 사건의 근간을 흔들만한 사실이었다.

"그래서 이렇게 나오길 기다리고 있잖아."

구로카와는 얼굴을 밖으로 향한 채 담배를 물고 불을 붙였다. 그 시선 끝에는 준세이의대 연구 동(棟) 입구가 있었다. 두 시간쯤 전에 아사기리에 대한 질문을 마치고 연구 동을 나온 둘은 이 카페로 들어와 아사기리가 나오길 잠자코 기다렸다.

"하지만 연구자란 밤늦게까지 연구실에 남지 않을까요? 늦은 밤에야 나올지 몰라요."

"그렇지 않아. 곧 나올 거야."

"왜 그렇게 단언하시죠?"

"그 여자는 겁먹었으니까. 안 그래? 그런 자료를 누가 집에 투척했지, 미행까지 당했으니 당연하지."

"겁먹어서 일찍 귀가한다고요?"

"겁먹은 사람은 밤을 무서워하지. 해가 저물기 전에 안전한 장소를 확보하려고 해. 생각해봐. 누군가가 자신을 노리고 있는데 심야까지 연구실에 혼자 남아 있겠어?"

확실히 맞는 말이다. 경험의 차이가 드러난 것 같아 속으로 분한 마음이 들었다.

"그러므로 그 여자는 곧 움직일 거야. 가능한 한 믿을 수 있는 누군가와 오늘 밤에 같이 있으려고 하겠지. 가족, 친구, 연인, 어쩌면…… 사정을 아는 동료."

"히이라기 다카유키 말입니까?"

"그 여자가 히이라기와 연락하고 있다면 도움을 청하겠지. 히이라기가 나타날 가능성도 있어. 어쩌면 그보다 더한 거물일 수도 있고."

"……가구라 세이이치로가 나타난다고요? 어제, 그녀를 미행한 사람이 가구라일 수도 있다는 말씀이세요?"

"아니, 십중팔구 그 여자의 착각이었겠지만 만에 하나의 가능성은 있지. 어쨌든 히이라기의 관계자이면서 현재 겉으로 드러나 있는 사람은 그 여자뿐이야. 그러니 그 여자를 감시하는 수밖에 없어."

"알겠습니다. 하지만 오늘 아침 수사 회의에서 그 수술 기록은 전혀 화제가 되지 않았습니다. 본부는 이 정보를 그다지 중요하게 생각하지 않나 봐요."

별생각 없이 사카시타가 낮게 말했을 때 구로카와의 뺨이 흠칫했다.

"⋯⋯올리지 않았어."

"예? 뭐라고 하셨어요?"

"그러니까 보고하지 않았다고. 본부는 이번 건을 아직 몰라."

"왜요?!"

사카시타가 엉거주춤 일어났다.

"흥분하지 마. 지금 말한 대로야. 본부는 그 수술 기록에 대해 몰라. 내가 보고를 며칠 미뤄달라고 했어. 나는 본청 수사1과로 가기 전에 우에노 경찰서 형사과에서 칠 년간 근무했거든. 그 정도 융통성은 발휘할 수 있지."

"말도 안 됩니다! 왜 그런 중요한 정보를?! 절대 묵과할 수 없어요!"

"어쩔 수 없잖아. 그 멍청한 관리관은 이번 사건을 모방범의 소행이라고 굳게 믿고 있어. 이 정보를 보고해봤자 아사기리 아스카의 수사에 무능한 녀석을 붙여 물만 흐려놓을 게 빤해. 그럴 바에는 내가 며칠 동안 저 여자를 철저히 조사하겠다는 거야."

"아무리 그래도……"

사실, 관리관이 모방범을 강하게 의심하는 것은 분명했다. 그 방침에 의문이 들기도 했다. 그러나 조직의 일원으로 이런 일을 잠자코 넘겨도 되는 걸까.

"……시간이 없어."

낮고 먹먹한 구로카와의 읊조림이 사카시타의 말을 막았다.

"시간? 무슨 소리죠?"

"뒤에서 이상한 일이 벌어지고 있어."

"이상한 일?"

사카시타가 눈썹을 찡그리자 구로카와는 초조한 듯 고개를 흔들었다.

"공안이야. 녀석들이 가구라 세이이치로에 대해 냄새를 맡고 돌아다니는 것 같아. 아야세 경찰서에 보관되어 있던 사 년 전 사건 자료를 몰래 가져갔다잖아."

"예? 왜 공안이 나섭니까?"

"나라고 알겠나. 나도 얼마 전에 사 년 전 사건에서 같이 팀을 이뤘던 아야세 경찰서 형사에게 연락을 받고 안 건데. 하지만 짚이는 구석이 전혀 없는 건 아니지."

"짚이는 게 뭔데요?"

"사 년 전, 가구라 세이이치로의 방에서 폭탄이 발견되었지. TNT 폭탄이었어."

"TNT……. 그런 물건으로 뭘……."

"그게 문제야. 사 년 전, 우리는 히라이기의 클리닉에 쓰려던 폭탄이라고 판단했지. 처음에는 클리닉을 폭파할 작정이었는데 충분한 폭약을 입수하지 못해 결국은 불을 질렀다고. 하지만 다른 가능성을 지적한 녀석도 있었지."

"테러, 요?"

사카시타가 목소리를 낮췄다.

"그래, 맞아. 그걸 고려하면 공안이 움직이는 것도 이해가 가지. 그리고 지난달 지바의 창고에서 엄청난 물건이 발견되었다는 거 아냐?"

"예……? 아, 조폭이 임대 창고에 권총과 폭탄을 숨기고 있었던 것 말인가요?"

"그래, 바로 그거. 러시아에서 군용품을 밀수했다더군. 발견된 무기 중에는 기관총과 폭탄도 있었어."

"그게 가구라와 무슨 관계가 있죠?"

"가구라의 자료를 가져간 공안 녀석들이 지바의 무기를 조사하던 그룹이라네. 뭐, 이건 어디까지나 소문이지만."

"그럼 가구라 세이이치로가 조폭에게 무기를 샀다는 말입니까?"

"조폭이나 밀수한 놈들 이야기는 몰라. 다만 가구라가 무기를 모아 무슨 짓을 할지도 모른다는 거지. 그래서 공안이 움직이고 있는 거야. 혹시 그 마취과 의사 이야기가 수사본부에 보고되면 틀림없이 공안이 그 여자를 감시할 거야. 그럼 수사는 엉망이 되고. 그 녀석들은 절대 정보를 우리에게 넘겨주지 않을 테니까. 그래서 본부에 마취과 의사에 대한 정보를 보고하기 전의 이삼 일이 승부처야."

구로카와가 담배를 피우는 앞에서 사카시타는 턱을 당겼다. 지금 이야기는 구로카와의 망상일까, 아니면…….

"어이, 나왔어!"

생각에 잠겨 있던 사카시타는 구로카와의 목소리에 제정신을 차렸다. 밖으로 시선을 던지자 스마트폰을 얼굴 옆에 댄 아사기리 아스카가 연구 동에서 나오고 있었다.

"가자."

구로카와는 계산서를 움켜쥐고 자리에서 일어났다. 재빨리 계산을 마친 둘은 가게 밖으로 바로 나오지 않고 출입구 유리문 안에서 아사기리를 관찰했다. 아사기리는 스마트폰으로 무슨 말을 하면서 주위를 살피고 있었다.

"……누구와 이야기하는 걸까요?"

"글쎄."

구로카와의 눈은 먹잇감을 노리는 맹수처럼 번쩍번쩍 빛났다.

다음 순간, 아사기리의 앞에 프리우스가 멈췄다. 운전석에 마른 젊은 남자가 앉아 있는 게 멀리서 보였다. 아사기리는 몇 초동안 남자와 무슨 말을 나눈 후 조수석에 탔다.

"아, 젠장!"

구로카와는 소리를 지르면서 밖으로 뛰어나왔다. 사카시타도 황급히 뒤를 따랐다.

아사기리를 태운 하얀색 프리우스는 미끄러지듯 달리기 시작했다.

"……아무래도 남자가 있는 것 같네요."

사카시타가 옆으로 시선을 돌렸을 때 구로카와는 심각한 표정으로 수첩에 뭔가를 메모하고 있었다.

"뭐 하십니까?"

"보면 모르겠어? 저 차 번호를 적고 있잖아."

"하지만, ……그냥 애인 아닐까요?"

말을 얼버무리는 사카시타의 옆에서, 구로카와는 차가 사라진 쪽을 하염없이 노려봤다.

"아무리 작은 단서라도 좋아. 가구라 세이이치로에게 다가갈 수 있다면 나는 영혼이라도 팔겠어."

*

"고맙습니다."

조수석에 앉은 아스카는 안전벨트를 매면서 운전석의 히라사키에게 인사했다.

"기다리게 해서 죄송합니다. 가능하면 밤에라도 오려고 했는데, 취재로 도호쿠까지 갔던 터라. 시간이 이렇게 되었네요."

"아니에요, 정말 와주신 것만으로 너무 기뻐요."

아스카는 운전하는 히라사키의 옆얼굴을 바라봤다. 이제까지는 어디까지나 정보 교환만을 위해 만났기에, 이렇게 의식하고 그의 얼굴을 관찰한 적은 없었다. 역시 특징이 없는 얼굴이지만, 그런대로 단정했다.

"그건 그렇고 어젯밤은 이야기를 듣고 놀랐습니다. 설마 아사기리 선생님 집에 피해자들의 수술 기록을 보낼 줄이야."

"보낸 게 아니에요. 봉투에 주소가 적혀 있지 않았어요. 그건 직접 제 우편함에 넣었다는 뜻이죠."

히라사키의 얼굴에 놀랍다는 표정이 지나갔다.

"……그랬던 건가요. 집에 오다가 누군가에게 미행당했다고도 하셨죠."

"예. 어두워서 얼굴까지는 보지 못했으나 분명히 저를 따라왔어요. 틀림없이 그 남자가 수술 기록을 넣었을 거예요."

공포가 되살아나 목소리가 떨렸다. 무릎 위에 꼭 쥐고 있던 주먹에 문득 따뜻한 게 닿았다. 시선을 떨구니 히라사키가 운전석에서 왼손을 뻗어 아스카의 주먹을 감싸고 있었다.

"아사기리 선생님, 이제 괜찮아요."

운전 중인 히라사키는 정면을 응시한 채 미소 지었다.

"고마워요. 조금 마음이 놓이네요."

"그거 다행이네요. 그건 그렇고 수술 기록 내용도 놀라웠습니다. 피해자들을 수술한 사람이 정말 히이라기였나요?"

"기록으로는 그래요."

"가구라는 히이라기가 수술한 여성을 살해했다는 말인가요? 사건의 전제가 조금 바뀌는데요."

히라사키는 굳은 표정으로 운전하면서 혼잣말처럼 말하기 시작했다.

"가구라 세이이치로는 성형수술 솜씨는 좋았으나 그래도 스승인 히이라기는 이길 수가 없었다. 가구라는 그걸 시기해 히이라기가 수술한 여자를 죽였다는 건가. 아니야, 들은 이야기로는, 가구라는 이상할 정도로 '아름다움'에 집착했다고 했으니까 단순히 히이라기의 환자가 더 아름답다는 생각에 그들의 데스마스크를 가지고 싶었을지도……"

"저기……. 수술 기록을 제 우편함에 넣은 사람이 누구라고 생각해요?"

"아사기리 선생님은 가구라 세이이치로가 그 기록을 가지고 있었다고 생각하나요?"

"그렇진 않겠죠."

마른 웃음소리를 내면서 아스카는 히라사키가 "그렇죠"라고 말해주기를 기다렸다. 하지만 히라사키의 표정은 풀어지지 않았다.

"아사기리 선생님, 저는 그럴 가능성도 부정할 수 없다고 생각합니다."

"아니, 하지만 왜 저 같은 사람에게……"

"가장 먼저 생각할 수 있는 건, 히이라기 다카유키와 잇시키 사나에가 모습을 감췄기 때문입니다. 지금 히이라기의 관계자 중에서 소재가 확실한 사람은 당신뿐이죠. 만약 히이라기에게 어떤 메시지를 전하려면 당신에게 접촉하는 수밖에 없죠."

"말도 안 돼요! 저도 히이라기 선생님과 연락이 되지 않아 곤란하다고요."

"사실이 그래도 밖에서는 알 도리가 없으니까. ……아사기리 선생님, 정말로 화재 이후 히이라기에게서 연락이 없었나요?"

"없어요. 히라사키 씨까지 의심하시는 거예요?"

"아닙니다. 확인한 것뿐입니다. 아사기리 선생님, 걱정하지 마십시오. 선생의 안전은 제가 보장하겠습니다. 집은 위험하니 오늘은 일단 호텔에 묵죠."

"호텔……?"

긴장감이 온몸을 스쳤다.

"비즈니스호텔 싱글 룸을 두 개 예약해놨습니다. 무슨 일이 있으면 바로 대응할 수 있도록 당신 옆방을 잡았습니다."

"아, 아하, 그런 거였군요."

착각이라는 걸 알고 얼굴이 화끈거렸다.

"사람이 많으면서도 눈에 띄지 않는 장소가 좋을 것 같아 신주쿠 외곽의 비즈니스호텔로 정했습니다. 일단 거기로 가서 앞으로 어떻게 할지 상의하죠."

"아? 벌써 거기로 가는 건가요?"

"예. 그렇습니다만. 안 되나요?"

"아니, 가능하면 호텔에 가기 전에 집에 갔다 오고 싶어서…….
급히 나오는 바람에 갈아입을 옷도 안 가지고 왔거든요."

아스카는 목을 움츠리며 말했다. 그럴 상황이 아니라는 건 알
았으나 갈아입을 옷이 없는 것도 상당히 큰 문제였다. 히라사키
의 얼굴에 복잡한 표정이 드러났다.

"……죄송합니다. 그럴 상황이 아니죠."

"아닙니다. 거기까지 신경 쓰지 못했습니다. 제가 더 죄송하
네요. ……그렇네요. 아직 시간도 이르니 갈아입을 옷을 챙기는
정도는 아마도 괜찮을 것 같네요."

히라사키가 핸들을 크게 꺾었다.

*

"그럼 바로 끝낼 테니 잠시만 기다려주세요."

아스카는 현관문을 열고 집 안으로 들어갔다. 히라사키의 차
를 타고 아스카는 자신이 사는 아파트로 돌아왔다.

"천천히 하셔도 괜찮습니다."

히라사키가 웃으며 말했다. 아스카는 구두를 벗고 거실로 향
했다. 정든 방이 긴장을 풀어주었다. 어젯밤에 뛰쳐나갔을 뿐인
데 벌써 몇 주쯤 못 돌아왔던 것만 같다.

숄더백을 침대 위에 던지고 옷장에서 지방 학회에 갈 때 애용

하는 작은 캐리어 가방을 꺼내 필요한 것을 넣기 시작했다.

아스카가 바쁘게 움직이고 있을 때 숄더백 안에서 갑자기 팝 음악이 울렸다.

이럴 때 누구지? 조금 짜증스러워하면서 백에서 스마트폰을 꺼냈다. 액정 화면에는 '발신자 표시 제한'이라고 적혀 있었다. 미간을 찡그렸다. 가끔 이런 식으로 투자용 아파트 영업 전화가 걸려올 때가 있다. 이번에도 그런 전화일까?

아스카는 '통화' 버튼을 누르고 경계하면서 스마트폰을 귀에 댔다.

"여보세요……."

"아스카 선생님이죠."

낯익은 부드러운 목소리. 아스카는 눈을 크게 떴다.

"사나에 씨?!"

"예. 맞아요."

"무사해요? 지금 어디 있어요? 왜 갑자기 사라진 거예요?"

"정말 죄송해요. 갑자기 사라져서. 하지만 저도 히이라기 선생님도 무사해요."

"히이라기 선생님?! 역시 사나에 씨는 히이라기 선생님과 같이 있군요."

"예. 히이라기 선생님과 함께 몸을 숨기고 있어요. 그러니까 우리는 걱정하지 말아요. 일단 그것만 전할게요. 또 전화하겠습니다."

아스카는 크게 한숨을 쉬었다. 안도와 함께 분노가 치밀었다. 둘은 안전한 곳에 숨어 있는데 나만 이런 위험한 상황에 처해 있다고?

"도대체 무슨 일이죠? 설명해주세요."

아스카는 강하게 말했다. 전화 너머에서도 당황하는 분위기가 전해졌다.

"죄송해요. 설명할 수 없어요. 모르는 게 아스카 선생님에게도……"

"가구라 세이이치로."

그 이름을 입 밖에 꺼내자 숨을 멈추는 소리가 들렸다. 아스카는 더 다그쳤다.

"가구라 세이이치로가 노려 몸을 숨겼죠, 그렇죠?"

"어떻게…… 그걸……?"

"그 정도는 조금만 조사하면 다 알아요. 사나에 씨는 처음부터 알았어요? 알고도 제게 숨겼나요?"

"……아뇨. 몰랐어요. 안 믿을지 모르겠지만, 화재가 일어났던 날 처음 들었어요. 사 년 전에 무슨 일이 있었는지. 하지만 히이라기 선생님이 제게 모든 걸 알려준 건, 저도 당할 가능성이 있기 때문이에요. 아스카 선생님은 틀림없이 안전할 겁니다. 그러니 여기에 관여하지 않는 게 좋아요."

"……이미 위험한 상황이에요. 어젯밤, 누가 집 근처에서 절 미행했어요. 어쩌면 그게 가구라 세이이치로일 수도 있고요."

바로 대답이 없었다. 십여 초의 침묵 끝에 사나에의 작은 목소리가 들려왔다.

"그 남자는 가구라 세이이치로가 아니에요."

"……왜 그렇게 단언하죠?"

"그 남자를 고용한 사람은 히이라기 선생님이니까요."

"뭐요?"

"그 남자는 히이라기 선생님이 고용한 탐정입니다. 삼 년 전에 제 남편을 조사했던 남자죠. 아스카 선생님이 위험한 일을 당하지 않을까 해서 지켜보고 있죠."

머리가 새하얘진 후 맹렬한 분노가 치밀었다.

"저를 감시했다고요?!"

"죄송해요. 하지만 어쩔 수 없었어요. 아스카 선생님의 안전을 확인해야 했으니까……"

"그럼 살해당한 여자들의 수술 기록이 우리 집 우편함에 넣어져 있었던 것도 히이라기 선생님의 선물인가요? 왜 그런 짓을?"

"예? 무슨 이야기죠?"

"모르는 척하지 말아요. '성형미인 연쇄살인사건' 피해자들의 수술 기록이 우리 집에 보내진 일이요. 그런 걸 내게 보내 어쩌자는 거죠?"

대답이 들리지 않았다. 아스카는 순간 전화가 끊겼나 생각했다. 그러나 희미하게 들리는 흐트러진 숨소리가 아직 전화가 연결되어 있음을 알려주었다.

"사나에 씨, 왜 그래요?"

"……그건, 탐정이 아니에요. 히이라기 선생님은 그런 건 지시하지 않았어요."

"예?"

뜻밖의 대답에 아스카는 얼빠진 소리를 내고 말았다.

"아스카 선생님, 일단 몸을 숨기세요! 아무도 믿지 마세요. 아무도 모르게 혼자 어딘가에 숨어요."

"아무도 믿지 말라니……"

"아스카 선생님도 위험할지 모르겠네요. 오늘은 집에 돌아가지 말고 가능한 한 사람이 많은 데 있어요. 내일 같은 시간에 저희가 다시 연락할게요."

빠르게 지껄여대는 사나에에게 압도되어 아스카는 끼어들 틈을 찾지 못했다.

"저기요, 잠깐……"

"부탁이니 지시에 따라주세요. 절대로 아무도 믿어선 안 돼요."

그 말을 끝으로 갑자기 전화가 끊겼다. 삐―, 스마트폰에서 맥 빠진 전자음이 울렸다. 아스카는 꺼져버린 액정 화면을 멍하니 바라봤다.

사나에의 동요는 연기 같지 않았다. 역시 나는 위험한 상황에 부닥친 걸까? 생각에 잠겨 있던 아스카는 퍼뜩 제정신을 차렸다. 넋 놓고 있을 틈이 없다. 너무 시간이 길어지면 히라사키가 수상하게 여길 것이다.

사나에에게 전화가 왔다는 사실을 히라사키에게 알릴 마음은 없었다. 그는 이상할 정도로 히이라기에게 집착하고 있다. 사나에에게 전화가 왔다고 하면 무슨 짓을 해서든 히이라기가 있는 곳을 알아내려고 할 것이다. 히라사키와 히이라기를 만나게 하는 게 좋은 일인지, 아직 판단이 서지 않았다.

'아무도 믿지 마세요.'

사나에의 말이 머릿속에 되살아났다. 나는 어떻게 하면 좋을까? 망설이면서 캐리어 가방에 필요한 것들을 담고 손잡이를 잡은 아스카는 숄더백을 어깨에 걸치고 서둘러 현관으로 향했다.

"오래 기다리셨어요."

문을 연 아스카는 숨을 몰아쉬며 말했다.

"그럼 이제 갈까요?"

웃으며 말하는 히라사키에게 아스카가 "예"라고 대답하려는 순간 숄더백 안에서 다시 벨 소리가 들렸다. 뺨이 굳어졌다.

큰일 났네. 너무 놀라 매너 모드로 바꾸는 걸 깜빡했다. 사나에가 다시 전화했다면 얼버무릴 방법이 없었다.

"전화 온 거 아닌가요?"

히라사키가 의아하다는 듯 말했다.

"아, 그러네요."

얼빠진 소리로 대답하며 백에서 스마트폰을 꺼낸 순간, 몸에서 힘이 빠졌다. 액정 화면에는 '스와노 선배'라는 글자가 선명하게 찍혀 있었다.

"죄송해요. 대학 선배가 걸었네요."

아스카는 '통화' 버튼을 누르고 "여보세요. 선배, 왜요? 지금 좀 바쁜데"라고 말했다.

"아니, 너! 기껏 부탁을 들어줬더니."

전화 너머에서 스와노가 불만스럽게 말했다. 아스카는 양손으로 스마트폰을 쥐었다.

"어? 부탁? 설마……."

"사카이외과병원의 전 원장과 드디어 연락이 닿았다고. 이야기해도 괜찮대."

4

병원의 긴긴 복도를 걸으면서 아스카는 슬쩍 옆을 봤다. 옆에서는 히라사키가 굳은 표정을 하고 있었다.

히로시마역에서 택시로 십오 분쯤이면 도착하는 종합병원. 사카이외과병원의 전 원장이자 사 년 전에 일어났던 여아사망사건 때, 가구라 세이이치로와 함께 수술에 들어갔던 외과 의사이기도 한 사카이 요시키는 이 병원에 입원 중이라고 했다.

어젯밤, 스와노에게 그 정보를 들은 아스카와 히라사키는 신주쿠 비즈니스호텔에서 일박한 후 이른 아침 신칸센을 타고 히로시마로 와 정오가 되기 전에 이 병원에 도착했다.

복도 끝까지 와서 아스카는 걸음을 멈췄다. 눈앞에 1인실 미닫이문이 있었다. 노크하자 안에서 "예" 하고 쉰 목소리가 들려왔다.

"실례하겠습니다."

미닫이문을 열었다. 10제곱미터 정도 되는 방 중앙에 놓인 침대에 노인이 누워 있었다.

머리카락이 거의 남아 있지 않은 머리, 당장이라도 갈라져버릴 것 같은 건조한 피부, 눈이 퉁퉁 부어 반쯤 내리감은 듯한 눈. 들은 말로는 아직 칠십 전이라는데 그 모습은 구십을 넘긴 것처럼 보였다.

"누구신지?"

사카이는 퉁퉁 부은 눈 속에서 날카로운 시선을 던졌다.

"갑자기 실례합니다. 저는 준세이의대 마취과학교실의 아사기리 아스카라고 합니다."

아스카는 자세를 바로잡고 선배 의사에게 자기소개했다.

"아아, 세이이치로의 이야기를 들으러 온 사람인가?"

쉰 목소리로 중얼거린 사카이는 갑자기 기침을 시작했다. 서둘러 침대로 다가갔는데 사카이가 손으로 아스카를 제지했다.

"……괜찮네. ……늘 있는 일이니까."

아스카는 얼굴을 찌푸렸다. 니카이도 쇼조의 말기 암을 알아차리지 못했던 아스카라도 눈앞에 있는 노인의 몸에 무슨 일이 일어나고 있는지 금방 알 수 있었다. 아스카의 표정을 알아차렸는지 사카이가 말했다.

"골수종이야. 폐에 큰 전이 병소가 있네."

입가에 힘을 주는 아스카의 눈을 사카이가 들여다봤다.

"내가 살날은 앞으로 이삼 주일 거야. 그런데 옛날 동창에게 세이이치로의 이야기를 듣고 싶어 하는 사람이 있다는 말을 들었지. 그나저나 자네, 정말 발이 넓군. 녀석과 어떻게 아는 사이인가?"

"아니…… 그게……"

발이 넓은 사람은 스와노 선배였다. 그 사람이 어떤 인맥을 댔는지까지는 몰랐다.

"뭐, 그런 거야 어쨌든 상관없겠지. 그래서 뭘 묻고 싶나?"

"고맙습니다. 몸도 좋지 않으신데 이렇게 만나주셔서."

"몸이 좋지 않아서 만나기로 한 거네."

"무슨 말씀이시죠?"

아스카가 미간을 모으자 사카이는 천장을 바라보면서 담담하게 말하기 시작했다.

"지난 사 년간, 세이이치로에 대해서는 경찰 신문을 받았을 때 빼고는 한 번도 말하지 않았네. 하지만 곧 죽을 테니까 그날 밤 무슨 일이 있었는지 누군가에게 이야기해두고 싶었지."

거기까지 말하고 사카이는 가만히 히라사키를 노려봤다.

"그런데 당신은 누구지?"

"아, 인사가 늦었습니다. 저는……"

"언론 쪽 사람인가?"

자기소개를 시작하려는 히라사키의 말을, 사카이의 으르렁거리는 듯한 목소리가 막았다.

"아, 예. 확실히 언론 업계에서 일하고 있기는 한데……"

"……돌아가주게. 나는 의사가 이야기를 듣고 싶다고 해서 승낙한 거야. 언론 같은 데 말할 생각은 없어!"

사카이는 내뱉듯 말했다.

"아닙니다. 저는 기사를 쓰려는 게 아니라 어디까지나……"

"입 닥치고 빨리 꺼져!"

말기 암 환자라고는 생각할 수 없을 정도의 성난 목소리가 벽을 흔들었다.

"너희들이 시도 때도 없이 들이닥치는 바람에 우리 병원은 망했어. 시시콜콜한 것까지 다 써대고! 우리가 어떤 심정으로, 어떤……"

거기까지 소리치고 사카이는 다시 기침해대기 시작했다.

"……아사기리 선생님, 저는 밖에서 기다리겠습니다."

히라사키가 조용히 말했다.

"아, 하지만……"

"괜찮습니다. 사 년 전에 무슨 일이 있었는지 아는 게 무엇보다 중요하니까요."

"알겠습니다."

아스카는 사카이의 등을 문지르면서 고개를 끄덕였다.

히라사키는 사카이에게 깊이 고개를 숙이고 "이만 물러나겠습니다"라는 말을 남기고 병실을 떠났다. 실내에는 납덩이 같은 무거운 침묵이 들어찼다. 먼저 침묵을 깬 사람은 사카이였다.

"……앞으로 내가 하는 말을 저 남자에게 전할 건가?"

"아니, 그건……"

"만약 말할 생각이면 당장 돌아가. 나는 언론만은 절대 믿지 않아. 내 이야기를 듣고 싶다면 지금부터 내가 하는 이야기를 저 남자에게 말하지 말아줘. 그게 조건이야."

"……알겠습니다. 그에게는 아무 말도 하지 않겠습니다."

"의사끼리 하는 약속이야."

사카이는 표정을 조금 풀고 침대 위에서 눈을 감았다.

"자, 무엇부터 말하면 좋을까?"

"아, 우선 가구라 세이이치로…… 씨는 왜, 선생님 병원에서 당직 아르바이트를 했습니까?"

아스카는 여기 오기 전에 준비했던 질문을 던졌다. 사 년 전 시점에서 가구라 세이이치로는 히이라기의 클리닉에서 일하고 있었다. 히이라기는 돈이라면 무슨 일이든 하지만, 직원에게는 씀씀이가 좋았다. 아르바이트를 해야 할 정도로 금전적으로 궁했을 것 같지 않았다.

"내가 부탁했어. 일주일에 한 번이라도 좋으니까 당직으로 와달라고."

"사카이 선생님이요?"

"응, 그랬어. 나는 세이이치로가 태어날 때부터 알고 있었지. 그 녀석은 고등학교 친구의 외아들이었으니까."

"그, 그랬나요? 세이이치로 씨의 부친……. 그분은 지금 건재하십니까?"

갑자기 튀어나온 새로운 사실에, 아스카는 살짝 혼란스러웠다.

"아니, 세이이치로의 부모는 죽었어. 그 녀석이 중학생일 때 둘 다."

사카이는 부어오른 눈꺼풀을 열고 아련한 눈빛으로 천장을 바라봤다.

"……사고, 였나요?"

"아, 그랬지. 가족 셋이 차를 타고 가는데 뒤에서 오던 졸음운 전 트럭이 들이받았어. 차가 불타 세이이치로도 등에 심한 화상을 입었어."

"그 사고로 부모를……"

"아니, 사고로 죽은 사람은 아버지뿐이야. 어머니는 살았지. 하지만…… 얼굴 전체에 화상을 입었어."

어떻게든 고통을 견디려는 듯했으나 사카이의 표정이 일그러졌다.

"어머니의 얼굴 표면은 켈로이드* 상태로 타버렸어. 여러 차

---

* keloid, 흉터종. 피부의 결합조직이 이상 증식해 단단하게 융기한 것.

례 이식 수술을 받았지만 아무 소용없었지. 남편을 잃고 얼굴에 심한 화상을 입은 어머니의 정신은 점점 망가져, 사건이 일어나고 일 년 후, 세이이치로가 고등학교에 입학했을 무렵에…… 목을 맸어."

아스카는 너무나 비극적인 이야기에 할 말을 잃었다.

"세이이치로 씨가 성형외과를 전공한 건……"

"그래, 어머니와 관련이 있겠지. 그 녀석은 의사가 되겠다고 했을 때부터 앞으로 성형외과 의사가 되겠다고 했으니까."

"세이이치로 씨와 가깝게 지내셨나요?"

아스카는 가구라에 대한 이야기가 나올 때마다 사카이의 표정이 조금 풀리는 걸 알아차렸다.

"내가 오갈 데 없어진 세이이치로의 후견인이 되었지. 나와 아내에게 자식이 없어 우리 집에서 살게 했어. 사실은 양자로 들일 생각도 했는데 본인에게 조심스럽게 거절당했지. 부모를 잊고 싶지 않다더군. 그 녀석은 착한 아이였어. 투정을 부리는 법도 없이 늘 억지로라도 밝게 행동했지. 성적도 아주 좋아 우리가 뭐라 참견할 필요도 없이 현역으로 의대에 합격했어. 불만이라면 정말 마지막까지 우리를 '아버지, 어머니'라고 불러주지 않았다는 거지. 나는 부모가 되어줄 요량이었는데, 녀석도 여러모로 생각이 많았겠지."

사카이는 애달프게 눈을 가늘게 떴다.

"대학 학자금도 우리가 내주려고 했는데 녀석은 받질 않았어.

본인이 학자금 대출을 신청해 스스로 의사가 되었지. 오 년 전, 우리 병원이 아무래도 당직 의사를 확보할 수 없게 되었을 때 녀석은 일주일에 한 번씩 당직을 서주기로 했어. 정말 고마웠지."

사카이의 말투는 손자를 자랑하는 할아버지 같았다. 아스카는 그런 사카이를 바라보면서 천천히 입을 열고 가장 알고 싶은 걸 물었다.

"……사 년 전, 사카이외과병원에서 무슨 일이 있었나요?"

사카이가 크게 숨을 내쉬었다.

"밤에 교통사고를 당한 아이가 실려 왔어. 경험이 적은 세이이치로는 응급병원으로 보내야 한다는 내 반대에도 인체 실험 같은 수술을 해서 살릴 수 있는 생명을 빼앗았다. 세상 사람들은 그렇게 알고 있겠지."

"네. 저도 그렇게 들었습니다. 사실과 다른가요?"

단어를 선택하면서 질문했다. 사카이의 얼굴에 야유와도 같은 웃음이 떠올랐다.

"아, 완전히 달라. 그건 죄다 언론이 시청률을 올리거나 잡지를 팔기 위해 만들어낸 가짜야. 나는 계속 그건 틀렸다고 주장했어. 하지만 무시당했지."

"그럼 진실은 뭔가요?"

"그날 밤, 나는 의사회 모임을 끝내고 병원 뒤에 있는 집에서 쉬고 있었어. 그때 야근 간호사가 연락했지."

사카이는 창밖을 바라보면서 담담하게 말하기 시작했다.

"간호사가 너무 흥분해서 무슨 소리를 하는지 도통 알 수가 없어 내가 직접 병원에 갔지. 병원에 도착했을 때 내가 본 광경은 크게 소리치는 어머니와 피투성이가 되어 침상에 누운 여자아이였어. 그 아이의 손발은 말도 안 되는 방향으로 구부러져 있었고 입과 코에서 피가 흐르고 있었지. 세이이치로는 필사적으로 그 아이를 치료하고 있었어. 멍하니 서 있는 내게 세이이치로는 냉정하게 상황을 설명했어. 근처에서 교통사고가 일어나 어머니가 중상을 당한 아이를 안아 데리고 왔다고. 나는 패닉에 빠졌어. '외과병원' 간판을 내걸고 있지만, 우리 병원 침상의 반은 요양 환자였거든. 수술실도 거의 쓰지 않아 당연히 응급 치료 설비도 갖추지 못했고."

"선생님은 그때 구급차로 그 아이를 종합병원으로 보내려고 하셨죠."

"아, 그랬지. 왜 그랬을 것 같나?"

"왜냐고요? 그 편이 환자를 살릴 확률이 높다고 생각했기 때문 아닐까요?"

"아니야. 나는 책임을 피하고 싶어서 그 아이를 종합병원으로 보내려고 했지."

혈색이 좋지 않은 사카이의 얼굴에 고통스러워 보일 정도의 자학적인 웃음이 드러났다.

"책임?"

"침상에 누운 아이를 보자마자 나는 바로 깨달았지. 저 아이는 살 수 없다고. 그저 우리 병원에서 죽으면 왜 설비가 갖춰진 병원에 보내지 않았느냐는 비판을 받으리라 생각했지. 그래서 구급차를 부르려고 했던 거야. 그러면 아이는 실려 가는 도중에 목숨을 잃을 테니까."

목구멍 깊은 곳에서 쥐어짜내듯 이야기를 이어가는 사카이의 말을 아스카는 말없이 들었다.

"구급 요청을 하려는 나를 세이이치로가 말렸어. '여기서 수술해요. 안 그러면 이 아이는 살 수 없어요'라고. 내가 나만 걱정하고 있을 때 세이이치로는 그 아이를 살릴 생각을 하고 있었던 거지."

"하지만 세이이치로 씨는 성형외과 의사예요. 아무리 그래도 성형외과 의사가 그런 중증 외상수술은 힘든 게……"

끼어들었던 아스카를 사카이가 가만히 노려봤다.

"유족도 언론도 그렇게 말하며 세이이치로를 공격했어. 자신의 능력을 과신했다는 둥, 인체 실험을 했다는 둥, 아무것도 모르는 주제에 아무 말이나 지껄여댔지. 웃기지 말라고 해! 녀석은 여기저기 굴러다니는 그런 성형외과 의사가 아니야."

"아니, 하지만 역시 외상수술 경험이 없잖아……"

아스카는 조심스럽게 말을 해나갔다. 그때 두개골 안쪽에 벌레가 기어 다니는 듯한 불쾌감이 들어 아스카는 얼굴을 찡그렸다. 이 느낌은 뭐지?

"있었어."

사카이가 콧방귀를 뀌었다.

"예? 있었다고요? 외상수술 경험이요?"

"그래. 세이이치로는 그런 수술을 지긋지긋할 정도로 경험했을 거야. 세이이치로는 의사국가시험에 붙은 후 일본에서 연수를 받지 않았어. 왜 그랬을까?"

"제가 알기로는 외국으로 가……"

아스카는 스와노에게 들은 말을 떠올렸다.

"그래, 맞아. 녀석은 정말 일류 성형외과 의사가 되고 싶었어. 그래서 미국으로 건너갔지. 학창 시절에 여러 차례 미국 대학에 가 접촉해놓았기에 졸업 후 바로 건너가 외과 레지던트가 되었지. 미국 외과 연수는 아주 가혹하지. 오 년간의 연수 기간에 온갖 수술을 경험해. 물론 외상외과도."

아스카는 눈을 크게 떴다. 미국 국적이 없는 사람이 미국의 외과 연수를 받는 일은 정말 어려운 것으로 알고 있다. 정말 엄청나게 우수한 데다 행운까지 따르지 않으면 불가능한 일이었다.

"녀석은 외과 연수 후 극심한 경쟁을 뚫고 성형외과 팀에 들어가 성형외과 의사로서 기술을 연마했어. 그만큼 우수했단 말이지."

"그래서 수술하셨던 거예요?"

"그래. 세이이치로의 각오를 보고 내가 어시를 하기로 했지. 어머니에게 딸은 극히 위험한 상태라 바로 수술이 필요하다는 걸 구두로 설명하고 수술 동의를 구했어. 원칙은 문서로 남겼어 야 했는데 바로 수술이 필요했고 어머니도 패닉 상태여서 불가 능했어. 그런 탓에 나중에 '가족의 허가 없이 수술했다'라는 비 난을 받았지."

"……수술은 어땠나요?"

아스카가 묻자 사카이는 슬픈 미소를 지었다.

"나는 그날 처음으로 세이이치로의 수술을 봤어. 정말 훌륭했 어. 마취에 들어가자마자 순식간에 개복해 파열된 비장과 왼쪽 간장을 적출했어. 그리고 찢어진 장을 봉합하고 손상된 부위를 차례로 복원했지. 삼십 년 이상 외과 의사로 일했으나 그런 수 술은 본 적이 없었어. 정말 마법 같았지."

"마법……"

중얼거린 순간, 또 머리에 불쾌감이 내달렸다. 아스카는 가볍 게 고개를 저었다.

"살릴 수도 있겠더라. 내가 외면하려던 아이를 세이이치로라 면 살릴 수 있을 것 같았지. 하지만 너무 안일했어. 세이이치로 가 내장의 복원을 거의 다 끝냈을 때, 그때까지 간신히 유지되 고 있던 혈압이 떨어지기 시작했어. 세이이치로는 에코로 바로 심낭 안에 피가 차서 심장을 압박하고 있음을 알아냈지."

"심장눌림증*……."

"맞아. 심장눌림증을 일으켰지. 세이이치로는 주삿바늘을 심 낭에 찔러 혈액을 빼냈어. 그러나 그러는 사이 아이는 심실세동을 일으켰지. 그 작은 몸에 한계가 온 거야. 교통사고로 당한 손상이 너무 컸지. 세이이치로는 그 후로 삼십 분 이상, 소생술을 실시했어. 내가 붙들고 말릴 때까지."

사카이는 말을 이어가는 게 힘든지 크게 숨을 내쉬었다.

"그 뒤는 자네가 아는 대로야. 우리 바보 같은 간호사가 말도 안 되는 정의감으로 유족에게 세이이치로의 전공이 성형외과라고 밀고했지. 어린아이가 죽었다는 죄책감을 누군가에게 전가하고 싶었던 유족은 세이이치로를 고소하고 언론을 이용해 극악무도한 자로 몰아세웠어. 언론에 놀아난 여론은 세이이치로를 반쯤 재미로 비난했고 그에 떠밀린 경찰이 수사를 시작했어. 이렇게 해서 세이이치로는 '살인자'로 만들어졌지."

사카이는 높낮이가 없는 목소리로 담담하게 말했다. 아스카는 망설이면서 입을 열었다.

"하지만 세이이치로 씨의 집에서, ……데스마스크가."

사카이의 표정이 불에 던져진 밀랍처럼 순식간에 구겨졌다.

"모르겠어……. 왜 그런 짓을……, 틀림없이 무슨 오해가……"

양손으로 얼굴을 덮은 사카이는 신음하듯 말하고 어깨를 떨기 시작했다.

"……태국에서 연락은 없었나요?"

---

* cardiac tamponade, 심탐포네이드. 심장을 둘러싸고 있는 막에 삼출액, 즉 피, 농, 물 등이 차는 질환.

아스카가 마지막 질문을 했다. 사카이는 가구라 세이이치로에게 있어 가장 '가족'에 가까운 인물일 것이다. 어쩌면 태국에 숨어 있는 동안 연락을 취했을지 모른다.

아스카가 대답을 기다리고 있는 동안 사카이는 얼굴에서 손을 떼고 아스카를 봤다.

"태국? 세이이치로가 태국에서 연락하지 않았느냐는 질문인가?"

"예, 그래요."

아스카가 고개를 끄덕이자 사카이는 한심하다는 듯 콧방귀를 뀌었다.

"그 녀석은 태국 같은 데 가지 않았어. 아니, 어쩌면 갔을지 모르지. 하지만 적어도 숨어 다니지는 않았어. 전부 경찰과 언론이 거짓말하는 거야."

"아, 하지만……"

당황하는 아스카 앞에서 사카이는 창가에 놓인 꽃병을 가리켰다. 거기에는 장미, 카네이션, 스위트피 등 형형색색의 꽃이 꽂혀 있었다.

"예쁜 꽃이네요."

"여기 입원한 후 매주 누가 보내고 있지. 하지만 보내는 사람의 이름은 없어."

아스카의 눈이 커졌다.

"……예? 그건……?"

"맞아. 틀림없이 세이이치로야. 녀석이 보내는 거지. 그것만이 아니야. 내 아내는 육 년 전에 죽었는데 기일이 되면 무덤가에 반드시 꽃이 놓이고 비석은 반짝반짝 닦여 있어. 세이이치로가 모습을 감춘 뒤에도."

사카이는 미소를 지은 채 다시 밖을 봤다.

"세이이치로가 외국에 있다거나 이미 죽었다고 하는 녀석도 있는데, 나는 알아. 세이이치로는 일본에 있어. 일본에서 나를 지켜보고 있어."

"……윽?!"

아스카는 관자놀이를 눌렀다. 아까부터 머리를 가득 채우고 있는 불쾌감이 견딜 수 없을 정도로 커졌다. 사카이의 말을 들을 때마다 뭔가가 두개골 속에서 꿈틀거렸다.

머리를 감싼 아스카는 사카이의 말을 마지막으로 반추했다.

교통사고, 어머니의 화상과 자살, 성형외과 의사가 되겠다는 결심, 미국 연수, 마법 같은 수술 실력, 그리고 병원에 보내지는 꽃.

여기저기 흩어져 있던 조각이 천천히 하나로 조립되었다. 갑자기 격렬한 구역질이 찾아와 아스카는 입을 틀어막았다. 위의 내용물이 역류할 것만 같았다.

조금만 더 가면 뭔가 알아낼 수 있을 것 같았다. 이유 모를 공포감이 피를 타고 온몸을 엄습했다. 다음 순간, 머릿속에서 불꽃이 일었다. 아스카는 눈꼬리가 찢어질 정도로 눈을 크게 떴다.

설마 그런 일이……. 아스카는 필사적으로 머리에 떠오른 생각을 떨치려고 했다. 그러나 그 생각은 껌처럼 두개골 안쪽에 달라붙어 떨어지지 않았다.

"아아…… 아악!"

입에서 비명이 흘러나왔다. 아스카는 머리를 감싸고 그 자리에 주저앉았다.

"왜, 왜 그러나!"

사카이가 말을 걸어왔으나 비명을 멈출 수 없었다.

발밑이 무너져 나락으로 떨어지는 것 같았다.

*

"잘 먹었습니다."

역에서 파는 도시락으로 허기를 달랜 히라사키는 도시락 통의 뚜껑을 닫고 원래 도시락을 묶고 있던 끈으로 빈 통을 솜씨 좋게 다시 묶었다. 아스카는 초점 잃은 눈으로 그 손놀림을 바라보고 있었다.

"식욕이 없으세요?"

히라사키의 물음에 아스카는 정신을 차리고 천천히 고개를 끄덕였다.

이미 도쿄행 신칸센을 타고 두 시간 이상이 지났는데 아스카는 병원을 나온 후 거의 말을 하지 않고 있었다. 병실에서 깨달은, 깨닫고야 만 너무나 무서운 사실이 독처럼 온몸을 돌아 아스카의 몸을 꽁꽁 묶고 있었다.

정말 '그런' 걸까? 아스카는 무서운 속도로 경치가 흘러가는 창밖을 바라봤다. 지난 몇 시간 동안 온몸이 붕 떠 있는 것만 같았다.

"그럼 치울게요."

히라사키는 아스카의 무릎 위에 있던 거의 손대지 않은 도시락을 집어 들어, 자신이 다 먹은 도시락과 같이 봉투 속에 넣었다.

"괜찮아요?"

걱정스럽게 얼굴을 들여다보는 히라사키에게 아스카는 힘없이 고개를 좌우로 흔들었다. 머리가 돌아버릴 것만 같았다. 혼자 짊어지기에는 너무나도 무거운 사실. 이것을 토해내 버리고 싶었다.

"그 병실에서 무슨 일이 있었는지…… 말씀하실 수 없는 거죠?"

히라사키가 슬쩍 떠본다. 아스카는 살짝 턱을 당겼다. 자신을 믿고 말해준 사카이, 그의 믿음을 저버려선 안 되었다. 히라사키는 한숨을 쉬고 페트병에 든 생수를 한 모금 마셨다.

"알겠습니다. 약속했으니까 사카이 씨의 이야기 내용을 묻는 건 포기하겠습니다. 다만 확인은 해주세요. 아사기리 선생님은 사카이 씨의 이야기를 듣고 뭔가 충격적인 사실을 깨달았죠? 도무지 믿을 수 없는 충격적인 사실을. 그런가요?"

아스카가 힘없이 끄덕였다.

"여기서 분명하게 말하죠. 저는 그 사실을 알고 싶습니다. 어쩌면 아사기리 선생님이 깨달은 것이 제 '가설'일지도 모르니까요."

그럴 리 없었다. 이런 말도 안 되는 일을 생각해낼 사람이 있을 리 없었다. 나는 히이라기의 클리닉에서 일하며 그 사람을 봐왔기에 깨달을 수 있었던 것이었다.

"한 가지, 아사기리 선생님에게 사과하고 싶은 게 있습니다. 숨긴 게 있습니다."

히라사키는 갑자기 바지 주머니에서 지갑을 꺼냈다.

"뭐죠? 갑자기 새삼스럽게……."

"실은 '히라사키 신고'는 본명이 아닙니다. 직업상 반사회적인 세력과 문제가 생길 위험이 있어 필명을 쓰고 있습니다. 이게 제 본명입니다."

히라사키는 지갑에서 운전면허증을 꺼내 좌석 테이블 위에 놓았다. 거기에 적힌 이름을 보고 아스카의 목에서 "어?"라는 소리가 흘러나왔다.

'히이라기 신이치'. 이름 칸에 그렇게 적혀 있었다.

"히이라기라니……"

"네. 저는 히이라기 다카유키의 친척, 그러니까 조카입니다. 히이라기 다카유키의 누나의 외아들이죠."

히라사키 신고라고 했던 남자, 히이라기 신이치는 곱씹듯 천천히 말했다.

"자, 잠깐만요! 도대체 무슨 말씀이시죠?"

"지금부터 다 설명하겠습니다."

신이치는 설명하는 듯한 목소리로 혼란스러워하는 아스카를 진정시켰다.

"확실히 저는 히이라기 다카유키의 조카지만, 십 년쯤 전 어머니가 세상을 떠나신 후 삼촌과 만난 적은 없습니다. 그러므로 삼촌이 암흑세계에 고용된 성형외과 의사라는 걸 알았어도 특별히 취재하고 싶다는 생각까지는 하지 않았습니다. 일 년 전까지는……"

신이치의 말에, 아스카는 말없이 귀를 기울이기 시작했다.

"일 년 전, 저는 우연히 가구라 세이이치로가 삼촌의 제자가 되었다는 걸 알아냈습니다. 그 연쇄살인범의 진짜 모습을 알 수 있겠다고 생각한 저는 삼촌에게 취재를 청했습니다. 친척이 아니라 저널리스트로서 취재하고 싶어서 '히라사키 신고'라는 이름으로요. 취재 내용은 '일본의 성형외과 사정에 대해'라는 것으로 해뒀죠. 당일에 좀 놀라게 하고 싶은 심정으로 클리닉을 찾았습니다."

신이치의 이야기가 진행됨에 따라 아스카는 숨 쉬기가 힘들어져 가슴을 손으로 눌렀다.

"그런데 히이라기 다카유키는 '히라사키 신고'가 자신의 조카라는 걸 모르더군요. 처음에는 십 년 가까이 서로 보지 않았으니까 어쩔 수 없는 일이라고 생각했죠. 그런데…… 그 남자와 이야기를 나누다가 저는 그 언동 사이사이에서 정체불명의 위화감을 느꼈습니다. 얼마 후 저는 내가 느낀 위화감의 정체를 찾고자 히이라기 다카유키에 관해 본격적으로 조사하기 시작했죠. 사 년 전의 사건을 중심으로."

거기까지 말하고 신이치는 아스카에게 몸을 다시 돌렸다.

"제가 뭘 말하고 싶은지 이미 아시겠죠? 틀림없이 제가 그런 과정 끝에 세운 '가설'과 당신이 조금 전 깨달은 게 같을 테니까요."

"히라사키…… 아니, 신이치 씨는 무슨 생각을 하셨는데요?"

아스카가 목구멍 속에서 목소리를 쥐어짜냈다.

신이치는 아스카와 눈을 맞추고 천천히 입을 열었다.

"지금 히이라기 다카유키라고 말하는 남자. 그 남자가 바로 가구라 세이이치로입니다. 그 살인마는 사 년 전, 태국에서 성형수술을 받고 히이라기 다카유키로 변신한 겁니다."

*

어두컴컴한 방 안에서 침대 위에 무릎을 세워 감싸 안고 앉은 아스카는 옆에 놓인 스마트폰을 바라봤다. 시각은 오후 6시 50분을 넘어서고 있었다. 어제 사나에가 말한 대로면 앞으로 십 분쯤 지나면 사나에가 연락해올 것이다.

10제곱미터 정도 넓이에 침대와 책상, 그리고 TV만 놓인 소박한 공간을 둘러봤다. 한 시간쯤 전 시나가와역에서 신칸센을 내린 아스카와 신이치는 역 옆에 있는 이 비즈니스호텔에 체크인했다.

아스카는 천장을 바라보면서 신칸센 안에서 나눈 신이치와의 대화를 떠올렸다.

히이라기 다카유키라고 하는 남자가 바로 가구라 세이이치로라고 지적한 신이치는 입을 다물고 있는 아스카에게 말했다.

"이게 제 '가설'입니다. 아사기리 선생님도 같은 생각을 하고 계신 게 아닙니까?"

아스카는 조심스럽게 고개를 끄덕일 수밖에 없었다.

사카이에게서 들은 가구라 세이이치로라는 남자는 교통사고로 가족을 잃고 몸에 입은 화상 탓에 몸을 보이는 일을 극히 싫어하고, 일반외과 의사로서도 훌륭한 솜씨를 가지고 있으며, 지난 사 년간 일본에 있었다. 그런 인물상에 합치되는 것은 아스카가 알기로는 히이라기 다카유키가 유일했다.

"하, 하지만 그건 어디까지나 가능성일……"

"아닙니다. 틀림없이 그 남자가 가구라 세이이치로입니다."

신이치는 딱 잘라 말했다.

"하지만…… 하지만 정말 그런 일이 있을 수 있나요? 그렇게 완전히 다른 사람이 되는 성형수술이라니, 도대체 누가……?"

"아마도 수술한 사람은 진짜 히이라기 다카유키일 겁니다. 삼촌의 기술이라면 가구라의 얼굴을 자기 얼굴과 똑같이 만들 수 있을 테니까요. 분명 삼촌은 그 수술을 하려고 태국으로 갔고, 가구라 세이이치로에게 자기 얼굴을 주었죠."

"만약 그랬다면 히이라기 다카유키는 왜 굳이 그런 일을 했을까요? 범죄자를 자기 얼굴과 똑같이 만들다니."

"그건 저도 모릅니다. 삼촌이 가구라 세이이치로에게 어떤 약점을 잡혔을 수도 있죠. 그래서 그가 하라는 대로……"

"하지만 그럼 진짜 히이라기 다카유키는……"

아스카가 중얼거리자 신이치는 입술을 깨물고 눈길을 떨구었다.

"아마도 살해됐겠죠. 그렇지 않으면 얼굴을 바꾼 의미가 없으니까요."

"그, 그렇게 단정할 수는 없지 않나요? 무엇보다 이상해요. 만약 히이라기 선생이 가구라 세이이치로라면 얼마 전 클리닉에 불이 난 건 왜죠? 수술실에는 가구라 세이이치로의 협박문이 남아 있었어요."

"전에 사 년 전과 같은 수법으로 가메무라 마치코라는 사람이 살해당했다고 했죠?"

"그래요. 그것도 이상해요. 만약 히이라기 선생이 가구라 세이이치로라면 그런 사건을 일으킬 리 없잖아요? 무엇보다 그런 일이 일어나면 가구라 세이이치로가 일본에 있다는 게 들킬 테니까요."

자신의 상상을 부정할 근거를 드디어 발견하자 가슴에 안도감이 퍼졌다. 그러나 그것은 곧 신이치에 의해 깨졌다.

"아사기리 선생님, 연쇄살인범이 그렇게 계산대로 움직일 것 같습니까? 일반적인 살인사건의 범인과 달리 연쇄살인범은 손해를 따지거나 원한으로 살인을 저지르는 게 아닙니다. 그들 대다수는 정신적으로 병들어 있어서 살인을 멈출 수 없습니다. 가메무라 마치코를 죽인 것은 히이라기 다카유키를 사칭하고 있는 가구라 세이이치로입니다. 사 년간 참았으나 한계가 온 거죠. 그래서 가메무라 마치코를 죽이고 데스마스크를 만들었고요."

"말도 안 돼……. 그럼 방화는……?"

"자작극입니다. 그러면 살인범으로 의심받기는커녕 가구라 세이이치로가 노리는 피해자가 되니까요. 그리고 수술 기록도 없앨 수 있죠."

"왜 수술 기록을 없애야 하죠?"

"어디까지나 상상인데, 가구라는 이번 살인으로 궤도를 일탈한 것만 같습니다. 사 년이나 참았는데 또 사람을 죽여 쾌감을 맛보았죠. 하지만 이제 타깃이 될 만한 진짜 히이라기 다카유키에게 수술 받은 환자가 적어졌죠."

"설마 지난 사 년간 자신이 수술한 환자를 노린다고요?!"

"그럴 가능성이 크다고 저는 생각합니다."

"……그럴 수가!"

"문제는 증거가 없다는 점입니다. 이런 상식 밖의 이야기를 경찰에게 말해봤자 비웃음만 사겠죠. 우리 스스로 증거를 잡지 못하면 그 남자를 살인범으로 고발할 수 없습니다."

"증명이라니, 그걸 어떻게⋯⋯. 얼굴이 완전히 바뀌었는데."

"DNA입니다. 얼굴이 바뀌어도 DNA는 바뀌지 않으니까요."

"그래요. DNA까지 바꿀 수는 없지만, 그를 위해서는 비교할 DNA가 필요해요. 진짜 히이라기 다카유키의 DNA가 있나요?"

"그건 없습니다."

"그럼 의미가 없잖아요."

"그건 아닙니다. 비교할 DNA라면 여기 있습니다."

신이치는 자신을 가리켰다. 신이치의 의도를 깨달은 아스카는 "아⋯⋯" 하고 소리를 높였다.

"그래요. 제 DNA와 비교하면 됩니다. 히이라기 다카유키의 조카인 나와 혈연관계가 없다고 증명되면 그 남자를 고발할 수 있습니다."

"그야⋯⋯ 그렇지만."

신이치는 말을 흐리는 아스카의 손을 잡았다.

"아사기리 선생님! 부탁드립니다. 그 남자의 DNA 채취에 협력해주십시오."

"자, 잠깐만요. 제가 어떻게⋯⋯"

"당신 집에 피해자들의 수술 기록을 넣은 사람도 분명 가구라 세이이치로입니다. 왜 그런 짓을 했는지는 모르겠으나 그 남자는 당신을 사건에 끌어들이려 하고 있습니다. 틀림없이 언젠가 접촉해올 겁니다. 그때 부디 그 남자를 만나 DNA 샘플을 채취해주십시오. 그 남자가 입을 댔던 식기 같은 거면 충분합니다. 그걸 전해만 주시면 제가 검사기관에 가지고 가 제 DNA와 비교하겠습니다."

신이치는 아스카의 손을 잡은 채 고개를 숙였다.

삐삐—. 침대 옆에서 전자음이 들려와 천장을 바라보던 아스카는 흠칫 놀랐다. 소리가 나는 쪽으로 시선을 돌리니 침대 옆 테이블에 설치된 시계에 'PM 7:00'라고 표시되어 있었다.

이제 곧 사나에가 연락해올 것이다. 그때 나는 어떻게 해야 할까.

사나에는 어젯밤 "다 설명을 들었다"라고 했으나 그 '모든 것'에 히이라기의 정체가 가구라 세이이치로라는 것도 포함되어 있을까? 아니, 그럴 리 없다. 아무리 그 남자에게 심취해 있는 사나에라고 해도 상대가 연쇄살인범이라는 사실을 알면 같이 몸을 숨기지는 못했을 것이다.

정말 그 사람이 여러 사람을 죽였을까. 아스카의 뇌리에 실실 웃는 남자의 얼굴이 스쳤다. 분명 그 남자는 돈이라면 사족을 못 쓰고 경박한 데다 섬세함이라고는 찾아볼 수 없으며 아무렇지도 않게 위법을 저지르는 남자였다. 하지만 그 남자의 수술은 그것을 받은 사람들에게 작은 행복을 주었다.

아스카가 양손으로 머리를 마구 헝클고 있는데 스마트폰 벨 소리가 울리기 시작했다. 액정 화면에는 '발신자 표시 제한'이라는 문자가 표시되어 있었다.

아스카는 화면을 바라본 채 꼼짝도 하지 않았다. 아직 결심이 서지 않았다. 신이치의 부탁대로 그 남자를 만나 DNA를 채취해야 할까.

재촉하듯 착신음이 계속 울렸다. 아스카는 떨리는 손으로 '통화' 버튼을 터치하고 스마트폰을 귀에 댔다.

"여보세요. ……사나에 씨예요?"

"아이고, 아사기리 선생. 오랜만이야. 잘 지냈나?"

낯익은 명랑한 목소리가 고막을 흔들었다.

5

"괜찮으세요? 아사기리 선생님."

운전석에 앉은 신이치가 말을 걸었다.

"……그다지 괜찮지 않아요."

조수석에 앉은 아스카가 가는 목소리로 대답했다. 사카이의 이야기를 들으러 갔던 날로부터 이틀이 지난 오늘, 아스카는 신이치가 운전하는 프리우스를 타고 야마나시의 산간 지역으로 가고 있었다.

"그런데 가구라 세이이치로가 이런 데 숨어 있다니. 이러니 못 찾지."

신이치는 앞 유리창 너머로 펼쳐진 울창한 숲을 보면서 중얼거렸다.

"아직 그 사람이 가구라 세이이치로라고 결정된 건 아니에요."

"아, 분명 그렇죠. 지금 그걸 확인하러 가고 있으니까요. 이걸로 그 이상 범죄자의 정체를 밝혀 삼촌의 한을 풀 수 있게 되었습니다."

"그렇게 쉽게 말하지 마세요. 이제부터 저는 그 '이상 범죄자'일지 모르는 남자를 만나 DNA를 채취해야 하니까요."

아스카는 어두운 목소리로 말했다. 이틀 전부터 뱃속에서 공포가 꿈틀대고 있었다. 가능하다면 지금 당장 모든 걸 잊고 도망치고 싶었다.

"죄송합니다. 아사기리 선생님에게는 정말 감사하고 있어요. 그 남자가 숨어 있는 곳을 알아낸 데다 접촉할 방법까지 마련해 주시다니. 게다가 부탁한 당일에."

"……우연히 그쪽에서 연락이 왔어요. 저도 놀랐어요."

"아! 정말 대단한 우연이죠."

아스카는 웃으며 말하는 신이치의 옆얼굴을 바라봤다. 그렇게 딱 떨어진 우연을 믿어주지 않을 것이다. 필시 정기적으로 연락을 취하고 있었다고 생각하겠지.

"이제 곧 도착합니다."

신이치가 말했다. 아스카는 고개를 들고 정면을 봤다. 곧장 뻗은 좁은 산길의 수백 미터 앞에 통나무로 만든 작은 별장이 보였다. 숲을 살짝 깎아낸 땅에 세워진 그 건물은 그야말로 '은신처' 같은 분위기를 자아내고 있었다.

"주소에 따르면 아마도 저 건물일 겁니다. 더 가까이 가면 들킬 위험이 있어요. 여기서부터 걷기로 하죠."

차가 멈췄다. 기어이 여기까지 오고 말았다. 온몸의 땀구멍에서 식은땀이 쏟아져 나왔다. 위아래 어금니에서 딱딱 소리가 나기 시작했다.

"무서운가요?"

신이치가 걱정스러운 듯 말을 걸었다.

"당연히 무섭죠. 이제부터 살인마일지 모르는 남자를 만나니까요."

"괜찮을 겁니다. 제가 근처에서 잘 감시하겠습니다. 무슨 일이 생기면 바로 도망치세요. 제가 당신을 지키겠습니다!"

"……알겠어요. 믿을게요."

아스카는 한 번 크게 심호흡을 하고 고개를 끄덕인 후 차에서 내렸다. 주위를 가득 채운 청량한 숲의 향기가 곤두선 정신을 살짝 가라앉혔다.

차에서 내린 신이치는 트렁크를 열고 안에서 캐리어 가방을 꺼냈다. 아스카는 그것을 받아 지퍼를 열었다. 넣어온 옷과 화장품에 섞여 하얗고 큰 점토 같은 물질이 모습을 드러냈다.

"이걸 정말 사용해요?"

아스카가 하얀 덩어리를 손가락으로 가리켰다.

"네. 아까 설명했던 대로 만에 하나 위험을 느끼면 여기에 불을 붙이세요. 그러면 주변에 최루 가스가 차니까 그 틈을 타 도망치세요."

신이치는 점토 상태의 물질을 손가락으로 조금 떼어내 재킷 주머니에서 꺼낸 라이터로 불을 붙였다. 그 덩어리는 심한 연기를 내면서 타올랐다.

"연기는 높은 곳으로 올라가니까 몸을 숙이고 바로 건물에서 나오세요."

"알겠어요. ……그럼 갈게요."

지퍼를 닫은 아스카는 손잡이를 잡고 몸을 돌렸다. 그 어깨에 신이치의 손이 놓였다.

"왜, 왜 그러세요?"

아스카가 돌아봤다.

"동요하게 할 마음은 없으니 지금은 말하지 않겠습니다. 이 작전이 끝나면 하고 싶은 말이 있어요."

"제가 동요할 만한 말을 할 생각이세요?"

아스카가 쓴웃음을 짓자 신이치도 미소를 지었다.

"예, 아마도. 그럼 아사기리 선생님, 행운을 빌게요."

낯간지러운 대사를 읊는 신이치에게 고개를 끄덕이고 아스카는 별장으로 향했다.

드디어 이 시간이 찾아왔다. 작전대로 행동하면 사 년 전부터 이어진 비참한 사건에 마침표를 찍을 수 있을지 모른다. 그러나 실패하면…….

아스카는 어금니에 힘을 주어 뱃속에서 끓어오르는 공포를 눌렀다.

수백 미터의 비탈길을 나아간 아스카는 별장 입구에 도착했다. 가볍게 숨을 몰아쉬면서 건물을 올려다봤다. 통나무로 짠 단층 오두막이었다. 지붕에는 굴뚝도 보였다.

여기에 들어가면 돌이킬 수 없다. 잘못하면 목숨을 잃을 가능성도 있었다.

더는 고민하고 있을 상황이 아니야! 왼손으로 과감하게 자신의 뺨을 때렸다. 짝! 경쾌한 소리와 함께 예리한 통증이 찾아왔다. 아스카는 벌컥 문을 열고 건물 안으로 들어갔다.

실내에 들어서 주위를 살폈다. 취해야 할 행동은 미리 지시받았다. 이제부터는 시간과의 승부였다. 아스카는 최대한 재빨리 지시받은 대로 행동했다.

실내로 들어온 지 몇 분 후, 허리 근처에서 팝 음악이 울리기 시작했다. 아스카는 청바지 주머니에서 스마트폰을 꺼냈다.

액정 화면에 '히라사키 신고'라는 글자가 떠 있었다. 아스카는 '통화' 버튼을 터치했다.

"신이치 씨, 왜 그러세요?"

"죄송해요. 아사기리 선생님. 실은 중요한 이야기를 전해야 했는데 깜빡 잊었어요."

낮은 목소리가 아스카의 고막을 흔들었다.

*

도대체 무슨 일이 벌어지고 있는 거지? 구로카와는 사카시타와 함께 주택가를 걸으면서 머리를 벅벅 긁었다. 애당초 영문을 알 수 없는 사건이었으나 지난 사흘 동안 사태가 더 혼란스러워졌다.

우선 아사기리 아스카가 모습을 감췄다. 집에도 오지 않고 대학에도 나타나지 않았다. 대학에 물어보니 일이 생겨 수업을 쉬겠다는 연락이 왔다고 한다. 그 탓에 아사기리 아스카를 감시하겠다는 계획은 파국을 맞았다.

더 알 수 없는 일은 사흘 전, 준세이의대 앞에서 아사리기 아스카를 태웠던 차의 주인이었다. 번호를 바탕으로 조사한 결과 그 프리우스의 소유자는 '히이라기 신이치'라는 인물로 웬걸, 히이라기 다카유키의 조카에 해당하는 남자였다.

구로카와는 차를 운전하던 마른 남자를 떠올렸다. 그 남자가 왠지 마음에 걸렸다. 어디선가 본 것 같은 느낌이 드는데 도무지 기억이 나질 않았다.

앞에서 걷던 사카시타가 걸음을 멈췄다.

"구로카와 씨. 여기 같아요. 여기 3층이에요."

구로카와는 사카시타가 가리키는 끝을 바라봤다. 3층짜리 낡은 아파트가 서 있었다. 가장 가까운 역인 이타바시역에서 걸어서 이십 분 이상 걸린 것으로 보아 상당히 임대료가 쌀 것이다. 이 아파트가 히이라기 다카유키의 조카인 히이라기 신이치가 사는 곳이었다.

"가자."

구로카와는 성큼성큼 입구로 들어가 계단을 올라 3층으로 향했다.

"가장 안쪽 집입니다."

뒤에서 따라온 사카시타의 말을 따라 구로카와는 바깥 복도를 끝까지 가서 거기 있는 문의 인터폰을 눌렀다. 그런데 고장인지 호출음이 울리지 않았다. 구로카와는 혀를 차고 주먹으로 문을 두드렸다.

"히이라기 씨, 히이라기 신이치 씨. 안 계십니까?"

구로카와가 목소리를 높여 수없이 주먹으로 문을 두드렸으나 반응은 없었다.

"무슨 일이요? 이런 대낮에!"

옆집 문이 열리며 자다 일어났는지 머리가 잔뜩 눌린 젊은 남자가 얼굴을 내밀었다. 불량한 대학생 같은 남자였다.

"아, 실례합니다. 히이라기 신이치 씨에게 볼일이 있어서 왔는데 어디 계신지 아십니까?"

사카시타가 재빨리 남자에게 질문했다.

"히이라기? 아, 옆집 사람 이야기인가. 그런데 당신들은 누군데요?"

"실례했습니다. 저는 센주 경찰서의 형사로 사카시타라고 합니다."

사카시타가 양복 안주머니에서 경찰 수첩을 꺼내 남자 앞에 펼쳤다.

"아니, 형사님이라고요? 정말 진짜 형사예요?"

남자는 경찰 수첩을 빤히 쳐다봤다.

"진짜야. 그러니까 히이라기 신이치에 대해 아는 게 있으면 말해주지 않겠나?"

초조해진 구로카와가 날카롭게 말했다. 남자의 얼굴이 공포로 굳었다.

"아니, 이웃이라고 해도 가끔 얼굴이나 보고 인사 정도나 하는 사이라 아는 건 없어요. 뭐, 그리 싹싹한 사람도 아니라."

"이 시간에 어디 있는지 모르나?"

"어디에 있다기보다 그 사람, 적어도 지난 두세 달 동안 집에 안 왔어요. 이 아파트, 벽이 얇아서 옆집 소리가 잘 들리는데 최근에는 거의 기척이 없었으니까. 이사했다고 생각했지."

지난 두세 달 동안 돌아오지 않았다고? 구로카와는 눈살을 찌푸렸다.

"저기, 여기 사는 히이라기 신이치라는 남자, 마르고 우울해 보이는 남자지?"

구로카와가 묻자 남자는 의아하다는 듯 고개를 기울였다.

"마르고 우울해 보여요? 무슨 소리예요? 옆집 사람은 엄청 뚱뚱해요. 씨름 선수처럼 살이 쪄서 늘 땀을 줄줄 흘리고 다닌다고요."

*

아사기리 아스카가 별장 안으로 사라지는 모습을 확인하고 남자는 조금 전 태운 점토 상태 물질의 재를 손에 묻혀 얼굴과 셔츠에 발랐다. 탄 냄새가 코를 찔렀다. 얼굴을 찡그리며 운전석으로 돌아가 시동을 걸고 액셀을 밟았다.

프리우스는 거의 소리 없이 나아가 별장 앞 길가에 멈췄다.

다시 시동을 끄고 차에서 나온 남자는 품에서 스마트폰을 꺼내 통화 이력에서 '아사기리 아스카'를 골라 전화를 걸었다. 바로 통화가 연결되었다.

"신이치 씨, 왜 그러세요?"

전화를 받은 아스카가 빠르게 말했다.

"죄송해요. 아사기리 선생님. 실은 중요한 이야기를 전해야 했는데 깜빡 잊었어요."

남자는 웃음이 터지려고 하는 걸 참으면서 천천히 말을 이었다.

"중요한 이야기요? 뭔데요?"

"그보다 아사기리 선생님, 그 남자와 잇시키 사나에가 거기에 있나요?"

"있어요. 지금 차를 끓이고 있어요. 그래서 중요한 이야기란 게 뭐죠?"

"C4 폭탄은 안전성이 높아 불을 붙여도 해로운 연기를 내며 타기만 하죠. 폭발시키려면 기폭 장치를 작동시켜야 해요."

"네, 무슨 소리죠?"

"아니, 아닙니다. 토막 지식이죠. 자, 그럼 아사기리 선생님, 용건만 짧게 말하죠. 사실 저는 히이라기 신이치가 아닙니다."

"예? 뭐라고요? 신이치 씨, 도대체 무슨 소리를……"

"그러니까 나는 신이치가 아니라고. 진짜 신이치는 아주 뚱뚱하고 추한 남자였지. 자, 지금부터 아주 중요한 고백을 할 테니까 집중해서 잘 들어."

남자는 미소를 지으면서 한숨 쉬고 천천히 입을 뗐다.

"내가 히이라기 다카유키야."

"신……이치 씨? ……왜 그런 농담을 하세요?"

"농담이 아니야. 나야말로 진짜 히이라기 다카유키, 최고의 성형외과 의사지."

전화 안쪽에서 아사기리가 숨을 삼키는 기척이 들려왔다. 더는 참지 못한 남자의 목구멍에서 킥킥대는 웃음소리가 새어 나왔다.

"자네에게 정말 감사해. 아사기리 선생, 덕분에 계획은 모두 잘 진행되었어. 고맙다는 표시로 재미있는 이야기를 하나 알려주지."

남자는 한 박자 쉬고 천천히 입을 열었다.

"내 수술을 받은 여성들을 죽인 사람은 가구라가 아니야. 내가 스스로 그 여자들의 '아름다움'을 영원하게 만들어준 거지."

남자는 스마트폰을 얼굴에서 뗐다. 더는 말할 것도 없었다. 이제부터 마지막 일이 남아 있었던 것이었다. 남자는 전화를 끊고 품에서 손바닥 정도 크기의 기기를 꺼냈다. 엄지로 뚜껑처럼 닫혀 있는 부분을 열자 버튼이 나왔다.

주머니에서 귀마개를 꺼내 천천히 양쪽 귀를 막은 다음 차 뒤쪽에 주저앉았다. 드디어 끝이구나. 남자는 한 번 크게 숨을 내쉬고 버튼 위에 엄지를 올렸다.

천천히 버튼을 눌렀다. 딸깍, 손가락 끝에 감촉이 찾아왔다.

다음 순간, 온몸에 충격이 느껴졌다. 남자는 몸을 웅크리고 어금니를 꽉 악물면서 내장이 눌리는 듯한 압력을 필사적으로 참았다.

충격이 가시자 남자는 일어나 주위를 둘러봤다. 거기에 있었던 별장이 사라지고 대신 쓰레기 더미처럼 변한 곳에서 불꽃이 일어나고 있었다. 뱃속 저 깊은 곳에서부터 작은 웃음이 솟아올라왔다. 그것은 곧 커다랗게 변해 목구멍에서 입으로 빠져나왔다.

"하하하……. 하하하하하하……. 아하하하하하!"

남자는 충격파로 통증을 느꼈던 몸이 삐걱거리는 것도 개의

치 않고 계속 웃어댔다.

미친 듯 웃는 소리가 주위 나무들에 울려 퍼졌다.

*

길었다. 정말 길고도 괴로웠다. 그러나 기다림의 시간도 이로 써 끝났다. 이제 나는 최고의 성형외과 의사로 다시 군림할 수 있다.

지금도 불타오르는 집의 잔재를 앞에 두고, 히이라기 다카유 키는 지난 사 년을 회상했다.

모든 것의 시작은 사 년 전, 네 번째 사냥감인 가게야마 히로 미를 납치했을 때였다. 이전 세 명과 마찬가지로 시간을 들여 일상을 관찰하다가 퇴근길에 인적이 없는 골목에서 차에 탄 채 말을 걸고 틈을 타 전기 충격기로 쓰러뜨렸다. 그런데 옷 위로 전기 충격을 받은 탓인지, 가게야마 히로미는 이전 세 명과 달 리 기절하지 않았다. 쓰러진 그 여자를 차 안으로 끌고 오려는 순간, 그녀가 나를 힘껏 깨물었다. 심지어 오른팔을.

히이라기는 오른쪽 셔츠 소매를 올렸다. 팔 앞쪽 한가운데에 추한 흉터가 남아 있었다.

'아름다움'을 창조해내는 원천인 오른팔에 생긴 상처, 거기서 부터 모든 게 엉클어졌다. 척골 신경이 다친 탓인지 오른쪽 팔 이 늘 쑤시고 아팠고, 저린 증세까지 찾아와 수술에 지장이 생기기 시작했다. 전처럼 '아름다움'을 만들어낼 수 없었다.

끊어진 신경이 재생될 때까지 적어도 연 단위의 시간이 걸린 다는 진단을 받고 절망했을 때 또 다른 불행이 찾아왔다. 성형 수술을 받았다는 사실을 숨겼으리라 생각했던 가게야마 히로미 가 부모에게만은 모든 걸 말했던 것이었다. 어디서 수술 받았는 지까지. 그래서 클리닉에 형사가 찾아왔다.

당연히 형사들은 나를 용의자로 취급하지 않았고 다른 세 건 의 살인과의 관계도 밝혀내지 못하고 있었다. 그러나 언젠가는 네 명의 피해자가 같은 클리닉에서 수술 받았다는 사실이 밝혀 지고 용의자로 내가 떠오를 것이다. 그렇게 확신한 히이라기는 고심 끝에 작전을 실행하기로 했다.

우선 제자인 가구라 세이이치로에게 제안했다. 삼 년 전부터 클리닉에서 일하던 가구라는 그때, 의료사고로 언론에 쫓기고 있었던 데다 의사협회로부터 면허 정지 일 년 처분을 받아 히이 라기만큼 궁지에 몰린 상태였다.

히이라기는 "세상의 관심이 사라질 때까지 언론을 피하자"라 는 명목으로, 가구라에게 태국으로 가 몸을 숨기라고 지시했다. 재판은 자신이 변호사를 고용해 대응하겠다고.

몸과 마음이 다 초췌해진 가구라는 너무나 쉽게 제안을 받아 들였다.

가구라가 태국으로 떠나기 몇 시간 전, 히이라기는 자기 클리 닉에 불을 질러 모든 수술 기록을 어둠 속에 묻어버렸다. 그리고 히이라기는 계획의 마무리에 들어갔다. 가구라의 집에 여성 네 명의 데스마스크와 그것을 제작할 때 사용한 모든 도구를 가 져다 놓았다.

열쇠는 미리 준비했다. 애당초 제자가 되고 싶다며 찾아온 가 구라를 채용한 것은 자신이 용의자가 되었을 때 희생양으로 삼 기 위해서였다. 처음 계획은 가구라의 집에 살인 증거를 가져다 놓고 자살처럼 보이도록 죽이는 것이었는데, 오른팔 부상 때문 에 계획을 변경할 수밖에 없었다.

가구라를 연쇄살인범으로 만들기 위한 모든 준비를 끝낸 히 이라기는 자신도 태국으로 건너가 몸을 숨기고 있던 가구라와 접촉했다.

재회를 기뻐하는 가구라에게 히이라기는 자신의 오른팔을 보 여주며 말했다.

"팔이 이래서야 나는 더 이상 '히이라기 다카유키'로 있을 수 없네. 네 면허 정지가 풀리고 세간의 관심이 사라질 때까지, 그 리고 내 팔이 완치될 때까지, 나랑 바꿔 살아주지 않겠나? 그동 안 네가 '히이라기 다카유키'가 되어 그 영광을 유지해주지 않 겠나?"

가구라도 처음에는 너무나도 비상식적이고 비윤리적인 제안 에 의구심을 품고 거절했다. 하지만 결국에는 그 남자가 제안을 받아들일 거라고 히이라기는 확신하고 있었다.

히이라기는 알고 있었다. 가구라가 자신과 같은 부류의 인간이라는 사실을. 수술로 '아름다움'을 만들어내는, 그것이 바로 그 남자가 사는 의미라는 것을. 면허 정지로 수술할 수 없는 처지에 몰린다는 것은 가구라에게 있어서는 숨 쉴 수 없게 되는 것이나 마찬가지였다. 그러므로 최고의 성형외과 의사인 '히이라기 다카유키'로서 메스를 휘두를 수 있다는 유혹을 결코 이기지 못할 것이다.

그리고 히이라기의 예상대로 며칠 동안의 번민 끝에 가구라는 '히이라기 다카유키'가 되고 그러기 위한 성형수술을 받는데 동의했다.

히이라기는 태국 교외에 있는 병원에서 수술을 집도해 가구라의 얼굴을 자기 얼굴로 바꾸었다. 오른팔이 저렸지만, 극한까지 끌어 올린 집중력으로 최고의 수술을 해낼 수 있었다. 그리고 돈을 건넨 병원 의사에게 마취에서 눈을 뜨기 전인 가구라를 맡기고 자신의 여권, 예금통장, 인감 등을 남겨둔 채 스스로 모습을 감췄다.

그 후 히이라기는 히알루론산과 보톡스 주사를 놓아 주름살 제거 등, 스스로 할 수 있는 성형시술을 통해 자신의 얼굴도 바꾸고 태국에 숨어 오른팔 재활을 계속했다. 그러다가 드디어 마비 증상이 사라진 게 반년 전이었다.

오른팔에 다시 마법이 돌아온 히이라기는 행동을 개시했다.

위조 여권을 이용해 일본으로 돌아오자, 계획대로 가구라는 '히이라기 다카유키'의 이름을 이었고, '가구라 세이이치로'는 살인마로 지명수배되어 있었다.

히이라기는 우선 조카인 신이치를 찾아갔다. 신이치는 갑자기 찾아온, 지금까지 거의 만난 적 없는 삼촌에게 불신감을 가진 듯했으나 밥을 사주고 용돈을 건네는 것으로 아주 쉽게 믿음을 살 수 있었다. 히이라기가 "차라도 사줄까?"라고 제안하자 신이치는 조금도 의심하지 않고 기뻐 날뛰며 중고 프리우스를 샀다. 그 후 전기 충격기로 실신시킨 신이치를 그 차에 태워 깊은 산으로 데려가 경동맥을 찢은 다음 묻어버렸다. 그렇게 해서 '히이라기 신이치'라는 일본에서의 신분을 손에 넣은 히이라기는 가구라를 감시하기 시작했다.

'히이라기 다카유키'의 이름을 되찾기 위해서는 가구라와 가구라가 가깝게 지내는 사람을 동시에 없앨 필요가 있었다. 히이라기는 가메무라 마치코를 사 년 전과 동일한 수법으로 죽여, 가구라에게 자신이 돌아왔음을 알려 경계하게 했다. 더불어 클리닉에 불을 지르고 나아가 '가구라'의 이름으로 협박문을 남겨 가구라를 겁먹게 함과 동시에 '가구라 세이이치로가 히이라기 다카유키를 죽이려 한다'고 경찰이 오해하도록 만들었다.

마지막 장치가 아사기리 아스카였다. 단순하기 이를 데 없는 그 여자는 성형시술로 잘생겨지고 화사해진 이 얼굴에 아주 쉽게 속아 넘어갔다.

몇 번의 접촉으로 '히라사키 신고'에 대한 불신감을 날려버린 데다, 조금 유도했더니 바로 '히이라기 다카유키'의 정체가 가구라 세이이치로라는 걸 깨닫고 예상대로 움직여주었다. 그 결과 가구라가 숨어 있는 장소를 알아낼 수 있었다. 아무래도 맨 처음 '히라사키 신고'라고 자신을 밝힌 게 효력이 있었던 것 같다. 인터넷에서 적당히 조사한 기자 이름을 댔는데 생각했던 것보다 꾸며낸 이야기에 현실감이 더해졌다.

아사기리 아스카야말로 가구라의 약점이었다. 사람 좋은 가구라가 자기 탓에 아사기리가 위험에 노출되었다는 걸 참아내지 못할 거라는 점을 잘 알고 있었다. 그래서 아사기리의 집에 수술 기록을 넣어 위험이 다가온 듯 보이게 한 것이다.

그런데 이 별장은 정말 훌륭했어. 히이라기는 불꽃이 꺼지고 연기가 피어오르는 잔해를 바라보면서 미소의 모양으로 입술을 일그러뜨렸다. 계획을 위해서는 가구라, 잇시키, 그리고 아사기리 세 명을 인적이 없는 곳으로 모이게 할 필요가 있었다. 아사기리를 미끼로 가구라를 불러들일 생각이었는데, 설마 본인들이 내가 원하는 장소에 숨어 있을 줄이야.

절로 나오는 웃음을 흘리고 있던 히이라기의 귀에 저 멀리서 구급차 사이렌 소리가 들려왔다. 뺨이 굳어졌다. 근처 별장에 있던 주민이 신고했나? 설마 이렇게 빠를지는 몰랐네. 차 문을 열고 조수석 글러브박스에서 묵직한 해머를 꺼냈다.

별장 잔해로 달려간 히이라기는 폭파에 사용한 장치와 스마트폰을 땅에 내던지고 해머로 힘껏 내리쳤다. 두 개의 전자기기가 바로 가루가 되었다. 히이라기는 그 파편을 두 손으로 집어

잔해에 던져 넣었다.

히이라기는 양손에 묻은 재를 셔츠와 얼굴에 묻히며 각오를 다졌다.

가구라를 비롯한 세 명은 이제 저 잿더미 속에서 원형조차 유지하지 못했으리라. 그리고 DNA 감정으로 '가구라 세이이치로'의 죽음이 확인될 것이다. 이걸로 지난 사 년간 '히이라기 다카유키'로 살았던 남자가 사라진다. 다음은 자신이 '히이라기 다카유키'로 돌아가기만 하면 된다.

그를 위해서는 해야 할 일이 남아 있다. 히이라기는 해머를 쥔 오른손을 높이 들어 그 머리 부분으로 자신의 왼쪽 옆구리를 힘껏 쳤다.

억지로 밀려 나온 공기가 자신의 입에서 새어 나왔다. 몸 안에서 뼈가 부서지는 둔탁한 소리가 울렸다. 어금니를 악물고 고통을 견딘 히이라기는 다시 해머를 휘둘러 이번에는 왼쪽 허벅지를 때렸다. 근육이 푹 꺼졌다. 히이라기는 고개를 숙이고 거친 숨을 몰아쉬었다. 왼쪽 옆구리와 허벅지가 불에 덴 듯 화끈거리고 아팠다. 사이렌 소리가 아주 가까웠다.

이제 조금만 더 하면 돼. 조금만 더 하면 다시 최고의 성형외과 의사로 돌아갈 수 있어. 이제 정말 조금만……

"아아아아아아!"

뱃속 저 깊은 곳에서부터 우렁찬 소리를 내지르며 히이라기는 자기 얼굴에 해머를 내리꽂았다. 광대뼈가 부서지며 눈앞에 불꽃이 튀었다. 입술을 깨물며 날아갈 듯한 의식을 부여잡고 히이라기는 소리를 크게 질러대며 자기 얼굴을 파괴하기 시작했다. 코뼈, 위아래 턱뼈, 사골*, 얼굴을 형성하는 뼈가 차례로 부서졌다.

눈앞이 피로 벌겋게 물들자 히이라기는 무릎을 꿇었다. 사이렌 소리는 바로 앞까지 다가와 있었다. 마지막 힘을 짜내 해머를 잔해 속에 던지고 히이라기는 무너져 내렸다.

내가 해냈어. 뜨뜻한 만족감이 가슴을 채웠다. 이제 고통은 느껴지지 않았다.

몽롱한 의식 속에서 사람 목소리가 들려왔다.

"……으세요? 괜찮으세요?"

눈을 뜨자 안경을 낀 구급대원이 마스크를 쓴 채 필사적으로 말을 걸고 있었다.

"윽, 아아……"

히이라기는 말이 되지 못한 소리를 냈다.

"무슨 일이 있었나요? 이름을 말씀하실 수 있어요?"

이번에는 여자 목소리가 들려왔다. 또 다른 구급대원일 것이다.

"히이라……, 히이라기 다카유키……"

"히이라기 씨군요. 바로 병원으로 옮길 겁니다. 무슨 일이 있

---

* 두개골의 일부.

었나요?"

"가구라 세이이치로…… 가구라 세이이치로가 와서…… 갑자기 자살 폭탄으로…… 내가 아는 사람 둘이, 저 잔해 속에…… 나만 겨우 도망쳐……"

"알겠습니다. 더는 말씀하지 않으셔도 됩니다. 이제 괜찮을 거예요."

히이라기는 겨우 고개를 끄덕이고 눈을 감았다. 의식이 천천히 어둠 속으로 가라앉았다.

"……해. 천천히…… 심호흡……"

멀리서 들려오는 부드러운 목소리에, 히이라기의 의식이 어둠 속에서 건져졌다.

눈을 뜨니 시야에 익숙한 물건이 보였다. 무영등. 히이라기는 자신이 수술대 위에 누워 있다는 걸 깨달았다. 입가는 플라스틱 마스크로 가려져 있었다.

"정신이 드셨어요?"

머리 위에서 여자 목소리가 들려왔다. 시선을 움직여봤지만, 그 인물의 얼굴까지는 보이지 않았다.

"이제부터 응급수술을 할 겁니다. 히이라기 다카유키 씨."

'히이라기 다카유키'. 그렇게 불린 순간 불안이 단숨에 사라졌다.

아아, 나는 '히이라기 다카유키'로 돌아온 것이다!

"그럼 이제 잠드실 겁니다. 심호흡을 계속해주세요."

오른손에 가벼운 통증이 찾아왔다. 아무래도 링거 라인으로 마취약이 들어오는 모양이다.

히이라기는 미소를 지으면서 다시 잠에 빠졌다.

6

"몸은 어떠세요? 히이라기 선생님."

병실에 중년 남녀가 들어왔다.

"좋습니다. 형사님."

히이라기는 붕대에 감긴 얼굴로 환하게 웃었다.

이 병원으로 실려 온 지 이 주 정도가 지났다. 그동안 여기 있는 야나기라는 남자 형사와 아마노라는 여자 형사 둘이 종종 병실을 찾아와 수사 상황을 전해주었다.

"히이라기 선생님, 오늘은 좋은 뉴스와 나쁜 뉴스가 있습니다."

야나기와 아마노가 파이프 의자에 앉았다. 나란히 앉은 둘은 마치 부부 같았다.

"……그럼 나쁜 뉴스부터 듣죠."

히이라기가 그렇게 말하자 야나기의 표정에 어두운 그림자가 드리웠다.

"폭파된 잔해 속에서 발견된 두 여성의 시신 말인데요, DNA

감정 결과 잇시키 사나에 씨와 아사기리 아스카 씨인 것으로 확인되었습니다."

"……그렇습니까."

히이라기는 입술을 깨물었다.

"각오는 했는데……. 그때 그녀들도 다 도망쳤다고 생각했는데 저만 살아남았다니……"

"자신을 나무라지 마세요. 갑자기 가구라 세이이치로가 쳐들어와 폭탄으로 자폭한 겁니다. 누구나 패닉에 빠졌을 겁니다. 히이라기 선생님에게는 책임이 없어요."

아마노의 다정한 위로에 고개를 끄덕이면서, 히이라기는 속으로는 웃고 있었다.

"그래서 좋은 뉴스는 뭐죠?"

히이라기는 눈물을 닦는 척하며 말했다.

"거기서 죽은 남자가 가구라 세이이치로라는 사실이 DNA와 치아 대조로 확인되었습니다. 시신의 손상이 너무 심해 시간이 걸렸으나 이로써 사건은 해결되었습니다."

야나기가 미소를 지었다.

"……그런가요. 그럼 이제 어떻게 되는 건가요?"

"가구라 세이이치로 건은 피의자 사망이라는 형태로 검찰에 송치될 겁니다. 그럼 불기소 처분이 되겠죠. 히이라기 선생님에게는 퇴원 후에 조금 더 자세한 이야기를 듣겠습니다."

"알겠습니다. 그럼 밖에 있는 형사님들도 철수하십니까?"

이 병원에 입원한 이후 병실 밖에는 언제나 양복 입은 남자 둘이 스물네 시간 내내 교대로 파이프 의자에 앉아 지키고 있었다. 야나기 말로는 야마나시 현경의 형사들이라고 한다. 덕분에 지난 이 주 동안, 한 번도 병실을 나가지 못했다. 가구라 세이이치로가 아직 살아 있어서 다시 습격해올지 모른다는 게 표면적인 이유였으나 감시도 겸하고 있는 게 분명했다.

"오늘 철수시키겠습니다. 참고로 히이라기 선생님, 얼굴의 붕대는 아직 안 푸십니까?"

"주치의 말로는 곧 퇴원해도 된답니다. 다만 폭풍으로 날아온 파편에 맞은 얼굴은 상당히 변형이 일어나 성형외과 의사가 있는 병원에서 다시 수술을 받아야 할 것 같습니다."

히이라기는 붕대 위에서 얼굴을 만지면서 말했다. 이런 TV 전파도 들어오지 않을 듯한 산속 병원에서 만족할 만한 성형수술을 받을 거라고는 기대할 수 없었다. 이 붕대 밑의 얼굴은 심각한 상태일 것이다. 스스로 때려서 망가뜨렸다고 해도 추하게 일그러진 얼굴 같은 건 보고 싶지 않았다. 지난 이 주 동안 주치의 지시대로 얼굴에는 계속 붕대를 감고 있었다.

"그런데 우습게도 당신은 최고의 성형외과 의사입니다. 그러나 자기 얼굴을 스스로 수술할 수는 없죠. 적어도 두 번째로 우수한 의사에게 수술 받으면 좋겠네요."

농담처럼 말하는 야나기의 이야기에 히이라기는 입술 끝을 끌어 올렸다.

"유감스럽게도 두 번째 의사는 죽었어요. 자폭으로."

나와 마찬가지로 가구라 세이이치로도 분명 천재였다. 그렇기에 나는 그 남자에게 사 년간 '히이라기 디키 유키'로 있게 한 것이다.

"그런가요? 그럼 이만 실례하겠습니다."

야나기가 일어나 깊이 고개를 숙였다. 아마노도 따라 했다. 둘이 나란히 일어나 나가자 교대하듯 의사 가운 차림의 두 남자가 병실로 들어왔다.

"아, ⋯⋯히이라기 선생님. 저기⋯⋯ 항생제와 붕대를 교환할 시간입니다."

맥주통 같은 체형의 의사가 턱의 지방을 흔들면서 말했다. 이오타라는 외과 의사가 응급수술을 한 집도의였다. 이 남자를 볼 때마다 혐오감이 치밀었다. 늘 자신감 없이 고개를 숙이고 있고 잘 들리지도 않게 중얼중얼 말한다. 이런 남자가 자기 얼굴을 수술했다는 생각이 들면 소름이 끼쳤다. 붕대 밑의 얼굴이 어떻게 되어 있을지, 확인하고 싶지도 않았다. 하루라도 빨리 솜씨 좋은 성형외과 의사에게 수술을 받아야 한다.

"항생제를 놓겠습니다."

오타에 이어 들어온 남자가 침대에 다가오면서 우물거렸다. 남성 간호사용 제복을 위아래로 입은 그 남자의 얼굴은 커다란 마스크와 안경으로 가려져 있었다.

"얼마 전부터 이 병원에서 일하게 된 간호사입니다."

오타가 손수건으로 땀을 닦으면서 소개했다. 간호사는 인사하고 이동식 링거대에 항생제 팩을 걸고 링거 라인에 연결했다.

"벌써 이 주나 지났는데 왜 항생제 투여가 필요합니까?"

히이라기는 손목 혈관에 링거액이 흘러 들어가는 모습을 바라보면서 불만스럽게 말했다. 수술 후 항생제 투여는 필요하나 이 주는 너무 길었다.

"아, 그게……. 오늘로 마지막이니까."

"알겠습니다. 그리고 빠른 퇴원과 종합병원에 낼 소개장을 부탁드립니다."

한숨을 섞어가며 말한 히이라기는 항생제 팩이 놓였던 트레이 위에 50밀리미터 주사기가 놓인 걸 발견했다. 투명한 액체로 채워진 주사기에는 '칼륨, 정맥 주사 금지'라고 붉은 글자로 적혀 있었다.

"그건 뭐죠?"

"아, 이거요? 염화칼륨 용액입니다."

간호사가 대답했다.

"칼륨…… 왜, 그런 게?"

칼륨은 생명 활동에 꼭 필요한 물질이지만 고농도 칼륨 용액을 한꺼번에 정맥에 주사하면 심정지를 일으키는 독극물이기도 했다.

"다음에 갈 병실 환자분의 혈중 칼륨치가 너무 낮아 링거에 이걸 섞으라는 지시를 받았습니다."

간호사가 마스크 아래에서 우물우물 대답했다. 히이라기는 "……그래?"라고 낮게 읊조렸다.

"그럼 이어서 붕대를 교환하겠습니다. 잠깐 실례하겠습니다."

간호사는 히이라기의 후두부로 손을 돌려 단단히 묶어놓은 매듭을 가위로 자르고 붕대를 제거해 나갔다. 피부가 하루 만에 외부 공기에 닿으니 기분이 좋았다.

"내 얼굴은 어떤 상태죠?"

히이라기는 사용한 붕대를 버리고 있는 간호사에게 물었다.

"아니…… 뭐라고 해야 할지……"

간호사가 말을 흐렸다.

"아, 알겠어요. 그냥 붕대를 교체해주시죠."

히이라기가 말하자 간호사는 가운 주머니를 뒤지면서 수상한 행동을 하기 시작했다.

"왜 그러죠?"

"아니, 교체할 붕대가……. 이상하네. 아까 분명히 여기다 뒀는데……"

"그럼 빨리 가져와요. 기다리고 있을 테니까."

"죄송해요. 링거 조정이 끝나면 바로 가져오겠습니다."

간호사가 머리를 긁고 링거 투입 속도를 조절했다. 히이라기는 문득, 어느새 오타의 모습이 병실에서 사라지고 없음을 깨달았다.

"……히이라기 선생님은 굉장히 유명한 성형외과 의사라면서요?"

링거액이 떨어지는 걸 바라보면서 간호사가 작은 목소리로 말했다.

"그래, 나름대로 유명하지. 하지만 지금은 다른 사람 앞에 내 얼굴을 내놓고 치료를 받아야만 하는 처지지. 자기 얼굴이 너무 추하면 그것도 성형외과 의사로는 실격이니까."

쓴웃음을 짓는데 간호사가 귓가에 입을 대고 낮은 목소리로 속삭였다.

"아니에요. '히이라기 다카유키'는 최고의 성형외과 의사입니다. 예컨대 어떤 얼굴이더라도. 그러니까 부디 마지막까지 '아름다움'을 추구해주세요. 그럼 틀림없이 '히이라기 다카유키'는 계속 최고의 성형외과 의사일 겁니다."

"……? 도대체 무슨……?"

무슨 영문인지 알 수 없어 히이라기는 미간을 찌푸렸는데 간호사는 깊이 고개를 숙이고 항생제 팩이 놓인 트레이를 들었다.

"그럼 실례하겠습니다, 히이라기 선생님. 신세 많이 졌습니다."

딱히 저 간호사가 내게 신세를 진 기억은 없는데……. 미간의 주름이 더 깊어졌다.

간호사는 방 안쪽에 있는 문을 열고 안으로 들어갔다.

"아니, 거기는 세면실이야."

"아, 실례했습니다. 아직 신입이라……"

서둘러 세면실에서 나온 간호사는 깊이 고개를 숙이고 병실에서 나갔다.

미닫이문이 닫히자 히이라기는 천정을 올려다봤다. 어기서 퇴원해 얼굴 성형수술을 받으면 바로 움직이자. 클리닉을 열 곳을 찾고 솜씨 좋은 수술 간호사를 구해 하루라도 빨리 수술할 수 있는 시스템을 갖추자.

메스가 피부 위를 가르며 '아름다움'을 만들어내는 감촉이 손끝에 되살아났다. 등줄기에 감미로운 떨림이 지나갔다.

아마 일 년도 지나지 않아 '발작'이 들이닥칠 것이다. 또 자신이 만든 '아름다움'을 영원히 보존하고 싶어질 것이다. 전과 같은 실수는 없어. 다음부터는 사체를 완전히 없애 범죄가 일어났다는 흔적조차 남기지 않아야 해. 조카인 히이라기 신이치의 사체를 없앤 것처럼.

초점을 잃은 눈으로 천장을 바라보며 달콤한 미래를 그리던 히이라기는 문득 제정신을 차렸다.

그 간호사가 붕대를 풀고 벌써 십 분 이상 지났다. 새 붕대를 가져오는 데 시간이 너무 오래 걸리는 거 아닌가.

히이라기의 시선이 세면실로 향했다. 이 병실에는 세면실 외에는 거울이 없었다. 자신의 얼굴이 어떤지 확인하고 싶은 욕구가 가슴에 들끓었다. 조금 전 간호사의 언동을 보건대 지독한 얼굴일 것이다.

히이라기는 조심스레 얼굴을 만졌다. 골절한 부분이 완전히 낮지 않아서 묵직한 통증이 느껴졌으나 피부의 굴곡에 위화감은 없었다. 히이라기는 다시 세면실 문으로 시선을 던졌다.

침대에서 내려서려고 했을 때 복도를 달리는 발소리가 울렸다. 미닫이문이 벌컥 열리고 양복 차림의 남자 둘이 방으로 들어왔다. 얼굴을 벌겋게 물들이고 거친 숨을 내쉬는 남자가 낯익었다. 구로카와 가쓰노리. 사 년 전 사건에서 끈질기게 물고 늘어졌던 형사였다.

왜 이 남자들이 여기에? 히이라기는 당황하면서도 미소를 지었다.

"안녕하셨나요? 구로카와 씨. 오랜만입니다. 병문안이라도 오셨나요?"

싹싹하게 말을 걸었는데 구로카와는 온몸을 부르르 떨면서 히이라기의 얼굴을 노려봤다.

"왜 그러시죠? 그런 무서운 얼굴로?"

"드디어……"

구로카와가 충혈된 눈을 커다랗게 떴다.

"드디어 발견했군. 가구라 세이이치로!"

"……뭐요? 가구라 세이이치로?"

"맞아. 드디어 찾았어. ……내내 너를 찾았지."

"무슨 말씀이세요? 가구라 세이이치로라면 이미 죽었다는 게 DNA 감정으로 증명됐잖아요? 야나기 씨와 아마노 씨라는 형사분이 그렇게 말했어요."

히이라기가 말하자 두 형사는 얼굴을 마주 봤다.

"……기억이 혼란스럽다는 게 진짜인 모양입니다."

기억이 혼란? 히이라기는 젊은 형사의 말에 눈썹을 찡그렸다. 가슴속에서 작은 불안이 싹텄다.

"구로카와 씨. 늘 여기 왔던 형사님에게 물어보세요. 가구라 세이이치로는 그 폭발에 휘말려 죽었다는 걸 알게 될 겁니다."

"무슨 소릴 하는 거야! 형사가 왔을 리 없지. 혹시 왔으면 제일 먼저 너를 체포했을 테고. 무엇보다 폭발이라니 대체 무슨 소리야?"

"무슨 소리라니……. 그럼, 병실 밖에서 감시하는 형사와 이야기해보세요."

"병실 바깥에 형사는 없어. 의사 말로는, 너는 머리를 부딪쳐 기억이 엉망이라고 하더라. 그러니까 알려주지. 너는 가구라 세이이치로. 데스마스크를 만들기 위해 여자를 다섯 명이나 죽인 살인마야."

"뭐?! 아니야! 나는 히이라기 다카유키야! 가구라 세이이치로가 아니라고!"

히이라기는 침을 튀겨가며 소리를 질렀다.

"웃기지 마! 거울로 네 얼굴을 보라고!"

구로카와가 칼 같은 시선을 던졌다.

거울? 얼굴? 심장이 크게 뛰었다. 히이라기는 링거대를 잡고 침대에서 뛰어내려 세면실로 달려갔다. 두 형사는 세면실 입구를 막아섰다.

매달리듯 세면대에 양손을 짚은 히이라기는 숙인 고개를 천천히, 정말 천천히 올려 거울을 들여다봤다. 머릿속이 하얘졌다. 시간이 멈춘 것만 같았다.

거울 속에는 '가구라 세이이치로'가 공포에 질린 얼굴을 드러내고 있었다.

"으악!!!!"

목구멍에서 비명이 흘러나왔다. 거울 속의 '가구라 세이이치로'도 절망적인 표정으로 비명을 지르기 시작했다.

*

뭐지? 무슨 일이 일어난 거지?

패닉에 빠진 히이라기는 자신의 얼굴을 만졌다. 거울 속에서 '가구라 세이이치로'도 같은 동작을 했다. 틀림없다. 내 얼굴이 가구라 세이이치로의 얼굴로 바뀐 것이다. 왜 이런 일이?

히이라기는 얼굴 부위를 하나씩 확인하듯 만졌다.

완벽해. 히이라기는 무의식적으로 감탄의 한숨을 내쉬었다. 그야말로 완벽한 수술이 이루어져 내 얼굴이 가구라 세이이치로의 얼굴로 바뀌었다. 얼핏 보기에는 얼굴 뼈가 부서졌던 영향조차 찾아볼 수 없었다.

그토록 철저하게 파괴한 얼굴을 완벽하게 복원하면서 다른 사람의 얼굴로 바꾸다니……. 이 정도의 수술이 가능한 성형외과 의사는 나 말고는 하나밖에 없었다.

히이라기는 거울 속에 있는 남자를 노려봤다. 하지만 이 남자, 가구라 세이이치로는 폭발로 분명히 죽었는데. 나는 아사기리에게 가구라가 그 건물에 있는 것을 확인하고 폭파했다. 그 폭발에서 살아나는 건 무엇보다 불가능…….

문득, 히이라기는 세면대 옆에 트레이가 있는 걸 발견했다. 거기에는 염화칼륨이 든 주사기가 있었다.

그 간호사가 깜빡하고 두고 간 걸까? 거기까지 생각했을 때 머릿속에서 마스크를 쓰고 있던 간호사의 얼굴이 되살아났다.

"윽?!"

히이라기는 머리를 감싸고 신음했다. 자신의 얼굴을 들여다보던 구급대원, 조금 전의 침착하지 못했던 남성 간호사, 그리고 수술실에서 말을 걸었던 마취과 의사의 목소리. 기억이 차례로 되살아났다.

설마……, 설마?! 모든 걸 깨달은 히이라기는 헐떡이는 듯한 소리를 냈다.

모든 게 덫이었나? 가구라를 속일 생각이었는데 내가 속았단 말인가. 나는 그 남자의 손바닥 위에서 놀아났다는 말인가……. 히이라기는 절망함과 동시에 감동했다. 너무나도 완벽한 수법, 그것은 처절할 정도로 아름다웠다. 히이라기는 세면대에 양손을 대고 말했다.

"······형사님. 여기에는 익명의 신고를 받고 오셨나요? 이 병원에 가구라 세이이치로가 입원해 있다고?"

"······그래, 맞아. 그게 왜?"

히이라기는 구로카와의 탁한 목소리를 들으면서, 심호흡을 되풀이해 뜨거워진 뇌세포를 식혔다. 어떻게든 이 궁지에서 벗어날 방법을 생각해야 했다.

이 형사들은 나를 체포할 것이다. 그건 피할 수 없다. 문제는 그 후 어떻게 해서 내가 '가구라 세이이치로'가 아닌지를 증명하는가이다.

분하지만 수술은 완벽했다. 현재 내 외모는 완벽히 '가구라 세이이치로'였다. DNA라면 어떨까? 가구라의 DNA를 경찰이 가지고 있을 가능성이 크다. 그럼 내가 가구라가 아니라는 걸 증명할 수 있을지도 모른다. 그러나 그렇게 되면 진짜 가구라 세이이치로가 사실은 내가 진짜 연쇄살인범이라는 걸 고발할 게 틀림없다. 나와 그 남자가 모습을 바꾸고 서로 살인범이라고 주장한다. 둘 다 늪에 빠질 게 분명했다. 그건 너무나······ 아름답지 않다. 게다가 어쩌면 별장을 폭파하기 전, 전화로 아사기리 아스카에게 말했던 살인 고백도 녹음되었을지······.

"마지막까지 '아름다움'을 추구해주세요. 그럼 틀림없이 '히이라기 다카유키'는 계속 최고의 성형외과 의사일 겁니다."

느닷없이 조금 전 간호사에게, 그 남자에게 들었던 말이 귓가에 맴돌았다. 이를 악물고 생각을 쥐어짜내던 히이라기는 순간 트레이의 주사기를 보고, 바로 거울 속 '가구라 세이이치로'를 바라봤다.

……아아, 그 말이 이런 뜻이었구나.

히이라기는 미소 지었다. 거울 속 '가구라 세이이치로'도 미소 지었다. 아주 자연스러운 미소였다.

나는 사십 년이 넘는 인생에서 오로지 '아름다움'만을 추구해 왔다. 그렇다면 마지막까지 아름다워야 한다.

히이라기는 트레이로 손을 뻗어 주사기를 들었다. 구로카와 일행이 경계하는 기척이 났다.

"……구로카와 씨."

히이라기는 주사기에서 주삿바늘을 빼면서 중얼거렸다.

"왜?"

구로카와가 언제든 뛰어들 듯 허리를 낮추면서 말했다.

"나는 가구라 세이이치로입니다. 나는 히로세 사치코, 이시야마 사쿠라, 미키 요코, 가게야마 히로미, 그리고 가메무라 마치코까지 다섯 명의 여성을, 그녀들의 '아름다움'을 영원히 남기기 위해 죽였습니다. 그리고 히이라기 다카유키의 조카인 히이라기 신이치도 죽여 산에 묻었습니다."

"……자백인가? 자수는 인정하지 않을 거야."

"자수 같은 건 하지 않습니다. 나는 조금도 후회하지 않아요."

히이라기는 링거 라인 옆에 달린 관의 캡을 빼고 주사기를 접속했다.

"움직이지 마! 무슨 짓을 하려는 거야?"

"당신들을 번거롭게 할 생각은 없습니다. 내 끝은 내가 내겠습니다."

히이라기는 이를 악물고 주사기의 내용물을 단숨에 링거 라인에 주입했다.

고농도의 염화칼륨 용액이 링거 라인을 거쳐 정맥으로 들어갔다.

다음 순간, 히이라기는 가슴 중심을 얻어맞은 듯한 충격을 받았다. 온몸의 힘이 빠졌다. 의식이, 자신이 급속히 희석되어갔다.

무너지기 직전. 히이라기는 속으로 거울 속 남자에게 말을 걸었다.

약속 잊지 마. 가구라 세이이치로는 죽고, 앞으로도 계속 '히이라기 다카유키'가 최고의 성형외과 의사로 군림하는 거야.

거울 속 남자가 미소를 지음과 동시에 히이라기의 의식이 어둠의 바닥으로 끌려 내려갔다.

*

조수석 문이 열리고 하얀 간호사복을 입은 마른 남자가 카이엔에 올라탔다.

"……끝났어. 지금쯤 구로카와 형사 일행이 도착했을 거야."

가구라 세이이치로는 마스크와 안경을 벗고 크게 한숨을 쉬었다.

"선생님, 수고하셨어요."

운전석의 사나에가 격려의 말을 건넸다.

"저기…… 히이라기 다카유키는……"

뒷좌석의 아스카는 조심스레 가구라에게 말을 걸었다.

"그 사람은 틀림없이 스스로 끝낼 거야. ……그런 사람이야."

아스카는 가구라의 답을 듣고 고개를 숙였다. 이렇게 끝내도 되는 걸까. 확실히 히이라기 다카유키가 체포되어 "나는 가구라 세이이치로가 아니야!"라고 주장하면 일은 복잡해질 것이다. 그렇다고 자살을 권하다니…….

"아사기리 선생, 고민 중인가? 이게 옳은 일인지?"

아스카가 고개를 들고 조그맣게 "……네"라고 중얼거렸다.

"그럼 됐어. 자네나 나 모두 계속 고민해야. 절대적인 정답은 없으니까. 고민하고 또 고민해 나름의 정답을 끌어내는 수밖에 없어."

아스카는 살짝 턱을 당기고 끄덕였다.

"다만 이번 건에 대해 자네가 책임을 느낄 필요는 없어. 작전을 세운 사람은 나야. 그 죄는 모두 내가 져야지. 자네는 그저 내 부탁을 받고 협력해준 게 다니까."

아스카는 입술을 굳게 다물면서 이 주 전의 일을 떠올렸다. 호텔 방에서 전화를 받은 아스카에게, 가구라는 전화 너머로 인사를 건넨 후 말했다.

"이미 알았을지 모르겠네만, 내 정체는 가구라 세이이치로, 연쇄살인마로 지명수배 중인 남자야."

느닷없는 고백에 놀란 아스카에게, 가구라는 사 년 전의 일을 전부 말하고 작전에 협력해달라고 요청했다.

"하지만 폭발이 정말 굉장했어요. 구급차를 타고 달려왔을 때 아스카 선생님이 무사할지 너무 불안하더라고요."

사나에가 차분하게 말했다.

"당연히 무사하지. 원래는 핵에 대비해 만들어진 피난처니까. 어떤 폭발에도 견딜 수 있으니까 그런 거금을 들여 니카이도 리나에게 샀지."

"어머! 많이 깎아주지 않았나요? 하지만 이 병원 근처에 팔다 남은 피난처가 딸린 별장이 있었다니 정말 행운이었어요."

"그래도 진짜 구급차나 소방차가 오지 않도록 소방서에 미리 영화 촬영으로 폭파가 있을 거라고 연락도 해야 했고 정말 번거로웠어."

"구사야나기 씨가 연예계 인맥을 활용해 거의 다 해주셨잖아요?"

사나에가 놀리듯 말했다.

그날, 니카이도 리나에게 산 핵 피난처가 딸린 별장에 들어간 아스카는 지시받은 대로 곧장 지하에 있는 피난처로 도망쳤고 거기서 히이라기의 전화를 받았다.

폭발 후 아스카는 지하에서 도와줄 사람이 오기를 기다렸다. 한편, 구급대원으로 변장한 가구라와 사나에는 오타병원 구급차로 직접 얼굴을 망가뜨린 히이라기를 데리러 와, 예정대로 그를 오타병원 별관으로 옮겼다.

아스카는 그 후 현장에 도착한 후지이 마이코와 구사야나기 겐타 부부에게 구출되어 가구라 일행보다 조금 늦게 오타병원에 도착해 바로 히이라기 다카유키를 전신마취했다.

"그런데 어떻게 히이라기 다카유키가 폭탄으로 우리를 날려버릴 줄 아셨어요?"

아스카가 묻자 가구라는 의기양양하게 콧등을 긁었다.

"사 년 전, 히이라기는 단순히 나를 희생양으로 삼는 데서 끝내지 않고 굳이 자기 얼굴로 성형했어. 그건 손을 다친 본인 대신 내가 '히이라기 다카유키'라는 브랜드를 지키게 하기 위해서지. 그렇다면 언젠가는 그 브랜드를 되찾으러 올 게 분명하지. 문제는 그 방법이었는데, 사 년 전, 내 방에서 살인 증거만이 아니라 폭약까지 발견된 걸 보고 예상했어. 어디선가 폭발을 일으키고 그 난리 통에 바꿔치기할 생각이라고."

"……그래요? 그걸 알면서 나를 두고 몸을 숨겼어요?"

"아, 아니. 히이라기가 노리는 건 나와 사나에뿐이라고 생각했지. 하지만 자네까지 사건에 휘말렸다는 소리를 듣고 히이라기가 자네를 이용해 나를 끌어내리려는 걸 알았어. 그래서 거꾸로 내가 그를 불러내기로 한 거야."

"아스카 선생님, 용서해주세요. 아스카 선생님이 위험한 일을 당하지 않게끔 한 일이었어요."

"그건 알지만……"

"그런데 아사기리 선생, 용케 나를 믿어주었어. 나는 자네를 설득하는 게 훨씬 어려우리라 생각했거든. 혹시 그 남자가 히이라기 다카유키일지 모른다고 의심하고 있었나?"

가구라가 화제를 바꿨다. 아스카의 표정이 진지해졌다.

"……그 사람은 카페에서 늘 주스만 마셨어요. 전에 말씀하셨잖아요. 성형외과 의사는 카페인을 섭취하지 않는다고. 그리고 가끔 의료계 속어를 말하더라고요. 가장 이상했던 건 도시락을 치울 때였어요."

"도시락이요?"

사나에가 고개를 살짝 기울였다.

"그래요. 다 먹은 도시락을 끈으로 다시 묶을 때 그 사람은 수술 때 외과 의사가 하는 외과 매듭을 짓더라고요. 게다가 아주 자연스럽게."

"그랬군! 외과 매듭이라. 확실히 우리 외과 의사들은 일상에서도 무의식적으로 외과 매듭을 짓곤 하지. 하지만 그것들은 어디까지나 상황 증거잖아. 그걸로 용케 자신의 목숨을 걸 선택을 했네."

놀리듯 말하는 가구라에게 아스카는 장난스러운 미소를 지었다.

"함부로 보지 마세요. 저는 이래 보여도 사람 보는 눈은 있어요. 몇 개월 동안 같이 일하면서 선생님은 나쁜 사람처럼 굴어도 좋은 사람이라는 걸 알았어요. 그저 나쁜 사람처럼 굴 뿐이지 사람을 죽일 사람은 아니죠."

가구라의 얼굴이 굳었다.

"선생님, 한 방 먹으셨네요."

사나에가 킥킥대며 웃었다.

"앗!"

아스카가 소리를 질렀다. 카이엔의 옆을 닛산 페어레이디 Z가 지나갔다. 시선을 돌리니 조수석 창문에서 후지이 마이코가 미소 짓고 있다. 그 안쪽 운전석에는 마이코의 남편이 된 구사야나기의 모습도 보였다.

"아, 저 부부도 이제 돌아가는가 보군. 아, 정말 둘 다 왕년의 배우가 맞더라. 형사 역할을 완벽하게 해냈어. 그에 비해 그 뚱뚱한 선생의 형편없는 연기는 정말 눈 뜨고 못 볼 지경이었지. 너무 수상하게 행동해 언제 들킬까 조마조마했다니까. 병실 밖에서 감시 역할을 맡아준 와시오 조직원들이 더 침착했어."

가구라는 마이코에게 가볍게 손을 들어 보이면서 말했다.

"……구사야나기 씨와 마이코 씨, 게다가 와시오 씨와 오타 선생까지, 도대체 어디까지 말씀하셨어요?"

"거의 전부 말했지. 괜찮아. 와시오 보스와 오타 선생은 내게 약점을 잡혔고, 연기자 부부는 내가 인연을 맺어줬으니까. 비밀을 떠들고 다니진 않을 거야."

"그럴까요……."

페어레이디 Z를 바라보던 아스카는 병원 쪽을 돌아봤다. 구로카와와 사카시타가 병원으로 들어간 지 십 분이 지났는데 아직도 별다른 움직임이 없었다.

"잘 될까요……."

아스카는 불안을 내뱉었다. 이 주 전, 가구라는 무시무시한 집중력을 발휘해 해머로 부서진 히이라기의 얼굴을 복원하고 그에 더해 '가구라 세이이치로'의 얼굴로 성형했다. 아스카가 히이라기의 얼굴을 본 것은 그때가 마지막이었다. 이 주가 지난 오늘, 히이라기의 얼굴이 어떻게 되었는지 아스카는 알지 못했다.

"괜찮을 거야. 나는 그 수술에 내가 가진 기술 전부를 쏟았어. 히이라기 다카유키의 제자로 있던 삼 년간 배운 기술 전부를. 그러니까 괜찮아."

가구라가 확신에 차 말했다.

아스카가 "……알겠습니다"라고 중얼거림과 동시에 멀리서 호통 같은 소리가 들려왔다. 창밖을 보니 사카시타라는 이름의 형사가 병원 본관을 향해 달리고 있었다. 그 얼굴이 잔뜩 굳었고 벌겋다는 건 멀리서도 한눈에 보였다.

"끝난 것 같군."

가구라의 옆얼굴이 어쩐지 슬퍼 보였다.

"저기요…… 가구라 선생님……."

아스카가 조심스럽게 말을 걸자 가구라는 천천히 고개를 저었다.

"가구라 세이이치로는 지금 죽었어. 연쇄살인마로서 말이야. 그리고 나는 '히이라기 다카유키'라는 최고의 성형외과 의사의 칭호를 얻었지. 이 칭호야말로 앞으로의 내 이름이야."

"……그걸로 만족하세요?"

"그래. 그거면 됐어. 가구라 세이이치로의 역할은 이제 끝났어. 자, 사나에 씨. 갈까?"

가구라는 눈이 부신 듯 눈을 가늘게 뜨고 창밖을 봤다. 사나에는 "그러죠"라고 대답하고 시동을 걸었다. 카이엔이 천천히 나아가기 시작했다.

"……아직 아니에요."

아스카는 갑자기 말을 내뱉었다.

"무슨 소리지?"

가구라가 돌아봤다.

"아직 가구라 세이이치로의 역할은 끝나지 않았어요. 아직 선생님이 해야 할 일이 있어요."

아스카는 가구라의 눈을 가만히 쳐다봤다.

*

　……이제 곧 끝이겠구나. 사카이 요시키는 초점이 맞지 않는 눈으로 천장을 바라봤다. 이제 곧 내 생명이 다하리라. 아마도 남은 시간은 앞으로 하루나 이틀일 것이다.

　온몸에 퍼진 종양은 늙은 자신의 세포에서 생겨난 것이라고 믿기 힘들 정도의 강력한 증식력으로 계속 성장했다. 특히 폐로 전이된 암세포는 멈출 줄 모르고 거대해져 대량의 산소를 투여해도 생존에 필요한 혈중산소농도를 유지할 수 없도록 만들었다.

　지난 며칠 동안, 투여되는 마약의 양도 늘었다. 덕분에 골수종 특유의 뼈가 뒤틀리는 듯한 격렬한 통증은 느껴지지 않았다. 그러나 대신 의식이 흐려졌다.

　자신이라는 존재가 마약으로 옅어져갔다. 이대로 희석되고 희석되어 마침내 사라지고 마는 걸까. 견디기 힘든 고독감이 온몸을 파고들었다.

　나는 지켜보는 이 하나 없이, 슬퍼해주는 이 하나 없이 이렇게 사라지나. 약 칠십 년의 내 인생이 완전히 무의미한 듯한 감각에 사로잡혔다.

　노크 소리가 고막을 흔들었다. 요시키는 안구만 움직여 입구 문을 봤다. 간호사일까?

　미닫이문이 열렸다. 그 너머에 서 있는 사람은 간호사가 아니었다.

"실례하겠습니다."

젊은 여성이 인사하고 병실로 들어왔다. 낯익은 여자였다. 분명 이 주 전에 세이이치로의 이야기를 들으러 왔던, 아사기리라는 여의사였다. 아사기리 뒤에 남자가 서 있었다. 얼마 전에 데려온 기자와는 다른 남자였다. 그 팔에는 커다란 꽃다발이 안겨 있었다.

요시키는 콧등에 주름을 잡았다. 또 세이이치로 이야기를 들으러 왔나?

"아사기리입니다. 얼마 전에 신세를 졌습니다."

침상에 다가온 아사기리가 고개를 숙였다. 그날 세이이치로의 이야기를 들은 그녀는 무척 동요했는데, 오늘은 뭔가가 떨어져 나간 듯 온화한 얼굴을 하고 있었다.

"사카이 선생님, 오늘은 만나게 해드리고 싶은 사람이 있습니다."

고개를 든 아사기리는 복잡한 표정으로 말했다.

만나게 하고 싶은 사람? 이렇게 죽음을 앞둔 사람에게 누구를 소개할 셈일까?

요시키가 당황하고 있자 아사기리의 뒤에 있던 남자가 조심스럽게 다가왔다. 요시키는 남자의 얼굴을 응시했으나 역시 본 기억이 없었다.

아사기리가 남자에게서 꽃다발을 받아 방의 구석으로 자리를 옮겼다. 침상 옆에 선 남자는 무슨 말을 하려는 듯 입을 열었으나 그 입에서 말은 흘러나오지 않았다.

이 남자는 도대체 누굴까? 요시키는 영문을 알 수 없어 남자의 얼굴을 가만히 봤다. 순간 남자와 눈이 마주쳤다. 살짝 갈색이 깃든 눈동자. 그 순간 온몸에 성난 기억의 물결이 차올랐다.

주마등처럼 추억이 머리를 빠르게 스쳤다.

"세이…… 이치로?"

산소마스크로 덮인 입에서 절로 그 이름이 새어 나왔다.

그 순간, 남자의 얼굴이 완전히 일그러졌다. 요시키는 확신했다. 얼굴은 변했으나 눈앞의 남자가 '아들'이라는 것을. 요시키는 마지막 힘을 짜내 손을 뻗었다.

남자는, 세이이치로는 요시키의 손을 두 손으로 꼭 움켜쥐고 어깨를 떨기 시작했다.

"세이이치로……, 세이이치로……"

요시키는 그저 그의 이름을 부르는 일밖에 할 수 있는 게 없었다.

지난 사 년간 어떻게 지냈는지, 얼굴이 왜 변했는지, 그런 건 아무래도 상관없었다. 그저 '아들'이 지금 눈앞에 있다는 것. 그걸로 충분했다.

"……아버지."

세이이치로가 떨리는 목소리로 말했다.

'아버지'라고 불린 그 순간, 온몸을 지배하고 있던 고독이 안

개처럼 흩어졌다. 눈에서 뜨거운 것이 나와 뺨을 타고 흘러내렸다.

따뜻한 행복에 휘감겨 요시키는 세이이치로의, 아들의 손을 하염없이 잡고 있었다.

쏟아지는 햇살이 피부를 태웠다. 아스카는 이마를 적신 땀을 손수건으로 닦았다.

아무리 그래도 한여름에 봄 정장은 아니었다. 머리가 삶아지는 것만 같았다.

"아무래도 여름 정장을 사야겠어."

아스팔트의 복사열에 고개를 절레절레 흔들면서 걸음을 옮겼다.

히이라기 다카유키가 '가구라 세이이치로'로 죽은 지 두 달이 지났다.

'살인마 가구라 세이이치로 사망'이라는 뉴스는 한때 일본 전역을 들썩이게 했다. 그러나 그것은 어디까지나 한때였다. 범인인 가구라 세이이치로가 자살해버려 동기를 비롯한 사건의 자세한 내용이 밝혀지지 않았다는 게 알려진 순간 세상의 관심은 급속히 식었고, 사건은 매일 넘쳐나는 정보의 홍수에 밀려 사라졌다.

사건을 떠올리다 보니 어느새 목적지에 도착했다. 아스카는 우뚝 솟은 유리로 장식된 빌딩을 올려다봤다.

엘리베이터를 타고 15층까지 올라간 아스카는 정장의 매무새를 가다듬고 '히이라기 성형클리닉'이라는 간판을 바라보면서 불투명한 유리가 끼워진 문을 열었다. 저도 모르게 "와!" 하는 소리가 나왔다.

두 달 전, 불길에 희생된 입구와 대기실은 이전의 광채를 회복하고 있었다.

"아사기리 선생님, 오랜만이네요."

정겨운 목소리에 절로 얼굴이 환해졌다.

"사나에 씨, 별일 없으셨어요?"

"오늘은 정장이네요. 무슨 일 있어요?"

사나에는 접수대 안에서 아스카의 온몸을 뚫어져라 쳐다봤다.

"그게 아니라 일단 해고됐으니까 또 면접을 봐야 하는 게 아닐까 싶어서."

"그럴 일은 없을 것 같지만……"

사나에가 가는 턱선에 손가락을 댔을 때 안쪽 문이 열렸다.

"아이고, 아사기리 선생. 드디어 왔나? 이 인테리어 좀 봐. 이렇게 되돌리는 데 두 달이 걸렸어. 이전과 다름없이 아름답지 않나?"

이 클리닉의 원장이 환한 웃음을 지으면서 원장실에서 나왔다.

"오랜만입니다. 아……"

"히이라기야. 나는 히이라기 다카유키라고."

두 달 전에 '히이라기 다카유키'라는 이름을 이어받은 남자의 미소에 순간 슬픈 그림자가 드리워졌다.

"그보다 아사기리 선생, 그 차림은 뭔가? 구직 중인 대학생 같군. 아무리 동안이라고 해도 자네는 어엿한 서른 직전의 나이야. 그 정도 자각은 좀……"

"신경 좀 꺼요! 새로 면접을 볼 필요가 있을 것 같아서. 아, 그리고 혹시나 해서 이력서도 가져왔어요."

아스카는 백에서 이력서를 꺼냈다. 이력서를 받아 든 히이라기는 눈길도 주지 않고 종이를 구겨 쓰레기통에 던졌다.

"아, 정말!"

부루퉁한 표정을 짓는 아스카에게 히이라기가 어깨를 으쓱해 보였다.

"내가 먼저 여기서 일해보자고 제안했어. 면접 같은 걸 볼 리 있겠나? 오히려 자네야말로 그런 사건에 휘말렸는데 다시 여기서 일하겠다는 생각을 용케도 했네."

"조금만 더 성형외과의 세계를 알아볼까 싶어서요. 게다가 히이라기 선생님처럼 한심한 남자가 저 없이 일할 수 있을까 불안도 하고요."

"……아니, 아무래도 면접을 봐야겠어."

히이라기가 조용히 중얼거렸다.

"그럼 이제 다 제자리를 찾았네요."

접수대에서 나온 사나에가 잔뜩 신이 난 목소리로 말했다.

"그런 것 같군. 자, 아사기리 선생. 새삼스럽지만 우리 클리닉에 잘 왔어."

"새삼스럽지만 신세 좀 지겠습니다."

아스카는 상대가 내민 손을 힘껏 움켜쥐었다.

마음을 치유하는 성형수술

'마음을 치유하는 성형수술'이라는 말 자체가 모순일지 모른다. 자신의 외모에 자신이 없어, 즉 자존감이 떨어져 다른 이의 시선에 민감한 사람들이 오는 곳이 성형외과라는 인식이 팽배해 있는데 마음을 치유한다니. 오히려 마음이 아픈 사람들을 이용해 돈을 버는 곳이라는 생각이 더 강할 것이다. 하지만《리얼 페이스》는 그런 우리의 상식을 제대로 뒤집어버린다.

이 작품은 현역 의사이자 작가인 치넨 미키토가 새롭게 도전한 천재 성형외과 의사를 둘러싼 의료 미스터리다. 돈만 내면 어떤 의뢰도 받는 성형외과 의사와 돈이 궁해 그의 밑에서 일하지만, 성형수술에 의문을 그대로 드러내는 마쿠 의사의 이야기를 중심으로 개성적인 환자와 불가사의한 사건이 얽혀간다.

과연 인간의 얼굴과 몸을 바꾸는 데는 어떤 의미가 있을까?

이 작품은 성형이 그저 다른 사람이 보기에 아름답게 보이도록 모습을 바꾸는 게 아니라 환자의 마음을 구해 환자에게 새로운 생활을 부여할 수 있다는 메시지를 던지고 있다. 그래서 이야기 속에 등장하는 '정신외과'라는 말이 큰 울림을 자아내고 있다.

전반부에서 주인공들은 독특한 의뢰인을 맞이한다. 그들은 저마다 얼굴을 고쳐야 하는 표면적인 이유와 속내를 갖고 있다. 주인공인 천재 성형외과 의사는 그들의 의도를 간파해 진짜 원하는 바를 폭로하면서 스스로 말하는 진정한 '아름다움'을 드러낸다.

그 아름다움은 사실 성형수술이 만들어내는 게 아니다. 그 과정에서 드러난 자신의 절절한 진심이 만들어낸 아름다움이다. 치넨 미키토라는 작가는 늘 의료 현장을 다룬다. 저마다 다른 상황이지만, 거기에는 늘 날것인 인간이 있다. 병원, 의료 현장이라는 일반인에게는 낯선, 그렇기에 더욱 비현실적인 공간을 통해 사람 냄새가 나는, 그 대비에서 더 짙게 사람을 드러내는 작가의 장기가 이 작품에서도 유감없이 발휘되고 있다.

한편으로 이 작품이 작가의 다른 작품과 다른 점은 수술실의 상황을 생동감 있게 표현하고 있다는 점이다. 얼굴의 모양을 바꾸는 성형수술만이 아니라 총상, 교통사고로 발생한 중상까지 실제 외과 의사들의 응급수술을 머릿속에 고스란히 떠올릴 수 있는 묘사가 생생하다. 의사만이 알 수 있고 표현할 수 있는 부분이다.

이 작가의 특기인 여성 캐릭터의 묘사도 눈에 띈다. 다른 작품과 마찬가지로 아주 여성적으로 보이나 사실은 강인한 여성 캐릭터가 눈에 들어온다. 이 작품의 가장 큰 특징은 합기도로 무장한 아사기리 아스카라는 당차고 젊은 여성의 캐릭터다. 작중에서 아스카는 똑똑하고 강인할 뿐만 아니라 자신을 지킬 커다란 무기로 당당함을 드러낸다. 격차가 큰 남녀 주인공이 자아내는 코믹한 요소도 볼거리를 더 풍부하게 만든다.

자칫 만화 같은 경쾌한 캐릭터 설정이 작품을 가볍게 할 수 있었으나 인간을 다룬 묵직한 내용이 그 중심을 단단히 잡아주고 있다. 아무도 예상치 못한 마지막 결말이나 눈물짓게 하는 장면도 믿고 읽는 작가의 역량을 다시 확인하게 한다.

민경욱

리얼 페이스

1판 1쇄 발행 2022년 2월 23일

저　　　　자 치넨 미키토
옮　긴　이 민경욱
발　행　인 유재옥

본　부　장 조병권
담　당　편　집 김혜연
편　집　1　팀 이준환 김혜연 박소연
편　집　2　팀 정영길 조찬희 박치우
편　집　3　팀 오준영 곽혜민 이해빈
디　자　인 김보라 박민솔
표지디자인 곰곰사무소
라　이　츠 한주원 이승희
디　지　털 박상섭 이성호 최서윤 김지연
발　행　처 (주)소미미디어
발　행　등　록 제2015-000008호
주　　　　소 서울시 마포구 토정로 222, 403호(신수동, 한국출판콘텐츠센터)
판　　　　매 (주)소미미디어
제　작　처 코리아피앤피
영　　　　업 박종욱
마　케　팅 한민지 최정연 김보미
물　　　　류 허석용 백철기
전　　　　화 편집부 (070)4260-1393, (070)4405-6528 기획실 (02)567-3388
　　　　　　 판매 및 마케팅 (070)4165-6888, Fax (02)322-7665

ISBN 979-11-384-0662-8 03830